KB086065

일러두기

1. 번역에 쓰인 원전은 2013년 중국 장강문예출판사에서 출간한 '이월하 문집' 제1판을 사용했다.
2. 맞춤법과 띄어쓰기는 한글맞춤법과 외래어표기법에 따랐다.
3. 한자는 우리말로 표기하고, 꼭 필요한 경우에만 괄호 속에 원음을 병기해 이해하기 쉽도록 했다.
   예 : 다이곤多爾滾(도르곤)
4. 인명과 지명은 우리말로 표기했다. 단, 이미 굳어진 표현은 원지음을 존중했다.
   예 : 나찰국羅剎國(러시아). 이후에는 '러시아'로 표기
5. 본문 중의 괄호 안에 뜻을 풀이한 것은 모두 옮긴이의 설명이다.

雍正皇帝

【제왕삼부곡 제2작】

옹정황제 12

시진핑 주석이 반부패개혁의 모델로 삼은 황제

얼웨허 역사소설

홍순도 옮김

더봄

옹정황제 12권

개정판 1판 1쇄 인쇄 2015년 11월 10일
개정판 1판 1쇄 발행 2015년 11월 13일

지은이 얼웨허(二月河)
옮긴이 홍순도
펴낸이 김덕문

펴낸곳 더봄
등록번호 제2015-000072호
주소 서울특별시 중구 을지로 12길 28, 207호(저동2가, 저동빌딩)
대표전화 02-2264-0148 **팩스** 02-2264-0149
전자우편 thebom21@naver.com
블로그 blog.naver.com/thebom21

ISBN 979-11-86589-38-0 04820
ISBN 979-11-86589-26-7 04820(전12권)

책값은 뒤표지에 있습니다.

청나라 전성기의 토대를 닦은 옹정제

45세에 황제에 등극한 옹정제는 재위 기간이 13년으로 짧았지만 중국 역사상 가장 유능한 독재자로 평가받는다. 재위 초년에 자신의 형제들과 그들의 지지자들을 투옥하거나 처형함으로써 권력을 강화하였다. 또한 청나라 건국 초기부터 핵심적인 군사조직인 팔기군을 황실 직속으로 전환시켜 황권을 강화하였다. 또한 관료의 부정을 감찰할 기구를 만들어 후세에 물려주었으며, 제국의 법률을 강력하게 시행했다. 더불어 재정을 재정비하여 국가의 수입을 증대시켰다. 대외적으로는 청해성을 귀속시키고, 티베트를 평정해 보호령으로 삼았으며, 1927년에는 러시아와 캬흐타조약을 맺어 지금의 국경선을 확정하였다. 그림은 열일곱째 윤례가 그린 옹정제의 모습이다

의문의 최후와 옹정제의 태릉泰陵

옹정제는 1735년(옹정 13년) 10월 8일 새벽, 58세로 붕어하였다는 게 공식 기록. 그러나 암살설과 독살설, 도교 비전인 단약丹藥에 중독되어 사망했다는 등 여러 설이 있다. 또 선대 황제의 능묘는 만주족의 발원지인 심양沈陽과 준화遵化에 자리 잡은 데 반해 옹정제는 자신의 능묘를 북경 근교 영녕산永寧山 아래의 서릉西陵에 건립하도록 하였다. 이것이 태릉泰陵이다. 이를 두고 민간에서는 그가 강희제의 전위교서를 위조하여 황위를 찬탈하였기에 사후에 감히 강희제 곁에 안장될 엄두를 내지 못한 때문이라고도 한다. 한편 옹정제는 생전에 조서를 내려 자신의 능묘에 석상石像과 신도神道를 닦지 못하도록 하였지만 건륭제는 태릉에 석상뿐만 아니라 2.5㎞에 달하는 신도를 닦고, 신도 앞에는 중국 최대의 석패방石牌坊을 설치하였다.

저위밀건법과 건륭제

옹정제는 아버지 강희제가 후계자 선정에 실패한 것을 잘 알았기 때문에 후계자로 정한 황자의 이름이 봉인된 상자를 건청궁 '정대광명'正大光明 편액 뒤와 자신의 품에 넣어두고 자신이 죽은 후에 그 두 개의 이름이 맞으면 그 황자를 다음 황위에 올리는 방법을 택했다. 이것이 저위밀건법儲位密建法이다. 본래 강희제 때부터 시작된 것이지만 옹정제는 봉인된 교지와 밀지가 모두 맞아야 황위를 승계할 수 있는 방법으로 바꾸었다. 옹정제는 자신의 후계자로 넷째 황자 홍력을 미리 낙점하고 보친왕寶親王으로 삼아 국사를 처리하게 하였다.

3부 한수동서恨水東逝

38장

여덟째 윤사의 허망한 최후

찌는 듯한 무더위가 점차 물러가고 극성스럽던 매미소리도 멀어져 가면서 옹정 5년의 가을이 성큼 다가왔다. 이어 7월 15일 우란회盂蘭會(백중. 음력 7월 보름에 불교에서 행하는 불사)가 끝난 뒤 연이어 몇 차례 가을비가 내렸다. 자연스럽게 기온도 뚝 떨어졌다. 밖으로 나다니는 사람들의 옷차림 역시 달라졌다.

하남성에서 수재들을 선동해 시험 거부 운동을 주도했던 장희張熙는 학정이었던 장흥인의 도움으로 현장을 탈출해 당장 큰 화는 면할 수 있었다. 그러나 감히 고향인 호남湖南성으로는 돌아가지 못했다. 할 수 없이 스승인 증정曾靜의 뜻에 따라 절강성에 있는 '동해부자'東海夫子 여유량呂留良을 찾아갔다.

하지만 그가 그곳에 도착한 후 수소문해 들은 소식은 절망적이었다. 여유량이 이미 10년 전에 세상을 떠났다는 것이다. 물론 여씨 일가는 그를 그냥 돌려보내지는 않았다. 고인의 제자들이 찾아올 때마다 약간의 돈과 책을 꼭 들려 보내고는 했던 관례대로 그에게 은 20냥과 《명월집》明月集이라는 시집을 선물했다.

이후 장희는 만만찮은 여독을 겨우 견뎌내면서 산동성 태안泰安에 이르렀다. 그리고는 태산泰山에 올라 장쾌한 일출을 구경하다가 문득 스승인 증정의 친한 벗인 광청행이 태안에 있다는 생각을 떠올렸다. 부랴부랴 산을 내려와 광청행을 찾아간 그는 공교롭게도 또다시 헛물을 켜고 말았다. 광청행이 북경의 셋째 패륵부에서 사신士臣(왕부王府에서 신하로 일하는 선비)으로 가 있었기 때문이었다. 장희는 수배자인 탓에 물 한 모금도 얻어 마시지 못하고 쫓겨나다시피 밖으로 나올 수밖에 없었다.

장희는 스승의 명령을 받고 산을 내려오면서 뭔가 큰일을 해보겠다는 야심이 있었다. 그는 먼저 강서성 용호산으로 가서 그곳 본문本門의 스승인 누사원을 찾아가 도道에 대해 '한 수' 확실하게 배워보려고 했었다. 그러나 누사원은 "그대는 아직 속세의 죄악이 끝나지 않았다"라는 말로 핑계를 대면서 장희를 받아들이지 않았다.

장희는 진퇴양난에 빠졌다. 그때 다행히 가사방을 만날 수 있었다. 둘은 초면임에도 불구하고 꽤 스스럼없이 얘기를 주고받았다. 그러나 장희가 '반청복명'反清復明에 대해 언급하자 가사방은 흔적도 없이 모습을 감추고 말았다. 그 사이 가사방의 진가를 어느 정도 알게 된 장희는 그의 행적을 쫓아 강서, 절강, 산동, 직예 등등 그가 있을 만한 곳은 모조리 이 잡듯 뒤지고 다녔다. 그러나 가사방의 행방은 여전히 묘연했다.

궁여지책으로 그는 하남성에 살고 있는 사촌누이를 찾아갔다. 그곳에서 적籍을 바꾸고 수재들을 선동해 향시 거부 운동을 일으킴으로써 '반청복명'의 불을 다시 지펴보려고 한 것이다. 그러나 그 역시 전문경에 의해 수포로 돌아가고 말았다.

그는 장홍인에게서 노잣돈을 받아 도망치던 그날을 잊을 수가 없었다. 그때 진봉오와 장희에게는 수재들을 선동해 시험 거부 운동을 주동했다는 죄목의 수배령이 내려졌다. 그런데 바로 그날 저녁 누군가가 찾아와서는 장 학정이 보자고 한다면서 그를 납치하듯 끌고 갔다. 어둡고 후미진 비밀장소에서 그를 기다리고 있던 장홍인은 딱 부러지게 말했다. 전문경과 대적하는 것은 계란으로 바위 치는 격으로 승산이 없으니 당분간 피해 있으라는 것이다. 바로 그렇게 해서 그의 유랑생활은 시작됐다.

아무려나 전문경의 포위망은 점점 좁혀오고 있었다. 사태는 한층 더 긴박하게 돌아갔다. 더 이상 선택의 여지가 없었다. 태안에서 허둥지둥 도망쳐 나온 이후에는 더욱 갈 곳도 없어졌다. 급기야 북경과 하남성의 경계를 이루는 낙엽이 우수수 떨어지는 길목에서 오도 가도 못하고 한참을 서성거렸다. 그는 그곳에서 잠시 방황한 끝에 마침내 결정을 내렸다.

"북경으로 가자."

그는 북경으로 들어가는 동안 길거리와 술집, 객잔 등에서 황제에 대한 비난과 저주의 목소리를 적지 않게 들을 수 있었다. 옹정이 보위를 탐내 찬탈을 감행했을 뿐 아니라 자신과 뜻이 다른 태후와 동생들을 전부 죽여 버렸다는 요언 역시 있었다. 또 어떤 이는 악종기가 비밀리에 군량미를 끌어 모아 모반을 준비하고 있다고도 했다.

장희는 아니 땐 굴뚝에 연기가 날 리 없다고 생각했다. 순간 스승 증정이 자신에게 했던 말도 문득 떠올렸다.

"지금 천하는 바싹 마른 장작과 같다. 불씨만 닿으면 그대로 불기

둥으로 치솟아 오를 거야."

증정은 또 장희에게 북경으로 직접 가서 떠도는 소문의 진실 여부를 확인해보라고 했었다. 산동성 덕주德州에서 직예성 보정保定을 거쳐 북경으로 들어가는 길은 1000리 정도 됐다. 하지만 날씨가 서늘한 데다 평탄한 역도驛道를 달리다 보니 그는 보름도 채 안 돼 북경에 도착할 수 있었다. 이어 역관에서 하룻밤을 묵고 난 다음 물어물어 홍시의 셋째패륵부를 찾아갔다.

날이 막 밝기 시작한 새벽녘이었다. 장희는 대문 밖에서 힐끗 안을 들여다봤다. 몇몇 태감들이 등불을 거둬들이느라 바삐 돌아다니고 있었다. 하지만 패륵부의 대문은 굳게 닫혀 있었다. 열 몇 명의 친병들은 가슴을 내민 채 장검에 손을 얹고 못 박힌 듯 서 있었다. 분위기가 살벌했다. 순간 마지막 순찰을 도는 야경꾼들의 딱따기 소리가 새벽의 정적을 깨고 섬뜩하게 들려왔다.

장희가 조심스레 다가가 막 입을 열려고 할 때였다. 태감 한 명이 퉁명스레 말했다.

"볼일이 있으면 편문便門으로 들어가시오. 정문에서는 외부 손님을 접견하지 않소!"

말도 붙여보지 못하고 퇴짜를 맞은 것이다. 장희는 일단 북쪽으로 조금 더 가기로 했다. 이윽고 꽃으로 장식한 대문이 보였다. 대문은 활짝 열려 있었다. 장사꾼 행색의 지저분한 사내들이 장작과 숯, 정육과 야채를 비롯한 각종 주방재료를 등에 지고 안으로 운반하고 있었다. 지휘를 맡은 태감이 돼지를 몰고 들어가는 사내에게 고함을 지르고 있었다.

"네놈이 지금 제정신이냐? 돼지들을 주방으로 몰고 가면 어떻게 해?"

장희는 태감을 몇 번이나 불렀다. 그제야 태감은 그를 아래위로 훑어보면서 고개를 돌렸다.

"큰소리로 말해야지. 그래 가지고 여기 누가 당신 말에 귀 기울이는 사람이 있겠소?"

"광 어른을 찾아왔다고 말했소."

"어디서 왔소?"

"호남성에서 오는 길이오. 광 어른은 내 스승님의 친한 벗이오."

태감은 장희의 차림새나 말하는 태도를 살펴봤다. 막무가내로 홍시에게 빌붙기 위해 찾아온 사람은 아닌 것 같다는 생각을 하는 모양이었다. 그러나 안으로 들어가라는 말은 하지 않고 퉁명스럽게 내뱉었다.

"기다려 보시오. 셋째마마께서 곧 나오실 테니."

태감이 횡하니 떠나버리자 장희는 소리 없이 한숨을 내쉬면서 하마석下馬石 앞에 쪼그리고 앉았다. 높고 푸른 가을하늘을 날아다니는 기러기 떼를 바라보고 있으니 문득 고향 생각이 났다. 공연히 마음이 서글펴졌다.

'어머니는 새벽이슬을 맞으면서 벌써 들로 나가셨겠지? 형님은 뭘 하고 계실까? 장작을 패고 있을까, 아니면 어머니를 따라 들로 나갔을까?'

장희가 그렇게 생각하고 있을 때였다. 저 멀리서 배우들이 목청을 틔우는 소리가 괴성처럼 들려왔다. 장희는 예측할 수 없는 미래에 대한 불안감에 생각나는 대로 시를 지어 읊었다.

미련을 버리고자 고개 돌려 떠나온 길 뒤돌아보니
아득히 멀리도 왔구나.

어진 왕부의 높다란 문설주를 바라보며

바위 위에 앉아 두고 온 강남을 그리워하네.

"이 아침에 누가 우리 집 대문 앞에서 시를 읊고 있는가?"

갑자기 등 뒤에서 말소리가 들려왔다. 장희가 고개를 들어보니 스무 살을 갓 넘긴 것 같은 젊은이가 말을 끌고 다가오고 있었다. 등 뒤에는 한 무리의 호위와 태감들이 뒤따르고 있었다. 젊은이는 홍시가 분명했다.

장희가 입을 열려고 할 때였다. 방금 전의 그 태감이 배시시 웃으면서 젊은이를 향해 아뢰었다.

"이 사람은 호남성에서 광 사부님을 찾아왔다고 합니다. 신분을 확인할 길도 없고 해서 안으로 들이지 않았습니다."

"나를 찾아왔다고? 호남성에서? 자네, 혹시 증정의 제자인가?"

홍시 옆에 서 있던 광청행이 두 눈을 반짝거리면서 물었다. 장희가 고개를 숙인 채 그렇다고 대답하자 광청행이 홍시에게 말했다.

"제가 마마께 증정에 대해서 말씀 올린 적이 있지 않습니까? 우리 둘 다 동해부자의 문생이었습니다."

홍시가 고개를 끄덕여 보이더니 밝게 웃었다.

"허허, 그렇다면 나도 그대를 선생이라 불러야 하겠군. 타향에서 떠돌다 믿고 찾아왔는데 문적박대를 당했으니 수심 어린 시를 읊조릴 수밖에. 어쨌든 먼 길 오느라 고생했네. 여봐라, 이분에게 묵을 방을 내주고 속 든든하게 밥부터 차려주도록 하라. 내가 천천히 만나볼 테니."

말을 마친 홍시는 바로 대문 안으로 들어갔다. 걸음걸이가 대단히 박력이 있었다.

광청행은 패륵부 정원正院의 별채에 살고 있었다. 장희는 그를 따라 한참 이 정원, 저 뜰을 지나서야 겨우 그의 방으로 들어갈 수 있었다. 그제야 어딘가에 귀속됐다는 안도감에 피로가 몰려왔다. 그는 광청행에게 사제지간의 예를 갖춰 인사를 했다.

"후문侯門(존귀한 집안. 또는 그 문)은 바다같이 깊다더니, 과연 그런 것 같습니다. 지금 저에게 다시 대문 밖으로 나가라고 하면 오던 길도 못 찾고 헤맬 것 같습니다."

광청행이 하인들에게 음식을 가져오라고 지시하고는 돌아와 앉으면서 말했다.

"그렇지 않아도 증정에게서 서찰을 받았네. 자네가 하남성에서 겪은 불행한 일에 대해 벌써 다 알고 있더군. 지금 넷째(홍력)는 자네를 잡아들이지 못해 눈에 불을 켜고 있는데, 감히 북경으로 잠입하다니 간도 크네!"

"어르신! 저는 결코 어르신께 해를 끼치려고 온 것이 아닙니다. 관부에 넘기시든지 아니면 노자를 조금 마련해주셔서 보내시든지 뭐든 괜찮습니다."

장희의 표정은 담담했다. 그러자 광청행이 그를 한참 바라보더니 웃으면서 말했다.

"배짱 한번 좋은 친구로군! 그만하면 증정의 제자로 손색이 없는 것 같네. 나는 찾아온 사람의 등을 떠미는 그런 사람은 아니네. 등잔 밑이 어둡다고, 여기 있으면 자네는 오히려 더 안전할 것이네. 그러나 증정이 편지에서 자네에게 빠른 기일 내에 돌아오라고 한 것만은 사실이네."

광청행은 아침상을 물리고 난 다음 증정이 보낸 편지를 꺼내 보여주었다. 장희가 읽어보니 내용은 과연 광청행이 말한 것과 별로 차이가 없었다.

> 오랜만에 붓을 드니 아우의 얼굴을 눈앞에 보는 것만 같네. 손을 꼽아보니 우리가 무릎 맞대고 술잔을 기울인 지도 어언 십삼 년이 흘렀구려! 가끔씩 안부는 주고받고 있으나 음용音容(목소리와 얼굴)이 그립네. 내 제자 장희가 하남성을 떠나오던 중 노자가 떨어져 고향으로 돌아오지 못하고 있다고 하니, 북경에 가거든 노자 좀 챙겨 속히 돌려보내주게. 그러면 그 은혜 잊지 않겠네.

해서체의 단정한 글씨는 틀림없는 스승 증정의 필체였다. 장희가 편지를 광청행에게 도로 돌려주면서 말했다.

"스승님의 뜻이 그러하시다면 염치없지만 어르신에게 노자나 좀 얻어 길을 재촉해야겠습니다."

장희가 말을 이어 나가려 할 때였다. 밖에서 누군가의 말소리가 들려왔다.

"마마께서 광 사부님과 손님을 부르셨습니다."

"알았네, 지금 건너간다고 하게."

광청행이 대답을 하고는 바로 장희를 향해 말했다.

"셋째마마께서 바깥 형세에 대해 궁금하신 모양이네. 물으시는 대로 솔직히 대답하면 되네."

장희와 광청행은 방을 나와 남쪽의 월동문을 통해 화원으로 들어갔다. 홍시는 서재 문 앞에서 관리로 보이는 손님을 배웅하고 있었다. 화려한 관복을 차려 입은 관리 둘이 지나가자 광청행은 장희를 한쪽으로 잡아당겨 비켜서면서 인사를 했다.

"손 대인, 양 대인, 살펴 가십시오."

두 관리는 들은 척도 하지 않고 그저 스쳐 지나갔다. 오만불손하기 이를 데 없었다.

장희는 광청행을 따라 안으로 들어갔으나 계속 주위를 두리번거리면서 좌불안석이었다. 홍시가 그 모습을 보면서 말했다.

"제 집에 온 것처럼 마음을 편하게 먹게. 북경을 벗어나 바깥바람 쐬어 본 지가 하도 오래 돼서 싱그러운 바람을 타고 온 자네하고 얘기 좀 하고 싶어서 불렀네. 손가감과 양명시가 다녀간 뒤끝이라 시간이 어중간하게 남아 자네들을 부를 수 있었지, 아니면 이런 자투리 시간도 내기가 여간 힘든 게 아니라네."

장희는 시골 소작농 가문에서 태어났다. 때문에 근본이 있다고 하기 어려웠다. 게다가 성인이 되기 전까지 시골을 벗어나 본 적이 별로 없었다. 전형적인 촌뜨기라고 해도 좋았다. 증정을 스승으로 모시고 공부한 곳도 시골이었다. 사고를 친 뒤에는 도망을 다니느라 세상 구경을 제대로 할 여유가 없었다. 그러던 그가 갑자기 종명정식鐘鳴鼎食(종을 울려 솥의 밥을 먹음. 부유한 집안이라는 의미)의 천가天家에 발을 들여 놓았으니 그 신기함과 긴장감은 이루 말할 수가 없었다. 게다가 어디를 봐도 온통 눈 둘 데 없는 금빛 찬란함에 주눅이 든 데다 복도에 시립하고 있는 삼등 하녀들조차 온통 비단을 두르고 있는 것을 봤으니 위압감이 밀려올 수밖에 없었다. 장희는 자신도 모르게 손에 땀을 쥐었다.

그래도 홍시가 질식할 것 같은 침묵을 깨고 먼저 말을 걸어주어서 그나마 다행이었다. 장희는 겨우 숨통이 좀 트이는 것 같은 기분을 느꼈다. 그가 코끝의 식은땀을 훔치면서 입을 열었다.

"밖에는……, 때마침 지장왕地藏王이 오신 날이라고 해서 여인네들이…… 전통 명절을 경축한다고…… 절을 찾아 향을 사르고…… 선물 꾸러미를 받쳐 들고 친정을 찾느라…… 통 정신이 없는 것으로 알고 있습니다."

"그런 걸 묻는 것이 아니네."

장희는 긴장한 나머지 자신도 모르게 심하게 말을 더듬었다. 광청행이 그런 모습을 보면서 껄껄 웃더니 홍시와 장희에게 차를 따라줬다. 그리고는 설명하듯 덧붙였다.

"예를 들면 어떤 곳이 수해를 입어 수확을 기대할 수 없다는 것 같은 얘기를 해드리면 되네. 또 요즘 사람들의 밥상머리에 주로 오르내리는 화제는 어떤 것인지도 말씀드리고."

홍시가 빙긋 웃으면서 고개를 끄덕여 보였다. 이어 천천히 말했다.

"민간에서는 나랏일에 대해 어떤 평가나 소문이 오가는지가 궁금하다네. 예컨대 악종기, 연갱요, 전문경, 이위…… 이런 사람들에 대한 평가 같은 것이지. 그도 아니면 나나 보친왕, 아기나, 색사흑에 대해 수군거리는 소리는 없던가?"

장희는 그제야 홍시의 말귀를 알아들었다. 사실 그는 상대가 상대이니만큼 잠시 주눅이 들었을 뿐 기본적으로 대담한 사람이었다. 수재들을 선동해 들고 일어날 정도가 아닌가. 아니나 다를까, 그는 곧 안정을 찾고 차를 두어 모금 마신 뒤 본격적으로 말을 늘어놓기 시작했다.

"올해 각 지역은 봄 가뭄 때문에 조금 고생을 했을 뿐 대체로 풍작이 예상된다고 합니다. 모종이 말라죽은 지역은 조정에서 씨앗을 제때에 공급해준 덕분에 일 년 농사를 망치지 않을 수 있었다면서 칭송이 자자합니다. 그리고 셋째마마께서 말씀하신 몇몇은 모두 나라의 중신들입니다. 백성들은 배부르고 등이 따뜻하면 신하들의 흉은 보지 않는 걸로 알고 있습니다."

홍시가 장희의 말이 믿기 어렵다는 듯 고개를 갸웃거리면서 물었다.

"그런데 내 귀에는 이상한 소리가 들리던데? 나하고 보친왕이 보위를 놓고 피 터지게 싸웠다고 말이네. 그런 해괴한 소문이 돌지 않나?"

"그런 말은 못 들었습니다. 셋째마마와 보친왕이 그러셨다는 소문은 없고 오히려……."

장희가 적이 놀라면서 대답했다. 순간 그는 바로 자신의 실수를 깨닫고는 황급히 찻잔을 집어 들었다. 이어 차 한 모금을 마시고 난 다음 서둘러 말머리를 돌렸다.

"이위 총독이나 전문경 중승이 병들어 오늘내일한다는 소문은 나돌고 있습니다. 그 밖에도 대단한 신선이 번승番僧을 벼락 맞아 죽게 만들었다는……."

"이 친구, 참 재미있는 사람이로군. 교묘하게 동문서답을 하니 말일세. 그러면 폐하에 대한 미사微辭(은근히 돌려서 하는 말)는 없던가? 예를 들면 보위를 찬탈했다든지……, 뭐 그런 거?"

홍시가 웃는 듯 마는 듯 묘한 표정을 지은 채 물었다. 순간 장희는 몽둥이에 뒤통수를 얻어맞은 듯 안색이 하얗게 질리고 말았다. 광청행이 뭘 그리 놀라느냐는 표정을 한 채 나섰다.

"셋째마마께서 어떤 분이신데 자네가 대충 넘어갈 생각을 한다는 말인가? 자네, 내 도움을 청하고 싶으면 일단 셋째마마의 신뢰를 얻어야 하네."

"이봐, 광 선생! 무슨 말을 그렇게 심각하게 하나? 그렇지 않아도 덜덜 떠는 사람한테!"

홍시가 웃으면서 말을 이었다

"넷째는 진봉오를 거둬 준다는데, 내가 장희 자네를 거둬 주면 안 된다는 법은 없지 않은가? 내가 방금 손가감과 양명시를 불러 지시해 놓았네. 하남성에서 벌어진 수재들의 시험 거부 사건은 없던 일로 하라고 말일세. 지금부터 자네는 더 이상 수배자 명단에 오른 범인이 아니네."

장희가 크게 감동을 받은 듯 용기백배한 어조로 대답했다.

"셋째마마께서는 실로 공덕이 무량하시옵니다. 마마께서 이 하찮은 인간을 이같이 위해 주시는데 아뢰지 못할 말씀이 어디 있겠사옵니까?"

장희는 그제야 마음을 털어놓고 길에서 귀동냥한 소문들을 구구절절 들려줬다. 옹정의 즉위를 둘러싼 의혹과 태후의 죽음, 그리고 여덟째, 아홉째, 열째에 대한 옹정의 몰인정함을 우선 다 털어놨다. 뒷부분에서는 악종기가 역심을 품고 모반의 시기만을 노리고 있다는 소문으로 매듭을 지었다.

홍시는 장희의 말이 이어지는 동안 한 번도 끼어들지 않았다. 그저 차를 홀짝이면서 사색에 잠겨 있기만 했다. 때로는 뒷짐을 진 채 방 안을 거닐기도 하면서 장희의 말 한마디 한마디에 촉각을 곤두세웠다.

장희의 말이 다 끝나자 홍시가 비로소 웃으면서 말했다.

"그저 바깥사람들은 밥상머리에서 무슨 얘기들을 하나 궁금해서 물어봤을 뿐이야. 그렇다고 내가 살아 있는 입들을 전부 봉해버릴 수도 없고! 그래, 악종기 장군에 대해서는 다른 소문은 없던가?"

장희가 즉각 대답했다.

"나름대로 조금 신선한 소문이 있기는 합니다. 폐하께서 수차례 악 장군을 북경으로 부르셨으나 악 장군은 병권을 빼앗길 것이 우려돼 병을 핑계로 드러누워 있다고 합니다. 그가 군량미를 사재기하는 바람에 그 지역의 쌀값이 껑충 뛰었다는 소문도 있습니다."

"다른 것은 없고?"

홍시가 또다시 물었다.

"예, 없습니다."

"내가 이렇게 꼬치꼬치 캐묻는 것은 다른 뜻이 있어서가 아니네. 집안의 주인은 뜨물통처럼 좋고 나쁜 것을 다 받아들여야 한다고 했네. 나도 이 나라의 뜨물통인 격이니 항간에서 떠도는 소문이 궁금해서 그랬을 뿐이네. 자고로 나라에 변고가 있을 때는 항상 이런저런 요언이 먼저 나돌고는 했지. 예를 들면 폐하께서 즉위하실 때도 융과다가 선제의 유조를 고쳤다는 당치도 않은 요언이 기승을 부렸지 않은가! 만주 글과 한자로 쓰인 국서國書를 무슨 수로 고친다는 건지. 그러나 떠도는 소문이라고 모두 근거가 없는 것은 아니네. 악종기는 악비의 후예이니 그로서는 당연히 후과가 두려울 수밖에 없겠지……."

홍시가 다시 빙그레 웃음을 머금은 얼굴로 말을 하다가 군사 문제는 비밀에 붙여야 한다고 단단히 못을 박은 옹정의 훈계를 떠올리고는 바로 입을 다물었다. 그때 가인 한 명이 밖에서 고개를 빠끔히 들이밀고 보다가 다시 쏙 빠져나가고 있었다. 홍시가 대뜸 그를 불러들였다.

"이봐 하호재夏浩財, 일이 있으면 들어올 것이지 어디서 배워먹은 막된 짓인가? 내가 시킨 일은 어찌 됐어?"

원래 하호재는 홍시의 명을 받고 융과다의 간수를 맡았던 태감들의 향방을 알아보러 갔다 오는 길이었다. 옹정이 다녀간 뒤로 그곳 간수들은 모두 새로 교체된 바 있었다. 이후부터는 모든 것을 도리침이 관장하게 됐다. 반면 그때까지 융과다를 지키던 간수들은 모두 북경 근교의 밀운으로 보내졌다.

바로 그 때문에 홍시는 밀운 황장皇莊의 사정에 밝은 하호재를 파견해 몰래 염탐하도록 한 것이다. 또 하호재도 상황을 보고하러 왔다가 낯선 사람이 있는 것을 보고 피한 것이다. 그러나 홍시가 묻자 할 수 없다는 듯 조심스럽게 대답했다.

"다녀왔습니다. 찾아내서 다그쳤더니, 자기들은 융과다를 해치려고 한 적이 없다고 한사코 잡아뗐습니다. 하기야 개도 급하면 담을 넘는다고, 융과다가 꾸며낸 자작극일지도 모릅니다."

"그래도 명색이 나라의 중신이었는데 그 지경이 되다니, 실로 통탄스러운 일이군!"

홍시는 속으로는 은근히 안도하면서 겉으로는 그런 내색을 전혀 하지 않았다. 이어 크게 한숨을 지으면서 말을 이었다.

"기회를 봐서 모두 융과다의 허튼소리에 불과하다고 폐하께 상주해야겠네. 간수들을 다시 불러오는 방향으로 애써 봐야지."

이어 문지기 태감 한 명이 홍시의 말이 끝나기 무섭게 종종걸음으로 들어와 아뢰었다.

"고무용 태감이 셋째마마께 밀지密旨를 전하러 왔습니다!"

홍시가 벌떡 일어나면서 바로 지시했다.

"들라 하라."

광청행은 곧 넋이 나가 있는 장희를 잡아끌고는 황급히 내방內房으로 자리를 피했다.

장희는 당연히 눈앞의 이런 장면은 처음 보는 터였다. 신기해하면서 흥분을 감추지 못했다. 북경에 오기를 잘했다는 생각도 자연스럽게 들었다. 그가 병풍 틈으로 내다보니 남령藍翎 정자를 단 중년 태감이 들어서고 있었다. 홍시가 그를 보고는 황급히 말했다.

"내가 옷을 갈아입을 동안 잠시만 기다려 주게."

"그럴 필요 없습니다. 예를 갖추지 않으셔도 괜찮습니다."

고무용이 아낙네 같은 소리를 내면서 웃었다. 그러나 홍시는 기어이 무릎을 꿇었다. 그리고는 나지막한 목소리로 말했다.

"아들 홍시, 성유를 경청하겠사옵니다!"

"아기나가 생명이 위급하다고 한다. 홍시, 자네가 병문안을 다녀오도록 하라."

고무용은 심각한 내용의 성유聖諭를 전하고 있었다. 그러나 표정은 무척이나 담담했다. 홍시가 머리를 조아리고 일어나자 고무용이 다시 몇 마디를 덧붙였다.

"폐하께서는 아무래도 형제간이라는 입장이 있습니다. 때문에 셋째마마에게 대신 다녀오라고 하셨습니다. 융과다를 대하듯 소홀하게 대해서는 안 된다고 하셨습니다. 태의도 유능한 사람을 부르고 약도 좋은 걸로 써서 천명을 다하도록 힘을 기울이라고 하명하셨습니다. 그리고 그가 한 말이면 듣기 좋은 말이든 귀에 거슬리는 말이든 모두 밀주하라고 하셨습니다……. 밖에 갖가지 요언이 난무하는 만큼 셋째마마께 신중에 신중을 기하고 모든 것을 비밀에 붙이라고 하셨습니다. 색사흑은 이미 죽었다면서 괴로워하셨습니다."

고무용이 말하는 내내 연신 알겠노라고 대답하던 홍시는 색사흑이 죽었다는 말을 듣는 순간 고개를 번쩍 쳐들었다. 고무용을 바라보는 눈빛이 이상야릇했다. 그러나 곧 미소를 지으면서 말했다.

"무슨 말인지 알겠어. 색사흑은 죽을 때까지도 폐하에게는 도움이 되지 않는군. 하필이면 폐하께서 친형제를 사지로 내몬다는 소문이 무성한 마당에 죽을 건 뭔가! 아무튼 내가 아기나를 잘 돌보라고 지시할 것이네."

고무용이 다시 말을 받았다.

"폐하께서는 이불 대인이 색사흑을 죽이지 않았나 하고 의혹을 품고 계십니다. 이불 대인은 그렇지 않아도 전문경과의 껄끄러운 관계 때문에 곤욕을 치르고 있는 중입니다. 지켜보면 제법 볼 만할 것입니다."

"거기 누구 없는가? 고 태감에게 황금 오십 냥을 내어 주거라."

홍시가 문밖을 향해 고함을 쳤다. 고무용은 곧 그의 배웅을 받으면서 돌아갔다. 광청행과 장희 두 사람은 황급히 밖으로 나왔다.

"옷을 갈아입고 조양문으로 가야겠어."

홍시가 고무용을 보내고 돌아오자마자 서두르기 시작했다. 그리고는 광청행이 하녀들을 부르려고 하자 재빨리 말렸다.

"나 혼자 갈아입을 것이니 부르지 말게. 몰래 다녀와야 하니까 소문나면 안 돼. 자네 둘은……."

홍시가 장희를 바라보면서 덧붙였다.

"옷장 속에 푸른 두루마기가 있으니 갈아입고 나를 따라 나서게."

광청행이 놀란 얼굴로 물었다.

"저희들은 아문의 공인公人이 아닌데, 괜찮겠습니까?"

그러자 홍시가 옷을 갈아입으면서 말했다.

"사람들에게 많이 알려지지 않은 얼굴이니 더 안전하지 않겠나."

그 시간 여덟째 윤사는 마지막 숨을 몰아쉬고 있었다. 목숨이 경각에 달려 있다고 해도 괜찮았다. 그는 최근 들어 기력이 쇠잔할 대로 쇠잔해 있었다. 그럼에도 한사코 음식을 거부했다. 그도 그럴 수밖에 없었다. 태어나서부터 지금껏 지존의 위치에서 태감과 시녀들의 시중을 받으면서 살아오다가 하루아침에 죄인 신세가 됐으니 그 충격이 이루 말할 수 없을 터였다. 게다가 자신의 친형에 의해 사랑하는 가족들과도 영영 생이별하게 됐으니 더 살고 싶은 마음은 조금도 없었다.

그는 옷을 입은 채 방안에 누워 있었다. 침상에 누우면 동서로 훤하게 트인 창문을 통해 동쪽에 우뚝 솟은 은안보전銀安寶殿을 한 눈에 볼 수 있는 곳이었다. 서쪽으로는 화원의 경관도 감상할 수 있었다. 또 창문 아래에는 호수가 있어 침상에 엎드린 채 낚싯대를 드리울 수도 있었다. 융과다의 처지와는 비교가 안 될 정도로 주변 여건은 훌륭했다. 그곳은 원래 하인들이 묵던 곳이었다. 그럼에도 그가 그곳을 택한 것은 넓은 경관이 마음에 든 것이 이유였으나 가능한 한 예전의 생활을 떠올리게 하는 곳을 피하겠다는 의지도 있었다.

윤사는 두 눈을 크게 뜨고 창밖에 펼쳐진 호수를 바라봤다. 호숫가의 버드나무는 때가 됐는지 어김없이 누렇게 늙은 채 수면 위에 가지를 힘없이 드리우고 한 줄기의 찬바람에도 진저리를 치면서 흔들리고 있었다.

'그 옛날에는 집사가 하인들을 거느리고 저 호숫가의 낙엽을 빗질하고 호수에 떨어진 낙엽들을 건져내느라 여념이 없었는데……. 그때는 운치를 몰라도 너무 몰랐었구나. 푹신한 낙엽을 밟으면서 가을 정취에 젖어 걸어보는 것도 얼마나 낭만적일까? 그때는 왜 그 낙엽을 깨끗이 쓸어버리라고 닦달을 했을까?'

윤사는 그런 생각이 들자 처음으로 자신의 결벽증을 비웃지 않을 수 없었다.

홍시는 윤사가 이런저런 생각에 잠겨 있는 동안 이미 광청행과 장희를 데리고 방 안에 들어와 서 있었다. 그리고는 너무 말라서 마치 해골처럼 돼버린 여덟째 숙부를 바라봤다.

서글프기 짝이 없었다. 그 옛날의 멋지고 풍류를 즐기던 그 사람은 도대체 어디로 갔다는 말인가. 홍시가 목 멘 소리로 나지막이 윤사를 불렀다.

"여덟째 숙부!"

윤사가 홍시의 목소리를 듣고는 말라버린 오이처럼 쭈글쭈글한 얼굴을 천천히 돌렸다. 한참 후에야 홍시를 알아본 듯했다. 그러나 이내 스르르 눈을 감아버렸다.

"여덟째 숙부, 조카가 지의를 받고 뵈러 왔습니다."

홍시가 얼굴 가득 처연한 표정을 담은 채 다가갔다. 윤사가 힘겹게 몸을 뒤척이더니 홍시를 향해 입술을 실룩거렸다.

"학정홍鶴頂紅(극약)이냐? 공작담孔雀膽(극약)이냐? 목을 매고 죽으라면 여기는 대들보가 너무 낮아 안 돼. 나 혼자서는 매달릴 기운도 없고."

"무슨 그런 말씀을 하십니까?"

홍시는 섬뜩할 정도로 담담한 윤사의 말에 몸을 오싹 떨었다. 그리고는 애써 웃음을 지은 채 말을 이었다.

"절대 그런 일은 없을 것입니다. 폐하께서는 여덟째 숙부의 건강을 염려하고 계십니다. 폐하께서 직접 걸음하시기 불편하셔서 저를 대신 보내셨습니다."

홍시의 말을 들은 윤사가 가소롭다는 표정을 지었다. 그래도 호방한 기질은 여전했다.

홍시가 천천히 주변에 놓인 대접에 눈을 돌렸다. 연근 죽이 반쯤 남아 있었다. 그러나 먹기는 조금 그랬다. 곧 그가 사람을 불러 지시를 했다.

"차 좀 끓여 가져오게. 그리고 내가 가져온 떡도 검사가 끝났으면…… 가져오고."

태감이 알겠다고 대답하고는 굽실거리면서 물러갔다.

홍시는 숟가락으로 찻물을 떠 호호 불어가면서 직접 윤사의 입에 넣어줬다. 그리고는 윤사가 평소에 좋아하던 떡도 조금씩 뜯어 입에 넣어줬다. 이어 고개도 돌리지 않은 채 등 뒤에 있는 태감에게 말했다.

"설사 여덟째마마가 사형장까지 가는 한이 있더라도 자네들은 끝까지 시중을 들어야 하네. 마지막 순간까지 아랫것으로서의 예를 깍듯이 갖춰야 하네! 그런데 이것들이 보자보자 하니까 어디서 돼지같이 미련한 촌년들만 붙어 있나? 바닥도 안 쓸고 탁자도 먼지가 이게 뭐야? 어디 한번 혼나고 싶어?"

홍시가 말을 마치자마자 찻물이 반쯤 남은 찻잔을 들어 엎드려 덜덜 떨고 있는 태감에게 내던졌다. 이어 고개를 돌려 "퉤!" 하고 침을 뱉었다. 그래도 성에 차지 않는 듯 바로 일어나더니 발로 걷어차면서 고함까지 질렀다.

"기어서 일어나! 그리고 내 말 똑바로 들어. 내일부터는 세 조로 나눠 밤낮으로 시중을 들어. 감히 내 명을 거역했다가는 수천 리 밖으로 유배당할 줄 알아!"

장희는 홍시에 대해 잘 모른다고 해야 했다. 그랬으니 자상한 품성의 이면에 감춰져 있는 시퍼런 서슬에 깜짝 놀랐다. 홍시가 다시 윤사에게 떡을 먹여주면서 물었다.

"맛이 어떠세요? 맛이 좋으시다면 내일 사람을 시켜 더 보내드릴게요. 오늘은 급히 오느라 조금밖에 못 챙겨 왔어요."

"나에게도 내일이 있나? 어제와 오늘을 다 빼앗기고 이제는 마지막 길에 내몰렸는데, 나에게 '내일'이 있어?"

윤사가 다 스러져가는 목소리로 물었다.

"여덟째 숙부……!"

"잘 들어. 나는 내가 오늘의 이 꼴이 된 것을 전혀 후회하지 않아. 그리고 자네 아바마마를 용서해줄 마음도 전혀 없어. 내가 죽을까 봐 염려하는 것은 그 자신을 위해서라는 걸 모를 줄 알아? 아우를 죽였다는 악명이 두렵겠지……. 그에게서 법대로 제대로 처벌을 받는 것을 바라는 건 엄청난 사치일 거야. 그러니 이렇게 죽어가는 수밖에는 없겠구나……. 정국의 안정을 찾는 데는 그가 이겼을지 모르나 인정 싸움에서는 우리가 비겼어."

윤사의 얼굴에 희미한 미소가 번졌다. 마치 스러져가던 불꽃이 불어오는 바람에 다시 미약하게 타오르는 것처럼 목소리도 방금 전보다 커졌다.

하지만 그는 갑자기 가래가 끓어오르는 소리를 냈다. 그러는가 싶더니 바로 몸이 뻣뻣하게 굳어지기 시작했다. 안색도 새카맣게 변했다. 두 눈은 마치 동공이 빠지기라도 할 듯 움푹하게 꺼졌다.

홍시는 금세라도 숨이 넘어갈세라 괴로워하는 윤사를 보면서 다급히 말했다.

"제가 이곳의 부덕한 태의들을 다 쫓아내고 태의원의 의정醫正을 불렀어요. 지금 달려오고 있을 거예요. 조금만 참으세요."

홍시가 말을 마치기 무섭게 광청행과 장희를 물러가게 했다. 이어 황급히 물었다.

"여덟째 숙부, 달리 하실 말씀이 있으세요?"

"자네는 어떻게든 병권을 잡아야 하네. 병권 없이는 자네 넷째 아우를 당해낼 길이 없네."

윤사가 홍시의 두 손을 꼭 잡은 채 지그시 바라보았다. 그의 눈빛에는 마지막 남은 열망과 기대가 서려 있었다.

"그 당시 서녕에 있던 자네 열넷째 숙부가 북경에서 병권을 틀어쥐고 있기만 했더라도 상황은 달라졌을 것이네. 병권이 그렇게 무서운 거야."

갑자기 홍시의 손을 잡고 있던 윤사의 손이 맥없이 풀렸다. 숨소리도 더욱 미약해져만 갔다.

홍시는 조심스레 윤사를 자리에 눕히고 밖으로 나왔다. 이어 벌겋게 달아오른 얼굴을 쓸어내리면서 윤사의 말을 곰곰이 되새겼다. 그는 윤사가 배짱이 부족해 천재일우의 기회를 놓친 줄로만 알고 있었다. 그러나 오늘 보니 그게 아니었다. 윤사에게 병권이 없었던 것이 치명적인 결과를 초래한 것이었다. 다시 생각해보니 옹정이 잡다한 정무를 자신에게 밀어주고 홍력에게 전량과 병권을 맡긴 것이 이해되기 시작했다.

그가 그렇게 생각하고 있을 때였다. 몇몇 태의가 허둥지둥 달려오는 모습이 보였다. 홍시는 그들에게 어서 들어가 보라는 손시늉을 했다. 그러고도 한참 동안 멍하니 생각에 잠겨 있다가 장희와 광청행에게 말했다.

"그만 가지!"

그날 저녁 강희의 여덟째 아들 윤사는 어둑어둑한 촛불 아래에서 차가운 초승달을 바라보면서 파란만장하고 다사다난했던 삶을 마감했다.

그는 나름대로 높은 인망을 쌓으면서 큰 꿈을 키워 왔다. 그 꿈을 위해 일생 동안 옹정을 괴롭히는 데 온 정력을 쏟아부었다. 그러나 황제 자리와는 기본적으로 인연이 없었던 사람이었다. 그게 가슴 속에 얼마나 큰 한이 됐는지 그는 죽을 때까지도 눈을 크게 뜨고 있었다. 그가 죽은 뒤 오랫동안 그를 따랐던 추종자들은 몰래 제사를 지

내 구천을 떠도는 고혼孤魂을 위로했다고 한다. 그러나 '여덟째당'은 윤사의 죽음으로 인해 원기를 크게 상해서 결국에는 역사의 뒤안길로 깨끗하게 사라지고 말았다…….

39장

악종기의 기만전술

장희가 고향인 호남성 영흥永興에 도착했을 때는 중양절重陽節이 가까워오는 때였다. 북경의 경우는 첫서리가 내려 겨울날 준비에 무척이나 바빴다. 그러나 북경보다 남쪽에 있는 호남은 여전히 푸른 기운이 남아 있었다.

그는 다른 곳으로 새지 않고 곧장 집으로 돌아갔다. 이어 가족들과 오랜만에 상봉했다. 그동안의 회포도 풀었다. 사나흘 머문 뒤 드디어 스승인 증정을 만나기 위해 집을 나섰다. 떠나기 전에는 홍시에게서 받은 노잣돈 300냥 중에서 200냥을 꺼내 노모의 손에 꼭 쥐어드렸다.

"잘했어, 참으로 장하구나!"

증정은 광청행으로부터 받은 편지를 태워 없애더니 장희를 거듭 칭찬했다. 그로부터 이번에 북경을 다녀온 자초지종을 듣고 나서는 얼굴에 희색이 만면했다.

"내가 잘못 가르치지는 않았군. 자네도 헛걸음한 것이 아니고! '현명한 사람은 성패로 영웅을 평가하지 않는다'고 했네. 더구나 이 일은 얼마든지 팔을 걷어붙여 볼 만하지 않은가!"

증정은 대단히 기뻐하면서 부인에게 밥상을 차려오도록 했다. 나이가 쉰 넷인 증정은 겉보기에 훨씬 더 늙어 보였다. 머리카락은 온통 은색이었을 뿐만 아니라 희고 긴 눈썹은 작은 세모눈을 살짝 덮고 있었다. 가슴까지 내려온 턱수염은 항상 한 올 한 올 셀 수 있을 정도로 정갈하게 빗겨져 있었으니, 금세라도 바람을 타고 하늘로 두둥실 날아오를 것 같은 인상을 풍겼다.

그 사이 장희는 사모師母가 차려온 밥상을 받아 허겁지겁 먹기 시작했다. 증정이 대견스러운 눈빛으로 제자를 바라보면서 말했다.

"나돌아 다니는 바보가 집안에 처박혀 있는 똑똑이보다 낫다고 하더니, 그 말이 틀린 데가 하나도 없군. 자네, 이번에 북경에 다녀오더니 훨씬 무게가 있어 보이는데?"

"역시 고향 밥이 맛있네요! 형세는 방금 말씀드린 대로입니다. 나중에는 셋째마마가 너무 바빠 저하고 광청행 어른 둘이서만 몇 차례 얘기를 나눴습니다. 스승님께서 어떻게 계획하고 계신지 몰라 깊은 얘기는 나누지 못했습니다."

"깊은 얘기까지는 할 거 없지. 여기 내가 쓴 책이 있네. 시간이 있으면 읽어 보도록 해. 광청행은 셋째 황자를 보좌해 그 마마를 보위에 올려놓는 것이 목적이겠지. 그러나 나는 깃발을 들어 천하의 색깔을 바꾸는 것이 목적이야. 그러니 엎어버리자는 데는 뜻이 같으나 지향하는 바가 같다고 할 수는 없겠지."

증정은 이어 책 두 권을 건네줬다. 장희는 남은 국을 후룩후룩 다

마시고 나서 이마의 땀을 닦으면서 책을 펼쳐들었다. 책 제목은 각각 《지신록》知新錄과 《지기록》知幾錄이었다.

증정이 수염을 쓸어내리면서 미소를 지었다.

"《지신록》에는 삼척동자도 다 아는 사실에 내 나름의 견해를 보태서 넣었네. 오랑캐들이 화하華夏의 대지를 어지럽힐 때 백성과 조정이 취한 반응과 대응책이 주요 내용이네. 《지기록》에서는 하늘과 인간의 감응에 대해 적어봤네. 한마디로 '오랑캐들 중에서 군주가 나오느니, 나라가 망하는 것이 낫다'라는 사상을 피력했어."

장희가 고개를 끄덕이면서 책을 뒤적여 보았다. 그러자 증정이 담배연기를 길게 내뿜으면서 말을 이었다.

"수십만 자에 달하는 책을 언제 다 읽나? 집에 가서 천천히 음미하면서 읽어보게. 자네가 떠날 때 말했듯 대청大淸은 이미 수명을 다할 때가 됐네. 망국의 조짐이 나타날 때 멍청한 폭군이 대세를 역행해 기승을 부리는 법이지. 자네, 옹정이 하는 짓거리를 좀 보게. 칠 척 사내가 치사하게 보위를 찬탈한 것으로도 부족해서 형제들을 괴롭혀? 게다가 공신들과 어미까지 죽이는 걸 보면 나라가 망할 징조가 아니고 뭔가? 그의 정령政令을 보면 한손으로는 전문경, 악이태, 이위와 같은 혹리酷吏들을 키워주고 한편으로는 양명시, 손가감과 같은 대쪽 같은 정신正臣들을 물 밑으로 꾹 누르고 있지 않은가? 백성들은 관신일체 납량이니 황무지 개간이니 하는 정책으로 인해 고향 땅을 등진 채 타지를 떠도는데, 그는 나 몰라라 뒷짐만 지고 있지 않은가! 그러고도 이 나라의 인주人主야? 이치吏治 쇄신이니 뭐니 하면서 개나 소나 다 같이 한 몽둥이로 때려잡는 것을 보면 폭군의 전형이 따로 없어."

증정의 얘기는 계속 이어졌다.

"연갱요는 옹정이 민심을 안정시키는 데 결정적인 역할을 한 대장군이었어. 융과다는 위망威望이 하늘을 찌르는 탁고중신이었지. 두 사람 다 인간이니 실수를 할 때도 있는 법이 아닌가. 그렇다고 한 명은 죽여 버리고 다른 한 명은 죽느니보다 못한 저 모양 저 꼴로 방치해 두다니, 이 얼마나 가혹한 짓인가? 멀리서 그들의 비극적인 종말을 지켜보는 악종기는 또 얼마나 섬뜩것겠어?"

증정은 의자에 비스듬히 기댄 채 창밖의 푸른 산봉우리를 바라봤다. 이어 곰방대를 뻑뻑 빨아댔다. 그가 사색에 잠긴 표정으로 다시 말을 이었다.

"자네 말이 맞네. 수재들처럼 힘없는 무리를 부추겨서는 안 될 것 같네. 자네처럼 쫓겨 다니다 볼일 다 볼 테니. 자네가 이번에 운 좋게 셋째 황자의 신임을 얻었으니 우리는 이 관계를 잘 이용해 악종기에게 거사를 권유하는 것이 상책일 것 같네."

"학생이 직접 서녕으로 다녀오겠습니다."

장희는 말을 마치고는 악종기가 군사를 일으켜 파죽지세로 쳐들어오는 모습과 옹정이 독불장군으로 갈팡질팡하다가 백기를 드는 장면을 상상했다. 피가 끓어오르는 것 같았다. 그가 자리에서 벌떡 일어나며 다소 쉰 목소리로 덧붙였다.

"지금 악종기가 감히 북경으로 들어가지 못하는 것은 그가 고민하고 있다는 증거입니다. 그가 아직 마음을 잡지 못하고 우왕좌왕하고 있을 때 빨리 가서 선수를 쳐야 합니다."

"너무 성급하면 일을 그르치는 수가 있네."

증정이 곰방대를 발뒤축에 툭툭 털면서 자리에서 일어났다. 이어 방 안을 서성이더니 입을 열었다.

"지피지기면 백전불태知彼知己百戰不殆(적을 알고 나를 알면 백번 싸워도 위태롭지 않다)라고 했어. 악종기의 의중도 제대로 모르고 선불리 모반을 부추겼다가는 자칫 불나방 신세가 될 수도 있네. 그가 자네 목덜미를 잡고 조정으로 끌고 가면 어쩔 셈인가?"

"설마 그럴 리가 있겠습니까? 그는 악비 장군의 후예입니다!"

"자고로 충신에게서 반역자가 나온다고 했네. 그런 걸 너무 믿지는 말게. 애당초 본인이 한족 충신의 후예라는 사실을 상기했더라면 그는 지금 관직에 있지도 않았을 거네. 내 생각에는 그에게 의로운 반란을 권유하는 편지를 한 통 써 보내는 것이 어떨까 하네. 그가 가장 두려워하는 것은 옹정이 공신들을 주살하는 것일 거야. 이해득실을 차근차근 따지면서 설득하면 성사될 법도 하네. 의리 없는 옹정에 의해 도마 위에 올려 지기 전에 현명한 판단을 하라고 말일세."

증정의 이맛살이 물결치듯 흔들렸다. 흥분하고 있는 것이 분명했다. 장희가 바로 대답했다.

"스승님의 뜻에 따르겠습니다."

증정이 다시 장희를 아래위로 훑어보면서 안타까운 눈빛으로 말했다.

"아무튼 잘 생각해본 다음 떠나게. 이번 길은 흉함이 많고 길함이 적을 것일세. 나는 이미 무덤에 반쯤 묻힌 몸이니 그렇다 치더라도 자네는 노모와 동생들을 챙겨야 할 사람이 아닌가."

"깊이 생각해봤습니다. 이미 가족들의 양해를 구했습니다. 어머니께서도 대단히 사리에 밝으신 분이라 아들의 행동을 이해해 주셨습니다."

장희가 감개에 젖은 채 대답했다.

그로부터 일주일 후 장희는 스승 증정과 눈물의 작별을 고했다. 날짜를 꼽아보니 서녕까지 가려면 호북, 하남, 섬서, 감숙 등 네 개 성을 경유해 약 3000여 리를 꼬박 가야 했다. 장희는 죽어도 길에서 죽겠다는 비장한 각오로 은 40냥만 노잣돈으로 남기고 나머지는 기어이 스승에게 맡겼다.

떠날 때는 눈물이 하염없이 흘렀으나 정작 길에 오른 뒤에는 의연하게 걸음을 재촉했다. 배가 고프면 마른 빵을 물에 적셔서 먹고 밤이 되면 야숙도 했다. 그는 불철주야로 걷고 또 걸어 드디어 옹정 7년 정월에야 서녕西寧에 도착할 수 있었다.

이미 수차례 적들과의 대규모 유혈전이 벌어진 서녕은 이미 군사주둔지로 변한 상태였다. 백성들은 떠나가거나 죽고 성 안에는 라마교 사원과 차와 말을 사러 온 중원의 상인들 외에는 없었다. 텅 빈 민가들은 병영으로 사용되고 있었다. 황토 먼지가 누렇게 일어나는 길에는 군량미와 건초를 나르는 낙타의 무리만 뚜벅뚜벅 지친 몸을 움직이고 있었다…….

장희는 겨우 남은 은 다섯 냥을 차 상인에게 주고는 그 집에서 목욕하고 하룻밤을 묵었다. 이튿날 증정이 선물한 가죽 장포를 입은 채 길을 나선 그는 대장군의 행원을 향해 성큼성큼 걸어갔다. 행원 앞에 도착한 뒤에는 즉각 대문을 지키는 친병에게 말했다.

"나는 악 장군에게 편지를 전달하기 위해 특별히 호남에서 심부름 온 사람이오. 악 장군을 한번 뵈었으면 하오."

"죄송합니다만 존함을 여쭤 봐도 되겠습니까?"

"아, 나는 장희라는 사람이오. 대단히 중요한 서찰이니 반드시 직접 대장군을 뵙고 드려야겠소."

장희는 흐리멍덩한 하늘 아래 우뚝 솟아있는 행원의 정문을 바라보며 말했다. 친병은 더 이상 묻지 않고 장희의 명함을 들고 들어갔다. 그리고는 담배 한 대 태울 정도의 시간이 지나 다시 나왔다.

"대장군께서는 몇몇 장군들과 회의를 하는 중이십니다. 저를 따라 오십시오."

친병을 따라 쪽문으로 들어서자 열병장閱兵場이 보였다. 장희는 다시 그 옆의 측문 안으로 들어섰다. 커다란 안뜰이었다. 친병이 널찍한 방 안으로 장희를 안내했다.

"여기는 저희 대장군의 공문결재처입니다. 대장군께서는 지금 의사청에서 군무를 의논하고 계시니 조금만 기다리십시오. 주전자에 따끈한 차가 있습니다. 자, 그럼 앉아 계십시오."

장희는 홀로 악종기의 공문결재처에 남겨지자 문득 이상한 기분을 느꼈다. 북경, 호남을 거쳐 서녕까지 숨이 가쁘게 달려온 자신이 불가사의하게 느껴졌던 것이다. 또 전혀 생면부지의 악 장군을 찾아 왔다는 사실도 다소 믿어지지 않았다.

방 한가운데에는 허름한 책상이 놓여 있었다. 또 벽 쪽에는 긴 나무걸상, 책상 위에는 문서가 무더기로 쌓여 있었다. 북쪽으로는 큰 온돌이 있었다. 출입구 쪽에 있는 난로 위에서는 주전자가 뜨거운 김을 내뿜고 있었다. 그밖에 달리 눈에 들어오는 물건은 없었다. 서쪽 벽에 걸려 있는 액자에는 이 방 주인의 성격을 말해주는 두 글자가 적혀 있었다.

氣靜

제목도 낙관도 없는 두 글자는 보는 이의 마음을 차분히 가라앉게 하는 마력이 있었다.

"고 선생을 불러. 그래, 고응천高應天! 알겠어?"

밖에서 무거운 장화소리와 함께 중후한 목소리가 크게 들려왔다.

그 목소리의 주인이 덧붙였다.

"어젯밤 불침번 당번 두 명이 얼어 죽었다고 하니, 군수사軍需司에 전해라. 털외투와 가죽 장포……, 아무튼 겨울을 무사히 날 수 있는 옷가지를 남아 있는 대로 모두 보내라고 전해. 창고에도 없으면 감숙성 장군과 감숙성 순무에게 공문을 보내 칠 일 이내에 보내오도록 하라고!"

말소리와 함께 묵직한 면렴綿簾이 걷히면서 체격이 다부진 중년 사내가 성큼 들어섰다. 사내는 아홉 마리 맹수를 수놓은 가죽 장포와 선학을 수놓은 보복補服을 껴입고 무릎까지 오는 쇠가죽 장화를 신고 있었다. 눈썹은 빗자루 같고 얼굴은 대추처럼 검붉은 색이었다. 그리 크지 않은 두 눈에서는 예리한 빛이 뿜어져 나오고 있었다. 척 보기에도 옹정 왕조의 으뜸 가는 명장 악종기임을 알 수 있었다. 장희가 엉거주춤 일어섰다.

악종기의 뒤를 따라 들어온 몇몇 군교들이 관복을 벗겨줬다. 남다른 권위가 엿보였다. 그러나 관복을 평상복으로 갈아입는 동안 악종기는 내내 표정이 굳어 있었다. 장희는 그 모습을 보면서 갑자기 긴장이 엄습해왔다. 잔뜩 충전해뒀던 자신감은 순식간에 어디론가 증발해버린 것 같았다.

"자네가 장희라는 사람인가? 눈매가 부리부리한 것이 사내답게 생겼군. 이 날씨에 그 먼 호남에서 여기까지 편지를 가져오느라 수고가 많았네."

자주색 스라소니 가죽 장포로 갈아입은 악종기는 넋이 나간 듯 어정쩡한 표정으로 있는 장희를 향해 히죽 웃으면서 말했다.

장희는 그제야 화들짝 놀라면서 무릎을 꿇었다. 이어 머리를 조아렸다.

"소인은 호남성 생원인 장희라고 합니다. 대장군께 문후 올립니다. 스승이신 석개수石介叟의 명을 받고 긴히 대장군을 뵙고 아뢸 말씀이 있어서 왔습니다."

악종기가 적이 놀라워했다.

"편지를 전하러 왔다고 하지 않았나?"

장희는 대답 대신 방 안의 다른 사람들을 힐끔힐끔 쳐다봤다. 악종기가 웃으면서 말했다.

"아, 이 사람들? 모두 수십 년 동안 날 믿고 따라준 사람들이네. 아무리 기밀일지라도 이 사람들은 따돌릴 필요가 없네. 할 말이 있으면 해보게. 편지가 있으면 꺼내 놓고. 자네들처럼 먹물 좀 먹었다는 사람들은 동작이 너무 굼떠 갑갑하네."

좌중의 몇몇 장군들은 악종기의 신임을 받는다는 사실이 흐뭇한 듯 모두들 웃었다. 이럴 때는 도대체 어떻게 입을 열면 좋을까 잠시 고민하던 장희가 장포 자락을 쳐들더니 쭉 찢었다. 이어 그 속에서 조심스레 편지 한 통을 꺼내 두 손으로 공손히 악종기에게 받쳐 올렸다.

"대장군께 드리는 서찰입니다."

"명필이로군!"

악종기는 겉봉의 글씨를 잠시 눈여겨보다 편지를 뽑아들었다. 깨알 같은 글자는 족히 수천 자는 될 것 같았다.

서두에는 악종기의 선조인 악비 장군이 금金나라에 항거해 용맹하게 싸운 사실을 간략하게 열거했다. 그리고는 그때 당시 송宋 고종(송나라 10대 황제이자 남송南宋의 초대 황제)이 조금만 더 과단성 있게 악비 장군을 밀어줬더라면 천추의 유감으로 남지 않았을 것이라고 강조했다. 이어 역대 공신들이 공고진주功高震主(공로가 너무 커서 주군이 경계를 함)의 참화를 당한 사례를 실감나게 묘사하는 내용이 있었다. 마치 피비린내 나는 현장이 눈앞에서 펼쳐지는 듯 생동감 있는 묘사가 돋보였다.

편지를 읽어 내려가는 악종기의 표정이 갑자기 심각하게 굳어지기 시작했다. 깨알 같은 글씨들이 어느 순간부터 지독한 벌레처럼 변해 온몸을 아프게 콕콕 찌르는 것 같았던 것이다. 갑자기 머릿속이 멍해지는 것 같았다. 편지 내용에도 반전이 생겼다.

그 옛날의 금나라는 여진족이 세운 나라입니다. 중원에서 유린당하고 낭패를 본 뒤 장백산長白山 흥안령興安嶺 쪽으로 도망가 무리를 이루면서 '만'滿이라고 개칭했습니다. 이는 주지하는 바입니다. 그들은 만주족의 시조입니다. 악 장군을 비롯한 우리 한족들의 철천지원수입니다. 그런데 어찌 위대한 한족 후예인 악 장군 같은 분이 원수들 편에 서 계실 수가 있다는 말씀입니까? 그렇게 하고도 구천에 계신 선인들에게 효를 다했다고 할 수가 있겠습니까? 오랑캐들 중에서 군주가 나오느니, 차라리 화하華夏 땅은 망하는 것이 나을 것입니다. 오랑캐는 이리떼의 포악함과 사갈蛇蝎의 성정을 지닌 자들입니다. 그런 자들에게 어찌 우리의 명운을 맡기고 발을 쭉 뻗고 편히 잠을 잘 수가 있겠습니까? 소생의 마음속에는 오랑캐를 향한 미움과 분노뿐입니다. 오랑캐 군주에게 충성한다는 것은 있을 수도 없는 일입니다. 연갱요가 아무리 오만불손했다고 해도 옹정의 기반을 닦는데 일조한 영웅인데 하루아침에 죽음을 내리다니, 그리 비정한 군부君父가 어디 있다는 말입니까? 악 장군도 그 전철을 밟지 말라는 법이 없습니다. 무리가 다르면 품고 있는 마음도 다르기 마련입니다. 악 장군은 아무리 몸부림쳐도 어쩔 수 없는 '다른 무리'일 뿐입니다. 위정자에게 미련을 버리지 못하고 있는 악 장군의 운명은 저 아침이슬과도 같이 위태롭기 짝이 없습니다. 그대의 충량忠良과 영명英明함으로 우리 한가漢家의 복원을 위한 성스러운 위업을 이뤄주십시오. 한가의 억만 아들딸들을 이끌고 오랑캐들에게 유린당하고 있는 우리 중원中原을 되찾아주십시오. 달갑게 악 장군을 지도자로 모시고 싶습니다!

-송곳으로 가슴을 찌르는 듯한 아픔을 느끼며 석개수 올림

악종기는 간신히 편지를 다 읽었다. 온몸은 어느새 땀에 흠뻑 젖어 있었다. 그는 금세 튀어나올 것 같은 가슴을 부여잡으면서 미간을 무섭게 찌푸렸다.

"평생 이토록 가슴 떨리는 편지를 받아본 적이 없네. 석개수라……! 누군가의 호인 것 같은데, 이 사람을 믿고 안 믿는 것을 떠나 일단 한번 만나볼 수 없을까?"

장희는 악종기가 편지를 읽는 내내 긴장한 나머지 안색이 창백하게 질려 감히 그 얼굴을 쳐다보지도 못하고 있었다. 차라리 육체적인 혹형을 받는 것이 더 나을 것 같았다. 다행히 악종기는 화를 내지 않았다. 장희는 그제야 안도의 한숨을 내쉬면서 악종기를 향해 읍을 했다.

"대단히 죄송합니다만 대장군께서 저희와 더불어 깃발을 올리실 뜻을 분명히 하시지 않는 한 지금으로서는 만나실 수가 없습니다. 저의 스승님은 천지간의 모든 학문과 지리를 통달하신 대단한 학자이십니다. 대장군께서 기꺼이 저희들의 지도자가 돼주신다면 스승께서는 한걸음에 달려오실 것입니다."

악종기는 즉각 고개를 세차게 저었다.

"편지 한 장만으로는 믿을 수 없네."

그러자 장희가 의연한 표정을 지으면서 말했다.

"저 장희도 칠 척의 사내입니다. 제가 인질로 남아 있겠습니다. 대장군께서 거사하시기 직전까지 스승님이 나타나시지 않으면 대장군께서 저의 목을 치십시오!"

"거사가 무슨 아이들 장난인가? 어느 한두 사람의 욱하는 성미에 판도가 바뀔 정도로 세상은 그렇게 호락호락하지 않다네."

"우리는 천명을 받은 몸입니다. 하늘이 굽어 살펴주시고 온 백성이 따라줄 것인데 뭘 그렇게 걱정을 하십니까?"

"젊은 친구라서 역시 겁나는 구석이 없군. 나에게 조반造反의 수령이 돼줬으면 좋겠다고 하면서도 믿지는 못하겠다고? 군사를 거느리는 사람도 나름대로 철학이 있다네. 내가 뭐 동네 꼬마들 중의 골목대장인 줄 아나 보지?"

악종기는 무슨 영문인지 몰라 자신의 얼굴만 바라보는 군교들을 향해 웃으면서 말했다. 악종기의 말에 몇몇 부하 장수들이 와! 하고 웃음을 터트렸다. 장희는 모멸감과 수치심을 느끼고는 자리에서 벌떡 일어섰다.

"대장군께서 소생을 못 믿으시겠다면 엉덩이를 걷어차 내쫓으십시오. 그러면 그만입니다. 이놈의 목을 따서 한 건 올리고 싶으시면 목을 따십시오. 사람을 앞에 두고 조롱하시다니, 웬 말씀입니까?"

"한 건 올리고 싶다? 왜 조롱하느냐고? 이봐! 이마에 피도 안 마른 것이 어느 면전이라고 감히 발을 들여놓고 허튼소리를 하는 건가! 어서 까놓고 말하지 못해? 누가 보내서 왔어? 지금 어디서 오는 길이야?"

악종기는 장희의 말을 곱씹으면서 냉소를 흘렸다. 장희는 편지를 막 읽고 났을 때와 정반대로 돌변한 악종기의 태도를 보고 그제야 눈앞에 있는 장군의 진면목을 알 수 있었다. 그는 오늘 이곳에서 살아 나가기 어렵다는 것을 예감하고 고개를 젖히면서 껄껄 웃었다.

"악비의 후예가 알고 보니 이렇게 썩었구먼, 하하하……!"

"여봐라! 끌어내라!"

악종기가 기어코 소리를 질렀다. 곧 섬뜩한 고함소리가 방 안에 진동했다.

"예!"

"끌고 가서 곤장 마흔 대를 똥구멍이 빠지도록 내리쳐!"

"예!"

방금 전까지 의연한 모습을 보이던 장희는 어느새 바깥의 복도로 끌려갔다. 이어 기둥에 포박당한 채 살점이 떨어져 나가도록 얻어맞았다.

"후당으로 끌고 가 죽지 않을 만큼 고문을 해!"

장희는 고문을 당해도 의연하게 버텼다. 악종기는 끝까지 장희의 신음소리가 들리지 않자 악에 받혀 다시 더욱 강하게 족치라는 명령을 내렸다. 이어 찻잔을 집어 들었다. 그러나 이미 차가 식어 있자 다시 가져오라는 말도 없이 다짜고짜 찻잔을 땅바닥에 내동댕이쳤다. 때마침 방 안으로 들어서던 막료 고응천이 흠칫 놀라면서 말했다.

"밖에서는 곤장질을 하고 있고 안에서는 찻잔을 내던지시고, 도대체 무슨 일이십니까, 대장군?"

악종기가 거친 숨을 몰아쉬었다. 단단히 화가 나 있었다. 그러나 손가락으로 책상 위의 편지만 가리킬 뿐 아무 말도 하지 않았다.

고응천이 성큼 다가가 편지를 집어 들었다. 그가 두어 줄 읽어 내려가더니 곧 무너지듯 의자에 내려앉았다. 그리고는 집어삼킬세라 편지지를 코앞에 대고 읽기 시작했다. 악종기가 입을 열었다.

"그렇지 않아도 멀쩡한 사람을 바보로 만드는 낭설 때문에 골치 아픈데 별 게 다 와서 정신 사납게 구는군!"

고응천이 천천히 편지를 접으면서 물었다.

"대장군, 어떻게 할 셈입니까?"

"형부에 넘기는 것이 순서지. 항쇄를 씌워 북경으로 압송해."

악종기가 지시했다. 그러자 고응천이 반대하고 나섰다.

"그건 절대 안 됩니다. 이 일을 수면 위로 끌어올리시면 큰일이 납니다. 계란 속에서 뼈를 찾아내지 못해 안달이 난 어사들이 악 장군을 가만히 놔둘 리 만무합니다. 원흉을 놓쳤다는 식으로 문제를 삼아 탄핵안을 올릴 게 분명합니다. 이 일은 반드시 대장군께서 직접 깨끗하게 처리하셔야 합니다. 그래야 어사들이 감히 왈가왈부하지 못할 것입니다. 또 대장군이 '금'에 항거한 악비 장군의 후예라고 은근히 똥바가지를 씌우려 드는 세력들에게도 보기 좋게 한방 날릴 수 있습니다. 게다가 폐하를 위해 커다란 모반의 음모를 조기에 좌절시키는 공훈도 세울 수 있습니다. 대장군께서 비록 공로에 연연하시는 분은 아니시나 수중에 다 들어온 공로를 고스란히 형부에 넘겨줄 이유는 없지 않겠습니까?"

고응천은 사실 악종기의 막료들 중에서 가장 눈에 띄지 않는 인물이었다. 그럼에도 악종기가 그를 부른 것은 군량미와 건초의 조달에 차질을 빚은 탓이었다. 한바탕 훈계를 하려고 했던 것이다. 그런 그가 이토록 가치 있는 조언을 할 줄이야! 그건 정말 전혀 뜻밖의 일이었다.

악종기는 훈계는 까마득히 잊은 채 흡족한 표정을 지으면서 연신 엄지를 내둘렀다.

"이봐 고응천, 이제부터는 자네를 괄목상대해야 할 것 같은데? 대단히 유용한 조언이었어! 자네 생각에는 이 일을 어떻게 처리하는 것이 바람직할 것 같은가? 저놈이 아예 입을 다물어버릴까 걱정이네."

고응천이 몇 가닥 안 되는 누런 수염을 만지작거리면서 대답했다.

"고육계苦肉計를 써야 합니다."

"고육계라고?"

"숨이 간신히 붙어 있을 정도로 온갖 고문을 다 가하는 겁니다. 가장 좋은 것은 고문에 못 이겨 입을 여는 것이지만 그래도 이놈이 입을 열지 않는다면 그때 가서 자연스럽게 접근해 살살 달래면 됩니다. 처음부터 찾아가서 좋은 말을 하면 괜히 의심을 하면서 미끼를 물지 않을 수도 있습니다."

악종기는 고응천의 말을 되새김질하면서 가만히 고개를 끄덕였다.

장희는 온몸에 피멍이 들도록 얻어맞은 다음 정신이 혼미한 채로 어둡고 침침한 작은 방에 내팽개쳐졌다. 시체가 따로 없었다. 그는 과거 가끔씩 순무아문에서 범인들을 심문하는 장면을 보기는 했다. 그러나 이번에 그가 당한 것은 그것과는 비교할 수조차 없을 정도로 가혹하기 이를 데 없었다…….

우선 소금물을 몸에 발라놓고 채찍질을 해댔다. 그것도 채찍 자국이 쌀 '미'米자를 만들어내도록 전문 훈련을 받은 고문 기술자들로부터 채찍질을 받았다. 당연히 기절했다가 깨어나기를 반복했다. 어느새 채찍이 할퀴고 간 자리에서는 피 대신 누런 진물이 배어나왔다.

그 사이에 다른 군교들은 술을 마시면서 쇠막대기를 달궜다. 그리고는 빨갛게 달군 막대기로 상처자국 위에 그림을 덧붙여 그리면서 즐겼다…….

장희는 한밤중에 온몸이 갈기갈기 찢기는 고통을 느끼면서 천천히 혼수상태에서 깨어났다. 깨어나고 보니 더 고통스러운 것은 목구멍부터 심장까지 다 타버릴 것 같은 심한 갈증이었다.

그는 무거운 눈꺼풀을 겨우 밀어 올리고 주변을 둘러봤다. 흙으로 벽을 도배한 자그마한 방에 누워 있는 자신을 발견하는 데는 그리 오랜 시간이 걸리지 않았다. 등허리가 뜨끈뜨끈한 것이 온돌방에 누워 있는 것이 분명했다.

어렴풋이 방 한쪽에 주전자가 놓여 있는 것이 보였다. 장희는 누군가를 불러 물이라도 한 모금 얻어 마시고 싶은 생각이 굴뚝같았다. 그러나 단호하게 입을 다물어버렸다. 그때 병풍 너머 건넌방에서 귀엣말에 가까운 나지막한 두 사람의 말소리가 들려왔다.

"이봐……, 깼어?"

"아니……. 뉘시오?"

"쉿! 물이라도 좀 먹이지 그랬어?"

"정신을 차렸을 때는 죽어라 안 마시려 해서 혼수상태일 때 조금 먹였소."

"군의軍醫는 다녀갔어?"

"다녀갔소. 약을 발라줬소. 내상은 전혀 없으니 대장군님께 안심하시라고 전하오. 물론 살가죽은 좀 아프겠지? 마馬 군의가 그러는데, 며칠만 잘 요양하면 곧 괜찮아질 거라고 했소."

"쉿! 지금 자는 틈을 타 물을 좀 더 먹이고 오라고. 나는 대장군을 뵙고 올 테니."

곧이어 조용한 발걸음 소리와 함께 희미한 기름등잔을 받쳐 든 늙은 병사 한 명이 들어왔다. 장희는 황급히 눈을 감고 자는 척했다. 메말랐던 입술이 차갑게 적셔지는 상쾌한 느낌과 함께 약간 벌어진 입술 사이로 물이 조금씩 흘러들기 시작했다. 그는 일부러 인사불성인 척하면서 주는 물을 거부하지 않고 다 받아 마셨다. 그리고는 거의 한 대접을 다 마시고 나서 얼마 지나지 않아 다시 반 혼수상태에 빠져들었다.

"장희! 장 선생!"

비몽사몽인 장희의 귓전에 갑자기 약간 울먹이는 쉰 목소리가 들려왔다. 이어 환한 등불 빛이 눈에 들어왔다. 자세히 보니 악귀 같은 악종기가 눈앞에 서 있었다. 장희는 흥! 하고 코웃음을 치면서 돌아누우려 했다. 그러나 몸이 말을 듣지 않았다.

"장 선생, 내가 그대를 보러 왔네."

악종기가 부드러운 눈빛으로 장희를 바라봤다. 고응천은 바로 그 옆에서 초롱불을 쳐든 채 장희의 상처를 들여다보면서 말했다.

"이 정도면 며칠 내로 나을 겁니다, 대장군! 골병드는 내상은 아니니 걱정하지 않으셔도 좋다고 마 군의가 말했습니다."

갑자기 섬뜩할 만큼 차가운 물방울이 장희의 목덜미에 떨어졌다. 고개를 한쪽으로 꼬고 있던 장희가 흠칫하면서 천천히 시선을 돌렸다. 그것은 놀랍게도 악종기의 눈에서 흘러내린 눈물이었다. 고응천이 옆에서 위로의 말을 건넸다.

"대장군, 지나치게 상심하지 마십시오. 장 선생이 건강을 회복하시는 대로 다시 마주 앉으면 되지 않겠습니까?"

장희가 눈물을 흘리는 악종기를 노려보더니 냉랭한 음성으로 말했다.

"당신은 만가滿家의 대장군이고, 나는 한가漢家의 원혼이오. 그런데 우리 사이에 마주 앉을 일이 더 이상 뭐가 있겠소?"

악종기는 장희의 말에 핏기 하나 없는 창백한 얼굴을 하고는 한 줄기 눈물을 매단 채로 천천히 뒷걸음쳤다. 이어 의자에 털썩 주저앉았다. 그리고는 머리를 두 팔 사이에 묻고 주체할 수 없는 고통에 시달리는 듯 어깨를 들썩이면서 흐느끼기 시작했다.

그러자 고응천이 여전히 차가운 표정을 한 채 장희를 윽박질렀다.

"악 대장군은 악비 장군의 이십일 대 후손이야. 자네, 한 번만 더 불경스런 혓바닥을 놀렸다가는 내가 당장 끌고 나가 미친개에게 던져줄 거야! 반청反清은 소문이 나면 멸문지화滅門之禍를 초래할 수 있어. 또 복명復明은 천고에 길이 빛날 대사야. 그러나 자네가 들고 온 종이 한 장을 덜컥 믿고 우리에게 거사를 행하라는 것이 말이 되는가?"

장희는 고응천의 뜻밖의 말에 흠칫 놀라면서 말까지 더듬거렸다.

"그렇다면……, 그대들은…… 나를 떠봤던 거요?"

이번에는 악종기가 직접 장희에게 다가오더니 머리를 쓰다듬어주었다.

"이보게, 아우! 작년에 내가 크게 봉변을 당할 뻔해서 그러네. 누군가가 주삼태자의 유령諭令이라면서 들고 왔기에 나는 아무 생각 없이 받아들였지. 그랬는데 나중에 알고 보니, 그자는 옹정이 파견한 점간처粘竿處(비밀첩보기구)의 첩자였네! 옹정은 지금 나의 일거수일투족을 유심히 지켜보고 있다고. 한번 눈 밖에 났으니 나로서도 바짝 긴장하는 수밖에 없지 않겠나?"

장희는 다소 믿어지지 않는다는 눈빛으로 악종기를 바라봤다. 그러나 그 얼굴, 그 표정, 그 눈빛, 그 눈물 모두가 그렇게 진실해 보일 수가 없었다. 한참 후 장희는 긴 한숨을 토해냈다.

"그래서 도대체 누가 나를 보냈는지가 그렇게 궁금했군요."

고응천이 대신 웃으면서 말했다.

"그러니 자네를 아직 어리다고 하는 거네! 대장군께서 서부의 군사명맥을 한 손에 잡고 있다고 해도 어찌 하루아침에 거사랍시고 당장

들고일어날 수가 있겠나? 여기저기에서 친병을 몇 만 명씩 거느린 부하들이 두 눈 시퍼렇게 뜨고 보고 있는데! 우리를 설득하러 왔으면 마음을 열고 진실한 대화를 하는 것이 순서가 아닌가? 자네부터 마음의 문을 꾹 닫아버리면 뭘 어쩌겠다는 건가?"

장희는 악종기와 고웅천의 연극에 서서히 말려들기 시작했다. 경계하던 눈빛이 한결 부드러워지고 있었다. 꽉 다물었던 입술도 풀어졌다.

"힘든 사람 앞에서 너무 하는 것 같네. 고웅천, 그러지 말고 오늘 저녁이라도 푹 쉬게 한 다음 내일 수레에 태워 조용히 떠나가도록 배려하게. 노자에 보태게 은 백 냥도 쥐어주고."

악종기가 자리에서 일어났다.

"잠깐만요!"

장희가 어디에서 그런 기운이 났는지 벌떡 일어나 앉았다. 그런 다음 단호한 어조로 말했다.

"그렇다면 두 분은 저와 생사를 같이 하는 의형제를 맺을 수 있겠습니까?"

"못할 것도 없지! 자, 자, 우리 서로의 마음을 잘 알 것 같으니 괜히 유감을 만들지 말고 여기 이 자리에서 금란지호金蘭之好(친형제처럼 친한 관계)를 맺자고!"

악종기가 고웅천이 어리둥절해 있는 사이에 앞질러 말했다. 곧 두 사람은 장희를 부축해 온돌에서 내려서도록 했다. 이어 꺼질 듯 말 듯한 기름등잔 밑에서 맹세의 글을 작성한 뒤 세 사람 모두 남쪽 방향을 향해 무릎을 꿇은 채 큰소리로 함께 읽었다.

오늘 악종기, 고웅천, 장희 세 사람은 천하의 중생을 구제하고 한가漢家의 위업을 복원하는 데 뜻을 같이 하면서 천지신명의 이름으로 맹세하는 바이다. 우리는 살아서는 뜻을 같이 하고 죽어서도 그 마음 변치 않을 영원한 형제이다. 만약 누구 하나 이를 어기는 자가 있으면 형제를 배신한 죄로 목을 쳐야 마땅하다. 영영세세永永世世 지옥에서 헤어나지 못할 것임을 맹세한다.

한 줄기 바람이 창문에 모래를 흩뿌리고 지나갔다. 드디어 장희가 나지막한 어조로 입을 열었다.

"사실 저를 보낸 스승님은……."

힘들고 긴 연극을 마치고 공문결재처로 돌아온 악종기와 고응천은 말없이 마주보면서 웃었다. 악종기가 먼저 말했다.

"이제부터 나는 저자를 볼 일이 없으니 자네가 나서서 증정을 붙잡을 때까지만 연극을 계속 하게. 저자는 우리에게 완전히 속았어!"

"폐하껜 어떻게 아뢰는 것이 좋을는지요? 함께 맹세를 한 사실도 아뢸까요?"

고응천이 붓을 든 채 물었다.

"그래. 있는 그대로 가감 없이 아뢰게. 우리가 궁여지책으로 이런 하책下策까지 생각할 수밖에 없었던 절박함을 소상히 아뢰게. 맹세문의 내용 그대로를 옮길 필요는 없겠네. 반만복한反滿復漢 같은 말은 들어봤자 감정만 격해져 현명한 판단을 흐리실 테니 말일세."

악종기가 잠시 생각하더니 단호한 어조로 말했다. 곧 날이 뿌옇게 밝아왔다. 악종기의 긴급 주장奏章을 실은 쾌마는 창춘원을 향해 800리 길을 쏜살같이 내달리기 시작했다.

그로부터 나흘 후 군기처에서는 증정이 있는 호남성 영흥으로 긴급 정유廷諭를 발송했다.

닷새 후 영흥현의 아역들이 총출동해 증정의 집을 덮쳤다…….

40장

허무하게 무너진 모반 사건

증정과 장희의 모반 사건은 북경 전체를 들썩이게 만들었다. 일개 시골의 수재가 불원천리 대장군의 군영을 찾아가서 반란을 권유했다는 것은 전례를 찾아볼 수 없는 일이었다. 이로 인해 한동안 제풀에 꺾여 수그러들었던 요언들은 또다시 난무하기 시작했다. 증정이 호남에서 키운 10만 대군이 악종기와 손잡고 양쪽으로 북경을 포위할 거라는 둥, 악종기가 이번에 주장을 올린 것은 조정의 뜻을 염탐하기 위한 계산된 음모라는 둥 별의별 해괴망측한 요언이 전염병처럼 술집이나 찻집을 통해 무서운 속도로 퍼져 나갔다.

북경의 백성들은 모두들 눈을 부릅뜨고 사태의 추이를 지켜보면서 신경을 곤두세웠다. 그러나 곧이어 내려진 지의는 전혀 의외의 결과였다.

정월 대보름이 막 지난 어느 날, 홍시는 직접 형부로 가서 지의를 전달했다.

"이불李紱, 사제세謝濟世, 채정蔡珽 등은 사사로이 무리를 만들어 정인正人을 공격했다. 그 저의가 매우 불순하기에 다음과 같이 처벌한다. 이불은 즉각 직위에서 해직하고 북경으로 압송한다. 그리고 부의에 넘겨 그 죄를 물을 것이다. 형부 원외랑 진학해陳學海도 함부로 국가의 중신인 전문경을 비난하고 훼방했다. 그 죄를 피해갈 수 없으므로 즉각 파직한다. 나머지 범인들은 전부 대리시大理寺로 넘겨 죄질에 따라 죄를 정하도록 한다!"

홍시가 지의 낭독을 마치자 형부의 대당은 순간적으로 쥐 죽은 듯한 정적에 사로잡혔다. 이불과 전문경이 불구대천의 사이인 것은 주지하는 바였다. 또 진학해도 워낙 입 간수를 제대로 못하는 사람이었다. 아무 곳에서나 주절대는 버릇이 있었다. 때문에 그런 사람이 말을 조금 흘렸다고 해서 파직까지 당한 것은 조금 지나치지 않은가 하는 것이 일반적인 견해였다. 심지어 채정은 강희가 삼번의 난을 평정할 때 뛰어난 공을 세운 노장이었다. 40년 동안 묵묵히 서남 변방을 지켜온 공신이었다. 그런 그가 이불과 조금 가까이 지냈다고 해서 무거운 죄를 뒤집어쓴 것은 설득력이 떨어졌다.

질식할 것 같은 침묵이 한참 흘렀다. 형부상서 가영이 먼저 머리를 조아리면서 아뢰었다.

"신 지의를 받들겠사옵니다!"

"지의를 받들었으면 다들 일어나지. 자고로 밤 고양이가 집안에 들어오면 좋은 일이 없다고 했네. 오늘은 내가 밤 고양이인 셈이군."

홍시가 얼굴에 미소를 머금은 채 말했다. 그의 말에 모두들 일어났으나 유독 진학해만은 그대로 엎드려 있었다. 홍시가 그 모습을 보고는 다가갔다.

"이봐, 진학해! 자네는 무슨 죄를 지었는지 아는가?"

진학해가 홍시를 힐끗 훔쳐보더니 무겁게 머리를 조아렸다. 이어 허리를 펴고 마치 뺨에 앉은 모기를 때리듯 힘껏 자신의 따귀를 후려쳤다.

"소신이 지은 죄를 잘 알고 있습니다. 이 구정물통 같은 주둥아리!"

홍시는 얼굴을 일그러뜨리고 화를 내려다 말고 그 우스꽝스러운 모습에 피식 웃고 말았다. 그리고는 천천히 물었다.

"그래, 그 구정물통 같은 주둥아리로 전문경에 대해 누구한테 뭐라고 씹고 다녔나?"

진학해가 말하기 좋아하는 사람답게 장황하게 대답하기 시작했다.

"전문경은 좋은 사람입니다. 그러나 쓸 만한 인간들만 골라서 못 살게 구는 못된 버릇이 있습니다. 사실 하남성에서 날개 꺾인 관리들을 보면 하남에 가기 전까지 다들 유능하다고 평판이 자자하던 사람들입니다. 사실 전문경도 참 안 됐죠. 유일하게 아낀 장구張球라는 자가 하필 탐관오리의 딱지를 달았으니 말입니다. 전문경은 가족들도 부임지로 데리고 다니지 않을 만큼 청렴하고 일밖에 모르는 사람으로 알려져 있는데, 어째서 멀쩡한 사람을 잡지 못해 안달인지 모르겠습니다. 이를 지켜보니 마음이 너무나 답답했습니다. 그래서 여기저기 다니며 찧고 까불었습니다. 그것이 화근이 됐나 봅니다."

홍시는 터져 나오는 웃음을 참을 수 없었다. 그러나 지의를 받고 묻는 만큼 지의에 없는 내용은 함부로 물을 수 없었다. 그가 가까스로 태도를 엄숙히 하면서 다시 물었다.

"자네는 사제세에게도 그렇게 말했었나?"

"예, 마마! 신은 만나는 사람마다 다 그렇게 말했습니다."

진학해가 당연하다는 듯 대답했다. 홍시가 잠시 생각하더니 다시 물었다.

“그러면 사제세는 자네에게 들은 말을 정리해 폐하께 주장을 올리면서 미리 자네하고 상의한 적이 있나?”

“그런 건 없었습니다. 사제세는 절강성에 있고 신은 형부에 있었습니다. 서로 수천 리나 떨어져 있고 별로 친하지도 않은 사이에 만날 일은 더더욱 없었습니다. 편지 왕래조차 없었습니다.”

진학해가 동정심을 구걸하는 표정을 지은 채 대답했다.

“요즘 북경에 와 있는 것 같던데, 만난 적 없나?”

“셋째마마, 신은 그가 북경에 와 있다는 것도 처음 듣는 말입니다. 요즘은 증정 사건 때문에 호남성 동향에만 촉각을 곤두세우느라 솔직히 마누라 근처에도 못 가본 지 오래 됐습니다. 게다가…….”

“됐어, 시끄러워! 만나지 않았다면 대답이 끝나는 건데 하나를 물어보면 몇 마디를 대꾸하는 거야?”

홍시가 드디어 손사래를 쳤다. 그리고는 진학해를 파직시키라던 지의를 떠올리면서 덧붙였다.

“여봐라, 진학해의 정자를 떼어내라!”

홍시의 말이 떨어지기 무섭게 관리들이 진학해에게 달려들었다. 그에 앞서 진학해는 직접 모자를 벗어 붉은 정자를 떼면서 실실 웃었다.

“돈 주고 산 정자가 아니니 그래도 본전 생각이 안 나서 다행입니다. 요즘 세상에는 어찌된 일인지 전 중승처럼 돈을 주고 정자를 산 사람들이 더 잘 나가는군요!”

진학해가 정자를 관리에게 건네주고 머리를 조아리면서 고마움을 표했다. 이어 발길을 돌리려는 홍시를 향해 말했다.

“셋째마마, 세상에 공짜가 없다는 걸 잘 아시죠? 저에게 술 한잔 빚지신 것은…… 언제 갚으시렵니까? 아무쪼록 살펴 가십시오!"

홍시가 창춘원 쌍갑문에 도착해 가마에서 내리자 미리 대기하고 있던 어린 태감이 다가와 아뢰었다.

"폐하께서 담녕거로 셋째마마를 부르셨사옵니다."

홍시는 고개를 끄덕여 보이고는 발걸음을 빨리 했다. 그러나 그는 담녕거로 들어서기도 전에 심상치 않은 분위기를 느꼈다.

옹정은 동난각이 아닌 정전의 수미좌須彌座(불단) 모양의 어좌에 앉아 있었다. 그 옆에는 주식, 방포, 장정옥, 악이태, 윤지, 윤록, 윤례와 홍력이 몸을 비스듬히 숙인 채 시립하고 있었다. 백로白鷺 보복을 입은 6품 관리 한 명이 정자를 땅에 내려놓은 채 흥분한 어조로 뭔가를 아뢰고 있었다.

"한 무제漢武帝가 태자(무제의 아들 여태자戾太子 유거劉據. 폐위당한 후 죽음)에게 혹독하게 대한 것은 천고의 제왕들이 교훈으로 삼아야 할 바이옵니다. 황자들은 부지런히 덕을 쌓고 학문을 닦으면서 교양을 키워야 합니다. 그렇게 해서 폐하께서는 만년晩年에 황자들의 보좌를 받아야 하옵니다."

홍시는 다소 놀란 표정으로 말없이 옹정을 향해 예를 갖추고는 홍력의 옆자리에 섰다. 이어 나지막하게 물었다.

"저자는 또 누군가?"

"공부工部의 주사主事인 육생남陸生楠이에요. 폐하께 저렇게 꼬박꼬박 말대꾸를 한 지 한참 됐어요."

홍력이 속삭이듯 대답했다. 홍시는 고개를 들고 옹정의 눈치를 살폈다. 옹정은 붉으락푸르락한 얼굴을 한 채 육생남을 노려봤다.

"자네, 그 말로 인해 용서받을 수 없는 죄를 저질렀다는 것을 모르지는 않겠지? 태자를 세우지 않기로 한 것은 성조께서 정하신 제도야. 짐이 태자를 두지 않아 천하가 뒤집혀지기라도 했다는 말인가? 자네 말뜻은 성조께서 태자를 폐위시키지 말았어야 했다는 말인가, 아니면 짐이 태자를 두지 않은 치명적인 실수를 범했다는 뜻인가?"

"성조께서 태자를 두지 않으시기로 결정하신 순간부터 이미 황자들 간의 골육상쟁은 예고됐다고 할 수 있사옵니다. 성조의 천종예지天縱叡智(하늘이 내린 총명함)로도 후임자를 결정하는 일이 그리 용이하지 않으셨사옵니다. 그런데 후세의 자손들에게 모두 폐하를 닮으라고 강요할 수는 없지 않사옵니까?"

육생남이 고개를 들어 옹정의 시선을 똑바로 맞받으면서 대답했다. 홍시의 눈에 비친 육생남은 서른 살 가량의 젊은이였다. 약간 비뚤어진 목과 싸움닭처럼 생긴 두 눈이 예사로운 성격이 아니라는 사실을 잘 말해주고 있었다. 아무려나 황제의 면전에서 방약무인傍若無人의 태도를 보이는 자가 공부아문에서 주사 자리까지 맡고 있다는 것이 그저 신기할 따름이었다.

홍시는 다시 옹정에게 눈을 돌렸다. 아니나 다를까, 이마의 시퍼런 핏줄이 빠르게 푸들거리고 있었다. 곧 날벼락이 떨어질 것 같은 표정이었다. 옹정이 육생남을 윽박질렀다.

"성조까지도 안중에 두지 않는 자네가 그러고도 인신人臣인가? 짐은 여러 신하들과 더불어 수십 년 동안 성조를 모셨어도 성조의 '후임자 결정이 용이하지 않았다'는 설은 금시초문이네."

육생남은 옹정의 엄포에도 전혀 아랑곳하지 않았다. 오히려 머리를 쿵! 한 번 조아리고는 다시 말을 이었다.

"성조께서 말년에 태자를 두지 않으신 것은 유감스런 일임에 틀림없사옵니다. 아기나와 색사흑 등이 감히 보위를 넘보고 급기야 비극적인 종말을 고하게 된 것도 태자라는 견제 세력이 없었기 때문이옵니다. 선제께서 미리 황태자를 정하셨더라면 군신간, 황자들 간의 사이가 훨씬 원만했을 것이옵니다. 또 골육간의 상쟁으로 조정이 이토록 원기를 상하는 일도 없었을 것이옵니다."

옹정이 육생남의 반론에 몸을 앞으로 숙이면서 냉소를 터트렸다.

"이제 보니 자네는 지금 아기나 등을 대신해 억울함을 하소연하는 거로군! 오, 그러고 보니 생각나네. 그 당시 아기나가 팔왕의정제도의 회복을 크게 떠들고 다닐 때 열 몇 명의 경관들이 적극 호응하는 모습을 보인 적이 있었어. 그중 한 명이 자네였지?"

"그렇사옵니다, 폐하! 그때 당시 폐하께서 조유詔諭를 내리시어 직언을 구하신 것이 결코 그냥 해보신 말씀은 아니시겠죠? 황자들을 분가시켜 나라를 다스리게 하고 폐하께서 구중궁궐에서 내려다보면서 만방을 두루 통치하셨더라면 지금처럼 무리한 조건석척朝乾夕惕(아침부터 저녁까지 부지런히 일함)은 피할 수 있지 않았겠사옵니까? 주周나라 이래로 한 왕조의 수명이 오백 년을 넘어선 적이 없었사옵니다. 진시황은 지나친 탐욕 때문에 군현제郡縣制를 실행했사옵니다. 그로 인해 황제로서의 위망은 높아졌을지도 모릅니다. 그러나 인주人主는 위망이 높아질수록 더 큰 재화災禍에 노출되기 마련이옵니다. 생사를 좌우할 수 있는 권한이 커진 반면 그 행동을 제어할 수 있는 세력이 없기 때문이옵니다. 사람들은 인주의 행동에 분노하면서도 감히 말하지 못하고, 복수를 하고 싶어도 감히 행동하지 못하옵니다. 하지만 쌓인 것은 언제든지 폭발하기 마련이옵니다. 그리고 폭발은 큰 재난으로 이어질 것이옵니다. 그러니 어찌 경계하지 않을 수 있겠사옵니까?"

육생남은 연신 머리를 조아렸다. 하지만 이미 생사는 도외시한 듯 고개를 번쩍 쳐든 채 자신의 주장을 굽히지 않았다. 장내 사람들의 얼굴은 저마다 흙빛이 되고 말았다.

사실 육생남은 장정옥의 추천으로 이 자리에 불려왔었다. 악종기가 6000대에 달하는 전차戰車를 제조한다는 소식을 듣고 그에 대한 사관의 의견을 들어보고자 했던 것이다. 그런데 육생남은 엉뚱하게도 오자마자 민간에 떠도는 악종기에 대한 험담부터 쏟아놓았다. 그 바람에 옹정은 대로하여 동난각 회의를 취소하고 어좌에 올라 정식 접견을 하기로 했다.

육생남은 그때라도 머리를 조아려 잘못을 빌었어야 했다. 그랬더라면 사태가 이 지경에까지 이르지는 않았을 터였다. 그러나 육생남은 작심한 듯 윤사의 죽음까지 거론하면서 붙는 불에 키질을 하고 나섰다.

옹정의 입가에 소름 끼치는 웃음이 번졌다. 뭔가 독한 마음을 먹는 듯했다. 곧 이어 그가 천천히 입을 열었다.

"저 입담은 당해낼 사람이 없겠군! 자네에게는 진시황 이후 이백여 명의 황제들이 하나도 눈에 차지 않겠군. 성조마저도 안중에 없는 자가 짐처럼 평범한 황제는 말해 뭐하겠나? 그토록 천지를 꿰뚫어보고 타의 추종을 불허하는 재주를 가진 자네가 어쩌다가 사제세와는 동향同鄕이 됐는가? 또 어쩌다가 이불의 중용을 받았는가? 군주를 모해하고 나라를 말아먹은 '여덟째당'을 겨우 제거했더니, 이제는 이불이라는 자가 무리를 만들어 짐의 '붕당론'이 무색하게 분탕질을 치고 있어. 자기들은 제갈량이고 짐은 유비의 못난 아들 아두(무능함의 대명사인 군주)라는 말이지? 짐은 사십오 년 동안 황자로 있었어. 그러나 녹봉이나 축내고 아무 생각 없이 남의 입김에 놀아나는 그런 못난 황자는 아니었다는 것을 명심하게. 짐은 필요하면 물에도 뛰어들고 불속도 드나들 수 있다네. 또 육부는 말할 것도 없고 지방의 민생 현장에서도 수년간 뼈를 단련한 강철의 사나이야! 짐이 황하의 물에 바짓가랑이를 적셔가면서 치수 공사를 시찰하고 있을 때 자네 따위는 아직 똥오줌도 못 가리는 갓난아이였어. 충군忠君의 의리라고는 눈곱만큼도 없는 자네 같은 신하를 짐이 사랑할 마음이 생기겠는가? 여봐라!"

"예, 폐하!"

"저자의 관복을 벗겨라. 옷을 벗겨 양봉협도養蜂夾道에 있는 옥신묘로 끌고 가거라. 사제세, 황진국 등과 한방에 처넣어 그동안 쌓인 회포를 실컷 풀게 해줘라. 이불과 채정을 북경으로 압송해온 뒤 형부와 대리시에서 그 죄를 물을 것이다!"

옹정이 잔인한 표정을 지으며 시위들에게 명령을 내렸다. 그러자 육생남이 황급히 머리를 조아리며 아뢰었다.

"폐하, 부디 할 말은 다 하고 죽게 해주시옵소서!"

옹정은 그러나 육생남의 부탁에도 아랑곳하지 않고 손사래를 쳤다.

"다 못한 말은 형부의 대당大堂에 가서 하라!"

시위들이 달려들어 거칠게 육생남을 잡아끌었다. 육생남은 끌려가면서도 몸을 뒤로 뻗고는 옹정을 돌아보면서 내뱉듯 말했다.

"죽이고 싶으면 통쾌하게 목을 치시옵소서!"

육생남이 고개를 뒤로 젖힌 채 다시 껄껄 웃었다.

"영웅의 목을 치고 영웅의 가죽을 벗기니 천고의 쾌사가 아닐 수 없겠구먼. 하하하하……."

궁전 안에 남은 사람들은 육생남의 배짱을 목도하고는 아연 실색하지 않을 수 없었다. 옹정 역시 어이가 없는지 악에 받친 듯 내뱉었다.

"제정신이 아니군! 저런 자들에게는 《사서》四書보다 칼이 더 필요하지. 저런 인간을 이부吏部에서는 '청백리의 자질을 가진 인재'라고 보고했으니……. 이부의 상서와 시랑, 고공사考功司 주사의 녹봉을 일 년간 지급 정지한다! 그리고 처벌받은 사실을 기록에 남기도록 하라!"

옹정은 지시를 마치고는 바로 어좌에서 내려와 동난각으로 발걸음을 옮겼다. 이어 큰소리로 홍시를 찾았다.

"홍시, 형부에 지의를 전하고 왔는가?"

홍시는 옹정을 따라 동난각으로 들어가면서 지의를 전달한 과정을 소상히 아뢰었다. 기억력이 좋은 홍시는 진학해가 주절댔던 말들을 하나도 빠뜨리지 않고 그대로 담아냈다.

옹정은 홍시의 말을 듣더니 조금 전 크게 화를 낸 사람답지 않게 웃고 말았다. 그리고는 말했다.

"세상이 워낙 넓고 크니 별의별 인간이 다 있군. 범시첩이 순천부 부윤으로 있을 때였어. 그가 한번은 우리 옹친왕부의 사람을 붙잡아 가뒀었네. 그 당시 짐은 순천부 업무를 관장하는 황자였지. 그런데 짐이 내 집 사람이니 풀어달라고 그렇게 사정을 해도 들은 척도 하지 않았어. 그러나 자네 열셋째 숙부가 가서 엉덩이를 걷어차고 귀를 비틀면서 한바탕 욕을 퍼부었더니 금세 낄낄 웃고는 풀어주더군."

홍력이 옹정의 화가 가라앉은 틈을 타 조심스레 입을 열었다.

"그러게 아랫것들도 주인이 요령껏 부리기에 달린 것 같사옵니다. 방금 그 육생남 같은 경우에는 죄를 물으려면 백 번 목을 쳐야 마땅하옵니다. 별 볼 일 없는 자이니 아바마마께서는 그만 화를 푸시옵소서."

옹정이 홍력의 당부에 한숨을 내쉬었다.

"자네들은 모르네. 어제는 양명시가 무려 한 시간씩이나 짐과 대화를 나누다 갔다네. 육생남과는 질적으로 다른 사람이지. 육생남은 구제불능의 미치광이일 뿐만 아니라 다른 꿍꿍이속이 있는 자라네. 그래서 짐은 이 둘을 같이 논하지 않지. 양명시는 정견이 아기나하고 거의 비슷했어. 다만 양명시의 주장은 순수한 충성심의 발로라는 것이 아기나와 근본적으로 다른 점이야. 양명시는 짐과의 충돌이 예상돼도 피하지 않고 진솔하게 자신의 견해를 털어놓고는 했어. 이번에 짐은 양명시에게 말했네. '열여덟 개 성 가운데 자네 운귀雲貴만 빼고 열일곱 개 성에서 짐의 새로운 정책을 성공적으로 실행했다네. 당초 예상했던 혼란과 부작용을 최소화하면서 고은庫銀도 대폭 증가했다네. 이쯤 되면 짐의 새로운 정책이 시험대를 무사히 통과했다고 볼 수 있지 않겠는가?'라고 말이야. 그랬더니 양명시는 처음으로 자기도 인정을 한다고 말하더군. 그래서 짐은 매우 기뻤다네. 그에게 돌아가서 운귀 총독 자리에 계속 있으면서 뒤늦게나마 짐의 새로운 정책을 적극 펴줄 것을 당부했지. 군자라면 결당을 하지 말아야 하고, 결당을 한 자는 군자가 아니야. 그런 의미에서 양명시와 손가감은 당당한 군자이지. 그러나 그들과 같은 줄 알았던 이불은 뒤에서 호박씨를 까고 있었네!"

좌중의 사람들은 옹정의 장황한 연설을 듣고 나서야 옹정이 이불을 여덟째당의 잔여세력으로 치부해 처벌하려 한다는 사실을 알게 되었다. 하나같이 지나친 처사라는 느낌을 받은 듯했다. 그러나 아무도 흥분한 옹정에게 감히 나서서 자신의 견해를 밝히려고 하지는 않았다.

바로 그때 군기처에 산더미 같은 업무가 밀려있는 장정옥이 입을 열 움직임을 보였다. 대화가 과거형에 머물러 있는 것을 듣고만 있을 수가 없는 모양이었다. 그가 자세를 바로 하고 목청을 가다듬으면서 아뢰었다.

"이불과 사제세 등은 이미 조롱에 갇힌 새 신세가 됐사옵니다. 지금의 급선무는 따로 있사옵니다. 악종기의 십만 군사가 먹을 군량미는 모두 사천성에서 조달하기로 했지 않사옵니까? 그런데 폭설로 인해 운송에 어려움을 겪고 있다고 하옵니다. 식량 한 근을 나르는 데 드는 운송비가 식량 열일곱 근에 해당된다고 하옵니다. 그래도 유홍도는 어쩔 수 없이 사천성의 곡창을 밑바닥까지 박박 긁어서 보냈다고 하옵니다. 그러니 내년 봄에 먹을 식량과 씨앗을 서둘러 보내줘야 하옵니다. 그리고 악종기에게 보낼 전차戰車는 육생남이 손을 놓는다고 해서 차질을 빚는 것은 아니오니 예정일에 맞출 수 있을 것 같사옵니다. 문제는 증정의 모반 사건을 빨리 매듭짓는 것이옵니다. 하루 빨리 북경으로 압송해 죄를 묻는 것이 시급하옵니다. 북경에는 요즘 이에 관한 갖은 헛소문이 떠돌아 육부에서 경황이 없다고 하옵니다. 아니면 증정을 곧 북경으로 압송한다는 소식이라도 관보에 실어 민심을 안정시켰으면 하옵니다."

"그래야지."

옹정은 정무에 대한 얘기가 나오자 잠시 번뇌를 잊는 듯했다. 당초 그는 신하들을 부른 김에 증정 사건에 대해서도 논의하려고 했었다. 그런데 생뚱맞게 육생남이 난동을 부리는 바람에 화제가 다른 데로 흘러가 버렸다. 옹정은 장정옥이 화제를 잘 끌어냈다고 생각하면서 말했다.

"증정, 장희 모반 사건은 이미 진상 규명이 끝났다고 관보에 싣게. 그러나 이 사건은 형부나 대리시에 맡겨서는 안 되네. 형부에서는 이불 사건만 깨끗하게 처리하라고 전하게. 이 사건은 짐이 친히 심리하겠네."

황제가 직접 범인의 죄를 묻는 것은 황제를 희화화한 연극에서나

볼 수 있는 일이었다. 그런데 연극에 전혀 관심이 없는 옹정이 명당明堂에 앉아 친히 범인을 심문한다니! 실로 파격적인 일이 아닐 수 없었다. 그것도 별 볼 일 없는 시골뜨기 두 사람을 상대한다니!

홍력은 고개를 갸웃거렸다. 그러나 일단 옹정의 말을 끝까지 들어보기로 했다. 반면에 윤록은 그것도 좋겠다고 생각하는지 먼저 입을 열었다.

"이는 천고의 기괴한 사건이니 폐하께서 친히 단죄하시는 것도 실로 의미가 크다고 하겠사옵니다. 이 아우는 천자가 명당에 앉아 계시는 풍채를 보고 싶사옵니다. 또 아우 생각에는 증정이 스승 여유량의 《춘추대의》春秋大義를 읽고 반역심이 생겼다고 했사오니 죽은 여유량의 죄도 물어야 마땅할 것 같사옵니다. 역심逆心을 부추기는 자들의 책인 《춘추대의》, 《지기록》, 《지신록》 등은 모조리 찾아내 소각해야 하옵니다."

옹정이 윤록의 말에 미소를 지었다.

"아우, 자네는 반 박자 늦었네. 여유량 일가는 이미 구금당했네. 역서逆書들도 절판을 시켰다네. 명나라의 유로遺老라면 절개를 지켜 끝까지 우리 대청에 귀순하지 말았어야지. 비굴하게 대청의 수재 시험까지 봐놓고 이따위 짓이나 하고 다녔다니, 하늘이 용서하지 않을 것이네. 그자의 제자들 중에는 증정, 장희를 제외하고도 산동성의 엄홍규嚴鴻逵라는 자도 있다네. 짐이 보기에는 증정과 장희는 그저 우매하고 무지해 여유량의 작당에 놀아난 것이야. 진정한 원흉은 아무래도 절강성의 '동해부자' 여유량과 산동의 엄홍규인 것 같네. 엄홍규란 자는 일기장에 '해랍이海拉爾 지진에서 만주족이 사천 명이나 매몰됐는데, 그 모습이 가관이었다', '열하가 범람해 만주족 이만 명을 삼킨 것은 실로 하늘이 내 마음을 헤아려 벌을 준 것이다' 등과 같은 글을 적었다지 않은가. 만주족의 죽음을 이토록 기뻐하고 노골적으로 반만주 정서를 드러낸 그자에게 짐은 직접 묻고 싶네. 우리 만주족이 도대체 그자에게 어떤 해악을 끼쳤기에 그토록 극악한 마음을 품고 있느냐고 말일세."

옹정이 말을 마치고는 호남, 청해, 절강과 산동에서 날아든 밀주문을 뒤적이면서 살펴보더니 갑자기 무섭게 책상을 내리쳤다. 그리고는 더욱 화를 냈다.

"멸문지화를 당하지 못해 안달이 난 놈들 같으니라고! 증정은 여유량의 종용을 받았으니 그렇다고 쳐. 여유량과 엄홍규는 인심을 매수하고 대청의 재난을 고소하게 생각했으니 그 죄를 결코 용서할 수 없어. 절강 순무에게 공문을 보내 즉각 여씨 일가를 전부 감금시키고 지의를 대기하라고 하게!"

옹정이 읽고 있던 밀주문들은 워낙 초특급으로 날아온 것들이었다. 때문에 옹정 외에는 본 사람이 없었다. 그 때문에 악이태를 비롯해 방포와 장정옥 등은 그가 왜 그렇게 화를 내는지 알 수가 없었다. 옹정이 분명한 정범인 증정과 장희를 은근히 감싸면서 이미 죽은 여유량과 엄홍규에게 과녁을 겨누는 것도 이해할 수 없었다.

주식이 받은 충격은 더욱 컸다. 그는 '엄홍규'라는 이름 석 자를 듣는 순간 어쩐지 귀에 익다고 생각했다. 고개를 갸웃거리며 한참 생각하던 그는 갑자기 큰 충격을 받은 듯 경악했다. 엄홍규라는 자는 바로 강희 연간에 주식이 국사관國史官으로 추천해 《명사》明史를 찬수撰修하게 한 사람이었던 것이다.

주식이 애써 진정하면서 입을 열려고 입술을 움찔거릴 때였다. 홍력이 먼저 입을 열었다.

"증정과 장희가 이번 모역의 원흉이라는 사실은 백일하에 드러났사옵니다. 이자들은 능지처참에 처해야 마땅하옵니다. 소자는 방금 올라온 주장의 내용은 모르오나 아바마마의 가르침을 듣고 보니 여유량과 엄홍규를 따로 처벌하시겠다는 뜻으로 들립니다. 그렇게 하시는 것이 확실할 것 같사옵니다."

홍시도 맞장구를 쳤다.

"아들도 넷째의 말에 공감하옵니다."

옹정이 자식들의 말을 듣고 나더니 고개를 돌려 주식에게 물었다.

"주 사부도 할 말이 있는 것 같던데, 해보게나."

주식이 가볍게 기침을 하고는 목청을 가다듬은 뒤 또박또박 아뢰었다.

"이번 사건은 온 천하가 다 알고 그 결과에 촉각을 곤두세우고 있사옵니다. 그런 만큼 공정한 법의 심판이 필요하다고 생각하옵니다. 물론 법 밖에서 은혜를 베푸는 것은 폐하의 권한이옵니다. 그러나 신의 어리석은 생각으로는 죄질이 무거운 자들에게 '다른 사람에게 매수당했다'는 이유만으로 면죄부를 줘서는 안 된다고 생각하옵니다. 신은 폐하께서 죽은 여유량의 죄를 물으시려는 결정에 두 손 들어 환영하옵니다. 죽은 자에게도 엄연히 법이 적용된다는 사실을 온 천하에 알려 후세에 경종을 주는 것도 나쁘지 않다고 생각하옵니다. 그렇게 해서 자신의 행실에 제동을 거는 사람이 많아졌으면 하는 바람이옵니다. 신이 방금 아뢰고자 했던 것은 이뿐만이 아니옵니다. 신은 갑자기 그 옛날 엄홍규를 추천해《명사》를 편수하게 했던 일이 떠올랐사옵니다. 신에게 실찰失察의 죄를 물어주시옵소서!"

주식이 말을 마치고는 바로 무릎을 꿇었다. 그러자 옹정이 홍력과 주식을 번갈아 쳐다보면서 말했다.

"홍력, 주 사부를 부축해 일으키게. 사실 이런 일은 자네가 고백하지 않으면 누구도 모르는 일일세. 자네의 그 광명정대한 심지는 칭찬받아 마땅한데 죄를 묻다니 웬 말인가? 짐은 모든 신하들이 자네를 본받았으면 하네. 짐이 여유량을 단죄한 것에 대한 자네의 견해도 짐의 의중과 딱 들어맞았네. 그래서 우리말에 '생강은 오래된 것이 맵다'라고 한 거였군. 먹물을 먹은 군자의 심성은 다 이래야지! 그러나 짐은 증정을 엄히 처벌하는 것에는 반대하네. 방금 얘기한 이유 외에 더 큰 이유가 있네. 장희라는 자는 갖은 혹형에도 입을 꾹 다물고 있다가 악종기가 고육지책을 써서야 겨우 입을 열었다네. 악종기는 장희의 자백을 받아내기 위해 궁여지책으로 장희와 '무슨 일이 있어도 절대 서로를 배신하지 않는다'는 서약을 맺었다고 하네. 짐이 하등 쓸모없는 증정과 장희를 죽인다면 우리 대장군 악종기가 배신자라는 소리를 듣게 되지 않겠는가?"

귀에 걸면 귀걸이, 코에 걸면 코걸이耳懸鈴鼻懸鈴라고, 옹정은 자신의 주장을 정당화하기 위해 말도 안 되는 억지를 부리고 있었다. 악종기의 서약이 가짜라는 것은 누구나 다 아는 것인데, 그 서약을 안 지켰다고 해서 악종기의 명예가 실추된다니 말이나 되는 소리인가. 좌중의 사람들은 다들 속으로 그런 생각을 했다. 그러나 굳이 입 밖에 내지는 않았다. 곧 출전을 앞둔 사람에 대해 왈가왈부해봤자 좋을 것이 없다는 판단을 한 듯했다.

옹정은 반론을 제기하는 사람이 없자 적이 안심한 듯 말을 이었다.

"여기 증정이 악종기에게 보낸 편지 사본이 있어. 여러분도 읽어보게."

옹정은 여러 부 베껴 놓은 편지 사본을 나눠주도록 했다. 이어 다시 천천히 입을 열었다.

"증정은 짐의 죄를 열 가지로 열거했더군. 조야에서 떠돌고 있는 요언의 집대성이라 할 수 있겠네."

장정옥은 옹정의 말이 끝나기 무섭게 서둘러 편지를 훑어봤다. 순간 그는 경악을 금치 못했다. 보위 찬탈, 형제를 죽인 죄, 여색을 탐한 죄 등 옹정에게 오만 가지 죄명을 다 덮어씌우고 있었다. 옹정이 자신을 그토록 악독하게 비방하는 자를 굳이 용서하려는 의중은 무엇일까? 자신이 덕 있고 너그러운 군왕이라고 과시하려는 것일까? 그러나 장정옥은 그 생각을 즉각 부정했다. 옹정의 성격상 자신의 의지를 꺾으면서 남의 요구에 맞게 자신을 '포장'하는 경우는 불가능한 일이었던 것이다. 그렇다면 갖은 요언은 요언일 뿐이라고 자신의 당당함을 이런 식으로 드러내려는 것일까?

곧 기민하기 이를 데 없는 장정옥은 옹정의 의중을 어느 정도 짐작했다. 그러나 먼저 나서지 않고 다른 사람들이 입을 열기만 조용히 기다렸다.

"아니! 이런 자를 용서하시려는 것이옵니까? 아신은 우매하여 폐하의 뜻을 통 이해할 수 없사옵니다."

홍시가 낯빛이 창백해지면서 어이없다는 듯이 말했다. 그리고는 홍력을 훔쳐봤다. 홍력 역시 크게 흥분한 것 같았다.

옹정은 아들들의 과격한 반응을 예상했다는 듯 담담한 표정이었다. 그는 잠시 생각하더니 미소를 지으면서 말했다.

"짐도 처음에는 이 편지를 보고 연 며칠 잠을 이루지 못했다네. 전혀 근거 없는 일인데도 마치 사실인 양 양념까지 쳐가면서 짐을 매도하고 있지 않은가. 참으로 원통해서 치를 떨었지. 잠시도 쉬지 않고 백성을 위해 일하는 짐의 마음을 몰라주는 사람들에게 야속한 마음도 들었어. 그러나 짐은 몸이 바르면 그림자가 기울까 걱정할 필요가 없다고 생각하네. 진실은 언제든 거짓을 이기는 법이지. 그래서 이자들의 비방 따위는 미친개가 짖어댄 것으로 치부해버리기로 했네. 개는 원래 짖으라고 태어난 거네. 개가 짖지도 않으면 어느 짝에 써먹겠나? 자네들은 동네 개가 짖는다고 찾아가서 따질 것인가?"

옹정이 말을 마치고는 천천히 온돌에서 내려와 뒷짐을 진 채 방 안을 거닐면서 다시 말을 이었다.

"그래서 하는 얘기인데, 이는 하늘에서 떨어진 기인기사奇人奇事라고 생각하게. 이런 괴물을 만난다는 것도 쉽지는 않을 테지. 그만큼 짐이 이색적으로 처리할 테니 기다려보게."

장정옥이 옹정의 말이 끝나기 무섭게 더 이상 참을 수 없다는 듯 드디어 입을 열었다.

"미친개라도 주인을 물면 주살해야 마땅하옵니다. 신의 어리석은 생각으로는 편지내용에 대해서는 다시 한 번 치밀한 심문을 하는 것이 바람직할 것 같사옵니다. 아무리 미친개의 소리라 해도 증정과 장희 두 사람이 벽을 마주하고 앉아 모든 것을 날조했을 리는 없사옵니다. 그들의 행적을 따라 조사해보면 뭔가 큼지막한 것이 잡힐 것이옵니다."

장정옥은 옹정의 의중을 헤아리지 못한 것은 아니었다. 그러나 이번 사건을 엄하게 처리하지 않으면 홍력과 홍시는 말할 것도 없고 측근들에게도 무거운 부담을 주게 된다는 생각을 하지 않을 수 없었다. 그가 잠시 말을 멈췄다가 다시 덧붙였다.

"심문이 끝나는 대로 법사아문에 넘겨 그 죄를 엄히 물어야 할 것이옵니다. 천하와 후세에 교훈으로 남겨야 할 것이옵니다."

장정옥은 그제야 재상으로서 "할 말은 했다"고 생각했는지 더 이상 말하지 않고 묵묵히 뒤로 한걸음 물러났다.

옹정의 앞에는 주비朱批를 내려야 할 상주문이 산더미처럼 쌓여 있었다. 급기야 그는 피곤함을 느꼈는지 몸이 축 처졌다. 그가 말했다.

"자네들은 인신으로서 당연히 그런 생각이 들겠지. 일단 그자들을 압송해온 후에 다시 생각해보자고. 그동안 자네들은 수시로 그 문제에 대해 간언해도 좋네. 장희와 증정, 이 두 썩은 고깃덩이에 대해서는 따로 시간을 허비하지 말고 이불 사건을 조사하는 데 총력을 기울이게. 엄히 처벌해야 할 것이야! 그리고 오만불손하고 안하무인인 육생남에게도 기군죄를 물어야하네. 그만 물러들 가게! 열셋째 이친왕이 또 발병했다고 하네. 윤례에게 가보라고 했어. 그런데 어찌 됐는지 모르겠네. 후유! 뜻대로 되는 일이 없구먼."

좌중의 사람들은 일제히 머리를 조아리고는 뒷걸음쳐 물러갔다.

홍시는 밖으로 나오자마자 운송헌 쪽에서 다가오는 윤례를 발견하고는 걸음을 멈추고 기다렸다. 이어 조심스레 물었다.

"열일곱째 숙부, 청범사에 다녀오시는 길이세요? 폐하께서 크게 걱정을 하고 계세요. 열셋째 숙부께서는 좀 어떠세요?"

윤례가 발걸음도 멈추지 않은 채 대답했다.

"가사방이 운송헌에 있으니 가서 얘기해 봐. 나는 급히 폐하를 알현해야겠어."

윤례는 말을 마치자마자 바로 안으로 들어갔다. 홍시는 고개를 갸웃거리면서 운송헌으로 향했다. 과연 검정색 일색의 옷차림을 한 가사방이 책상 앞에 서서 관보를 보고 있었다. 그는 빠른 걸음으로 방안으로 들어서면서 웃음 띤 얼굴로 말했다.

"이봐 친구, 까만 옷 말고 다른 색깔의 옷은 입으면 안 되나? 온통 새까마니 숯더미 쌓아 놓은 줄 알았잖아! 열일곱째 숙부의 얼굴 표정이 심상치 않더군. 열셋째 숙부께서 많이 안 좋으신가?"

"열셋째마마께서는 임종을 목전에 두고 있사옵니다. 그래서 옷차림을 온통 검은색으로 했사옵니다. 죽음은 천하의 용자봉손龍子鳳孫에게도 어김없이 찾아오는구나 하는 생각이 들어 마음이 우울하기 이를 데 없사옵니다."

가사방은 울적한 표정이었다. 홍시가 히죽 웃어 보이고는 의자에 앉으면서 말했다.

"당나라 말기 제왕들은 장생불로를 꿈꾸며 특별한 능력을 가진 도사들을 얼마나 많이 키웠는가? 그러나 갖은 노력에도 불구하고 장생불로의 기적을 만들어낸 진짜 신선은 없었다네. 우리 열셋째 숙부도 죽음을 피해가지 못하는 걸 보니 자네도 평범한 가짜 신선 중의 하나에 불과했군그래! 나는 애당초 자네의 그 귀신놀음을 믿지를 않았다네."

가사방이 말을 받았다.

"빈도는 나름대로 최선을 다했습니다. 하지만 하늘의 뜻을 어찌 감히 거역하겠습니까? 귀에 거슬리시겠으나 빈도가 셋째마마께 충고 한마디 해드리겠습니다. 절대 제위 다툼을 벌이지 마십시오. 보위는 셋째마마의 것이 아닙니다. 자기 것이 아닌데 지나치게 집착하면 좋은 일이 없습니다."

홍시는 가사방의 말을 듣고는 엉덩이가 불에 덴 것처럼 자리에서 퉁기듯 일어났다. 그리고는 가사방을 한참이나 노려보더니 껄껄 웃음을 터트렸다.

"이봐, 도사! 나도 따끔하게 충고 한마디 하겠어. 그런 귀신놀음은 대아지당大雅之堂 근처에 얼씬도 못하는 요술쟁이들의 속임수에 불과할 뿐이네. 그러니 지금 폐하의 신임을 얻고 있다 해서 설 자리 앉을 자리를 모르고 까불지 말게. 자기의 근본을 잊으면 재화가 곱으로 날아들 것이니!"

가사방이 굴하지 않고 다시 충고를 했다.

"빈도는 원래부터 별 볼 일 없는 미물에 불과했습니다. 철모를 때는 토끼꼬리만 한 재주를 뽐내다가 스승님께 쫓겨나고 진짜 실력을 갖춘 초능력 도사들의 눈 밖에도 났었습니다. 지금은 그런 마음이 추호도 없습니다. 단지 목검을 잃은 탓에 강호로 돌아갈 수 없을 뿐입니다. 그러나 여기 남아 사소한 일을 담당하는 데는 무리가 없을 것 같습니다. 셋째마마, 군주의 관상이 되느냐 마느냐는 하늘에 달렸지 귀신이 좌지우지할 수 있는 것이 아닙니다. 열셋째마마께서는 천명이 다하시어 옥황상제께서 부르시는 것이기 때문에 빈도도 도와드릴 수 없는 것입니다. 그러니 셋째마마께서도 그만 마음을 접으시고 불탑 밑에 숨겨놓은 부적을 꺼내십시오. 그것으로는 열셋째마마를 해치지 못할 뿐만 아니라 더 놔두다가는 마마께서 먼저 해를 입을 것입니다. 빈도의 말을 들어서 해가 되는 일은 없을 것입니다!"

"그러면 자네는 내가 폐하와 열셋째 숙부를 해치려 들었다고 생각한다는 말인가?"

"예, 그렇습니다. 그밖에 홍력 넷째마마에게도 마수를 뻗치려 했습니다."

"내가 그랬다는 증거라도 있는가?"

홍시가 다그치자 가사방이 냉소를 흘리면서 대답했다.

"그거야 셋째마마 마음속에 있겠죠! 세 척 머리 위에도 성령聖靈이 있고, 음지에서 양심에 거리끼는 일을 해도 신목神目이 시퍼렇게 지켜본다고 했습니다. 그래도 감히 증거를 운운하실 겁니까?"

홍시는 가사방의 말에 급기야 얼굴이 창백하게 질리더니 가사방을 무섭게 노려보았다. 그러다 입을 열려고 할 때였다. 고무용이 밖에서 헛기침을 하더니 들어왔다. 이어 홍시를 향해 절을 하고는 가사방에게 말했다.

“폐하께서 가 신선을 부르셨습니다.”

“알겠소.”

고무용이 가사방의 뒤를 조심스레 따라가면서 목소리를 낮춰 물었다.

“셋째마마께서는 안색이 왜 저러십니까? 어디 편찮으신 겁니까?”

“곧 눈이 내리겠군.”

가사방이 고개를 들어 하늘의 먹장구름을 보면서 동문서답을 했다. 얼굴에 씁쓸한 빛이 역력했다.

41장

이친왕 윤상의 마지막 충정

가사방은 고무용을 따라 담녕거로 향했다. 태감들이 말을 대기시켜 놓고 기다리는 모습이 보였다. 궁전 안에서는 교인제가 다른 궁녀들과 함께 옹정에게 옷을 갈아입혀 주고 있었다. 옹정은 외투 끈을 매면서 고무용에게 물었다.

"눈이 많이 내리나?"

"이제 막 눈꽃이 날리기 시작했사옵니다. 아직 눈발이 굵지는 않사옵니다, 폐하. 단지 바람이 보통이 아니옵니다. 옷을 더 두껍게 입으셔야 할 것 같사옵니다."

고무용이 황급히 아뢰었다. 옹정이 이번에는 고개를 돌려 가사방을 향해 물었다.

"도장道長, 어…… 얼마나 남은 것 같던가?"

가사방이 몰래 한숨을 지으면서 고개를 숙였다.

"열셋째마마께서는 미류彌留(병이 낫지 않음. 사실상 임종이 가까웠다는 의미)가 가까워오고 있사옵니다. 그러나 아직 폐하를 뵙고 말씀을 나눌 기력은 비축해 두고 계시옵니다."

옹정은 가사방의 말을 듣자 가슴이 뭉클해졌다. 자신도 모르게 눈물이 흘러나왔다. 그는 아무 말도 하지 않고 서둘러 궁전을 나섰다. 이어 땅에 엎드려 있는 어린 태감의 등을 딛고 말에 올라타면서 큰 소리로 태감 진구에게 지시를 내렸다.

"이위가 북경에 도착하는 대로 청범사로 보내게. 큰일이 아닐 경우, 나머지 사람들은 접견하지 않을 것이네. 날도 추운데 기다리게 하지 말고 다들 물러가라고 하게!"

옹정이 말을 마치기 무섭게 바로 윤례와 가사방을 향해 고개를 끄덕이고는 고삐를 낚아채듯 잡아당겼다. 말은 찬바람을 가르면서 빠르게 앞을 향해 달려가기 시작했다. 덕릉태 등 열 몇 명의 시위들이 그 뒤를 바짝 따라갔다.

하늘은 갈수록 어두워져갔다. 검붉은 구름이 사나운 북풍에 쫓기기라도 하듯 빠르게 밀려오고 있었다. 싸라기 같은 눈 알갱이는 점점 더 많이 떨어지기 시작했다. 그러나 옹정은 그에 아랑곳하지 않고 눈과 바람을 맞받으며 달렸다. 금세 얼굴이 얼얼해졌다. 청범사 저편의 끝 간 데 없는 갈대밭에서는 말라버린 갈대들이 눈을 뒤집어 쓴 채 사나운 북풍에 온몸으로 항거하고 있었다. 눈길이 닿는 곳마다 온통 처량하고 적막한 풍경뿐이었다.

옹정은 곧 청범사에 도착해 말에서 내렸다. 눈은 어느새 무성한 거위깃털처럼 변해 있었다. 절 앞의 깃대 옆에 내려서서 바라보는 풍경은 여느 때와 달랐다. 확실히 심상치 않은 분위기가 느껴졌다. 얼마 후 방장 스님이 모든 스님들을 거느리고 산문 안쪽에 기러기 행렬 모양으로 늘어섰다. 통로에는 세 발자국 간격으로 동자승들이 황토색 가사를 입은 채 서서 합장하면서 불경을 읊고 있었다. 옹정이 방장 인공印空 스님의 뒤를 따라 안으로 들어가면서 물었다.

"큰스님, 밖에 나온 것이 몇 년 만인가?"

인공이 합장을 하면서 아뢰었다.

"아미타불! 태기도인太己道人(윤상의 도호道號)께서는 빈승의 불사佛舍에 오래 계셨사옵니다. 빈승은 좌관坐觀하고 있다 심동心動이 있어 나왔사옵니다. 이제 불사를 돌려주시고 탈낭脫囊(해탈을 의미함)하시게 돼 가시는 길을 바래다 드리려고 다 데리고 나왔사옵니다."

옹정은 뭐라 형언할 수 없는 복잡한 눈빛으로 하얗게 변해가는 주변 법당의 기와를 쳐다봤다. 이어 침통한 어조로 말했다.

"그동안 폐 많이 끼쳤네. 큰스님, 사실 도가와 불가는 따지고 보면 한집안이지. 유가儒家라고 해서 어찌 석도釋道(불교를 의미)하고 교류하고 싶지 않겠는가? 눈이 만물을 뒤덮고 있는 것을 보니 우리 열셋째가 가기는 가는가 보군."

옹정은 비감함을 애써 억누른 채 서원西院으로 향했다. 이미 옷 궤짝을 밖으로 끌어내고 수의壽衣를 준비하느라 여인네들이 바삐 움직이고 있었다. 뜰에는 약 냄새가 진동했다. 부뚜막에 있는 솥에 물을 끓이는 사람도 있었다. 처마 밑에서는 몇몇 태의들이 처방을 고민하는 듯 목소리를 낮춰 얘기를 나누고 있었다. 옹정은 사람들이 질서 있게 움직이는 광경을 보면서 말없이 정방正房으로 향하는 계단을 올랐다. 그제야 황제가 도착했다는 사실을 알고 사람들이 일제히 숨을 죽이고 무릎을 꿇었다.

옹정이 윤례, 고무용과 가사방을 데리고 안으로 들어갔다. 윤상은 창가 쪽에 조용히 누워 있었다. 그의 얼굴은 누렇다 못해 거무스름

하게 변해 있었다. 볼도 움푹하게 꺼져 있었다. 호흡은 급해졌다 약해졌다 하면서 고르지가 않았다. 흰 눈으로 뒤덮인 밖에서 들어오느라 어두운 방 안이 눈에 익지 않은 옹정이 미처 발견하지 못했으나 이위는 이미 도착해 있었다. 옹정의 막내 동생인 윤필은 인삼탕 그릇을 받쳐 든 채 마루 앞에 앉아 있었다. 두 사람은 멍하니 윤상만 바라보다가 옹정이 들어서는 인기척을 듣고는 황급히 바닥에 엎드려 머리를 조아렸다.

옹정이 고개를 끄덕이면서 조용히 입을 열었다.

"일어나게! 이위, 자네는 언제 도착했나?"

이위가 황급히 눈물을 훔치면서 아뢰었다.

"신은 폐하를 알현하고자 창춘원으로 들어가려던 중 장상張相(장정옥)을 만났사옵니다. 폐하께서 오늘은 피곤하실 테니 내일 패찰을 건네라 하기에 곧장 열셋째마마를 뵈러 왔사옵니다. 이렇게까지 악화돼 있을 줄은……."

이위는 끝내 말을 잇지 못하고 다시 눈물을 쏟았다.

그때 혼수상태에 빠져 있던 윤상이 어렴풋이 옹정의 말소리를 알아듣고는 힘겹게 눈을 떴다. 초점을 잃은 흐릿한 시선이 옹정에게 닿는 순간 그의 두 눈은 아주 잠깐이기는 했으나 보석처럼 밝은 빛을 뿜었다. 장작같이 비쩍 마른 팔도 꿈틀댔다. 금세라도 팔을 뻗어 옹정을 만져보고 싶어 하는 것 같았다.

옹정이 황급히 그에게 다가가 두 손을 잡았다. 윤상이 기운 없이 입술을 실룩거리자 옹정이 다시 다급히 귀를 가까이 댔다. 윤상이 뭐라고 말을 했다. 그러나 전혀 알아들을 수 없었다. 옹정이 고개를 돌려 가사방을 바라보면서 물었다.

"무슨 방법이 없겠는가?"

가사방이 알겠다는 듯 윤상에게 다가갔다. 그러나 별다른 행동을 하지는 않았다. 그저 윤상을 향해 나지막하게 말했을 뿐이었다.

"공명空明(물에 비친 달그림자)이 바로 영동靈動(왕성하게 움직임)이옵니다. 열셋째마마, 어제 빈도가 말씀 올렸듯 열셋째마마께서는 아직 기력이 왕성하시옵니다."

가사방의 말이 끝나기 무섭게 윤상의 창백한 얼굴에 거짓말처럼 혈색이 돌기 시작했다. 윤필이 얼굴을 활짝 펴더니 앳된 목소리로 말했다.

"열셋째 형님, 따끈한 인삼탕을 좀 드시고 벌떡 일어나 앉으세요."

윤필이 키가 작아 불편해하자 윤례가 그릇을 받아들고 인삼탕을 한 숟가락씩 윤상의 입에 넣어 주었다. 윤상이 몇 모금 받아 마시고 나더니 처음 봤을 때보다 훨씬 기력을 회복한 듯 옹정을 향해 웃어 보였다.

"이 열셋째도 이제는 벼랑 끝에 서 있사옵니다. 더 이상 폐하를 위해 뛰어다니면서 견마지로犬馬之勞를 다할 수 없을 것 같사옵니다."

옹정은 가슴이 뭉클하면서 눈물이 쏟아질 것 같았다. 그러나 애써 웃음을 지으면서 말했다.

"바보 같은 소리! 오사도 선생이 전에 했던 말 기억나지 않는가? 자네는 아흔두 살에 선종善終할 거라고 했지 않은가! 가사방, 오 선생이 제대로 본 건가?"

"유가에서는 '생사는 명에 달려 있고, 부귀는 하늘에 달려 있다'生死有命 富貴在天고 했사옵니다. 공자 성인께서는 석가모니보다 더 정확히 보시옵니다. 염려놓으십시오, 열셋째마마! 빈도가 여기 있는데, 어떤 무상無常이 감히 접근해 오겠사옵니까!"

가사방이 완곡하게 대답했다. 이미 가사방과 대단히 가까운 사이가 된 윤상이 웃으면서 말했다.

"빈 깡통이 요란하다더니, 큰소리는. 젠장! 괜찮아, 나는 추호도 두렵지 않아. 오 선생이 나보고 아흔 두 살까지 산다고 한 것은 꼭 두 배로 늘려 말한 거로군. 이제 생각해보니 그래. 지금 내 나이가 마흔여섯이니 말이야."

좌중의 사람들은 숨이 간당간당하던 윤상이 갑자기 셈까지 해내자 적지 않게 놀랐다. 윤상이 다시 말을 이었다.

"죽음이 임박해오니 마음이 이렇게 편할 수가 없사옵니다. 죽음을 생각하니 마치 농부가 추수를 끝내고 집으로 돌아갈 때의 기분 같사옵니다. 책 한 권을 다 읽고 마지막 책장을 넘길 때의 희열 같은 것도 느껴지고요. 저와 가사방은 잘 알고 있사옵니다. 이것이 해가 서산으로 넘어가기 직전 반짝하는 순간이라는 것을 말이옵니다."

윤상이 갑자기 어린아이처럼 해맑은 웃음을 지었다. 이어 덧붙였다.

"가사방, 두 시간만 더 지탱하게 해주게. 폐하께 단독으로 올릴 말씀이 있어서 그러네. 두 시간이면 충분하네."

"마마께서는 끝까지 달관한 모습을 보이십니다. 그야말로 영웅의 기개가 넘치십니다. 말씀하신 대로 해드리겠습니다. 빈도가 동쪽 별채에서 기를 넣어 드리겠습니다."

가사방이 대답했다. 이어 옹정을 향해 절을 하고는 물러갔다. 윤상이 이번에는 윤례, 윤필과 이위에게 말했다.

"자네들도 가사방을 따라가 장기나 두면서 편히 있도록 하게. 자네들이 가사방과 장기를 두고 이야기꽃을 피우면서 즐겁게 놀아야 나도 마음이 홀가분할 것 같네."

옹정이 윤례 등이 나가는 모습을 응시하더니 윤상에게 말했다.

"무슨 말인데 그렇게 서두르나? 조금 더 쉬다 편할 때 하지."

"지룽리허 잉부처탄처융, 더타이버커룽한뤄펑(몽고어로 '폐하, 긴히 아뢸 말씀이 있사옵니다'라는 뜻)!"

옹정이 뜬금없는 윤상의 몽고어에 잠시 어리둥절해 했다. 그러다 한참 후에야 만주어로 답했다.

"아우, 다른 사람이 엿들을 것이 걱정이 되어서 그런다면 만주어로 말하게. 만주어로 해도 남들이 못 알아듣기는 마찬가지 아닌가. 몽고어는 알아듣기가 힘이 드네."

"기회를 틈타 저 도사를 없애버리시옵소서."

윤상이 눈짓으로 옆방을 가리키면서 능숙한 만주어로 말했다.

"왜?"

"제가 쭉 지켜본 바로 저자는 폐하의 건강을 좌우할 수 있사옵니다. 폐하로 하여금 자신을 필요로 하게 만들고 자신에게 의존하게 만들어 나중에는 한 발자국도 자신을 떠나서 살 수 없게 만들 것이옵니다. 그리고 언젠가는 폐하를 자신의 입김에 끌려 다니도록 조종할 것이옵니다. 그러나 저자가 갖고 있는 술수는 사실 무술巫術에 불과할 뿐 나라를 다스리는 데는 별 도움이 안 되는 것이옵니다."

"알았네! 그거야 식은 죽 먹기일 테지."

"그리 호락호락하진 않을 것이옵니다."

윤상은 옹정이 갑자기 사라지기라도 할세라 눈에 힘을 준 채 옹정을 똑바로 쳐다봤다. 이어 한 글자 한 글자 또박또박 말했다.

"진짜 대단한 재주를 지닌 자이옵니다. 물, 불, 칼, 창 심지어는 번개까지도 두려워하지 않는 사람이옵니다. 없애버리기가 그리 용이하지는 않을 것이옵니다."

옹정은 최근 들어 몸이 아플 때마다 어의를 부를 생각은 하지 않고 오로지 가사방에게만 의존해왔다. 그러던 터에 윤상의 말을 들었으니 갑자기 두려움이 밀려왔다. 그가 윤상을 바라보면서 물었다.

"자네에게 방법이 있는 것 같은데, 내 생각이 맞는가?"

윤상이 대답했다.

"다른 사람은 어렵겠지만 이위는 이 일을 해낼 수 있사옵니다. 이위를 북경으로 불러 군기처에서 천하의 형명刑名을 관장하게 하는 것이 시급하옵니다."

"알았네. 당장 그렇게 하지."

윤상이 잠시 호흡을 가다듬었다. 오랫동안 사용하지 않던 만주어로 말하다보니 숨이 가빠진 모양이었다. 곧 그가 다시 한어로 바꿔 입을 열었다. 말투에서 진한 이별의 아픔이 묻어 나오고 있었다.

"폐하……, 넷째 형님! 이 아우는 삼십 년 동안 묵묵히 폐하의 뒤만 따라 다녔사옵니다. 오직 폐하만을 위해 일해 왔사옵니다. 저에게 폐하는 부모나 마찬가지였고, 삶의 유일한 희망이자 이유였사옵니다. 빈손으로 왔다 빈손으로 가는 것이 인간의 숙명이라고는 하나 형님과 더불어 한 많은 세상을 살았던 인연만은 끝까지 놓고 싶지 않사옵니다. 정말 형님이 계셨기에 저는 여태까지 살 수 있었사옵니다. 새는 죽음이 임박하면 울음소리가 구슬퍼지옵니다. 또 사람은 때가 되면 말투부터 선해진다고 했사옵니다. 이런 말을 해서 넷째 형님에게 혼나는 것은 상관없사옵니다. 그러나 넷째 형님이 저의 말을 그냥 임종을 앞둔 자의 허튼소리쯤으로 들어 넘기실까봐 걱정이 되옵니다……."

윤상이 말을 하다 말고 눈물을 비 오듯 흘렸다. 옹정이 부드럽게 그 눈물을 닦아주었다.

"우리의 대영웅이 어인 눈물인가, 바보같이……."

"폐하와 이 아우는 여덟째 형님과 평생 원수지간으로 살아왔사옵니다. 그러나 이제 여덟째 형님, 아홉째 형님 모두 죽었사옵니다. 열째 형님도 막다른 골목에 처해있을 테죠. 이제 과거의 모든 은원을 접고 같은 아버지를 둔 형제라는 점만 생각하면서 모든 미움을 떨쳐내고 용서하시옵소서. 저까지 가고 형님이 더 허전해지기 전에 열째 형님을 북경으로 데려오시옵소서."

윤상이 눈꽃이 흩날리는 창밖을 내다보면서 가깝고도 멀게 느껴지는 목소리로 말했다. 이어 여전히 먼 곳에 시선을 둔 채 마치 자신의 순탄치 않았던 과거를 추억하듯 오랫동안 침묵했다. 한참 후 그가 다시 천천히 입을 열었다.

"제가 병들어 누운 이 몇 해 동안 다녀간 사람들이 참 많았사옵니다. 그들의 말을 듣고 저 나름대로 생각을 해봤사옵니다. 역대 황제들 중에 부지런히 일하면서 백성을 사랑한 황제는 많았사옵니다. 그러나 넷째 형님을 따를 만한 황제는 없더군요. 이 아우는 끝까지 솔직한 사람이옵니다. 선제께서는 겉은 금옥金玉처럼 번지르르하나 속은 넝마처럼 엉망인 나라를 넷째 형님께 물려주고 가셨사옵니다. 알 만한 사람은 다 아옵니다. 그러나 안타깝게도 백성들은 그런 걸 모르옵니다. 그들은 국고에 은이 칠백만 냥밖에 남지 않은 것이 무엇을 뜻하는지 모르옵니다. 적들과 싸움을 하든 말든, 재해 지역으로 구제양곡을 보내든 말든 본인의 의식주 외에는 관심이 없죠. 폐하께서는 촌음을 아껴가며 열심히 일한 덕분에 국고의 은을 육천만 냥으로 늘리시는 쾌거를 거두셨사옵니다. 실로 대단한 결과물이 아닐 수 없사옵니다. 이치吏治를 쇄신함에 있어서는 옥에 티가 전혀 없지 않았으나 그래도 천하제일이라고 일컫는 홍무제洪武帝와 비견될 만하옵니다. 그로 인해 대청의 이치는 이미 정상 궤도에 올라섰사옵니다. 그러나 형님은 지쳤사옵니다. 문인과 향신鄕紳을 비롯한 기득권층의 이익을 건드려 반발을 샀사옵니다. 양렴은 제도가 그자들의 재원을 막아버렸으니 좋아할 리 만무하죠. 이 아우는 형님의 피나는 노력을 몰라주고 툭하면 당치도 않은 요언에나 휘둘리는 백성들이 야속하옵니다. 또 특권층에서 밀려난 탐관오리들의 독설이 형님을 병들게 할까 걱정스러워 편히 눈을 감을 수가 없사옵니다."

윤상의 진심 어린 말에 옹정의 눈에 그득하게 고였던 눈물이 드디어 줄 끊어진 구슬처럼 우루루 쏟아져 내렸다. 옹정은 한참 후에야 진정을 취했다.

"그건 내 속을 누구보다 잘 아는 자네만이 할 수 있는 말이지. 짐이 거센 비바람을 맞받아 나갈 수밖에 없었던 이유는 누구보다 이치쇄신의 어려움을 잘 알기 때문이었네. 자손들에게만은 조금 더 훌륭한 세상을 열어주기 위한 것이 목적이지. 짐이 몰매 맞을 각오로 팔을 걷어붙인 걸 자네라도 알아주니 참으로 다행이네. 아우, 자네는 용감무쌍한 사나이니 버텨낼 수 있을 거야. 거뜬히 털고 일어나게. 짐이 여론을 내 편으로 만드는 걸 지켜보게. 이제 곧 짐의 마음을 온 천하에 뒤집어 보일 기회가 올 것이네. 그래도 몰라주면 어쩔 수 없지만 말이야. 그러나 후세에 누군가는 그때는 그럴 수밖에 없었구나 하면서 짐을 이해해 줄 거라고 믿네."

옹정은 이어 증정과 장희의 모반 사건의 전말을 윤상에게 소상히 들려줬다. 그리고는 덧붙였다.

"이는 하늘이 짐에게 해명할 기회를 주신 거야. 악종기와 유홍도는 이미 증정, 장희를 설득해 우리 편으로 만들었어. 나는 이 두 명의 완고한 문인을 교화시켜 온 천하를 돌아다니며 짐의 새로운 정책에 대해 현신설법現身說法을 하게 할 것이네!"

"가능할까요?"

"가능하고말고! 내가 증정과 직접 나눈 대화 내용을 책자로 만들어 온 천하에 공개할 것이네. 제목은 《대의각미록》大義覺迷錄이라고 달 생각이네!"

옹정은 자신감 넘치는 말투였다.

"넷째 형님께서 하시는 일이시라면 꼭 성공하리라고 믿사옵니다."

윤상의 눈빛이 잠깐 반짝이는 듯했다. 그러나 이내 다시 암담해졌다. 안색이 점점 창백해지다가 급기야 잿빛을 띠기 시작했다. 다급해진 옹정이 윤상의 몸을 가볍게 흔들었다.

"아우, 자네…… 힘들어서 그러나? 사람을 부를까?"

"아니옵니다! 아니……."

윤상이 힘없이 고개를 저었다. 이어 온몸의 기력을 끌어 모으는 듯 혼신의 힘을 다해 힘겹게 입을 열었다.

"할 말은 많이 남았는데 숨이 가빠……. 폐하의 세 아들……, 학문은 다 좋으나 심성은…… 다르옵니다. 셋째는 훌륭하기는 하나……, 보위 승계에 만전을 기하셔야……."

윤상은 마지막으로 가장 중요한 말을 하고 있었다. 옹정은 윤상의 귓가에 엎드리다시피 하면서 들으려고 했다. 그러나 윤상의 숨소리는 점점 더 미약해져갔다.

"성조 때, 우리는…… 충분히 겪었사옵니다. 밀고 당기고, 때리고 맞고……. 이제 한 세대가 흘러갔군요. 넷째가 탁월하다고 생각하옵니다. 누군가 요술을 부려…… 그것도 모자라 넷째를 암해하려고 하고 있사옵니다……."

윤상의 목소리는 가래에 막혀 잘 들리지 않았다. 그래도 그는 가쁜 숨을 몰아쉬면서 손가락 세 개를 내밀어 보였다. 다급해진 옹정이 급히 물었다.

“큰놈? 작은놈?”

그러자 윤상이 쫙 편 손가락 세 개를 힘없이 툭 떨어뜨리면서 간신히 말을 이었다.

“홍주에게 물어…….”

“태의! 가사방!”

옹정이 다급히 소리쳤다. 눈앞이 어지럽고 머릿속은 마치 벌집을 쑤셔놓은 것처럼 복잡했다. 사람들이 우르르 몰려들어 윤상을 둘러쌌다. 옹정이 겨우 가슴을 진정시키면서 다급히 명령했다.

“정신을 못 놓게 해! 누가 정신을 돌려놓는 사람이 있으면 짐이 크게 상을 내릴 것이네!”

태의들이 옹정의 닦달에 부랴부랴 진맥을 하기 시작했다. 인중人中을 찌르고 인삼탕도 입에 떠 넣었다. 그러나 아무 소용없었다. 옹정은 급기야 사람들을 헤치고 윤상에게 다가가 고함을 지르다시피 했다.

“열셋째, 잠깐만 더 머물다 가게!”

옹정의 다급함이 통했을까, 순간 기적처럼 윤상의 두 눈이 번쩍 떠졌다. 그리고는 섬뜩할 만큼 또랑또랑한 목소리로 옹정에게 말했다.

“부디 옥체를 보존하시옵소서, 폐하! 신, 먼저 물러가겠사옵니다…….”

말을 마친 윤상의 고개가 마침내 한쪽으로 맥없이 툭 꺾였다. 그것은 옹정과 윤상의 이승에서의 마지막을 알리는 작별이었다.

윤상은 어려서부터 옹정의 각별한 보살핌을 받았었다. 그 때문에 그는 옹정을 부모 대신 믿고 따랐다. 또 몇 십 년 동안 옹정의 왼팔, 오른팔 역할을 충실히 해왔다. 옹정과 군신 관계로, 형제 사이로 정분을 그렇게 쌓아놓고는 드디어 인생의 종착역에 이른 것이다.

순간 낙심천만한 가사방이 "회천핍술!"回天乏術(방법이 없다)이라는 말을 토해냈다. 옹정은 그 말을 듣자마자 넋 나간 사람처럼 맥을 놓고 말았다. 그러더니 갑자기 가슴을 움켜잡았다. 이어 "욱!" 하더니 한 줌의 피를 토했다.

"폐하!"

윤례, 윤필, 이위, 고무용 등이 우르르 달려들어 옹정을 부축했다. 이어 등나무 의자에 앉혔다. 윤상을 둘러싸고 있던 태의들도 달려오더니 옹정의 맥을 짚어봤다. 그러나 유독 가사방만은 그 자리에 붙박인 듯 그대로 선 채 말했다.

"폐하께서는 지나친 슬픔에 잠시 고질병이 발작하셨을 뿐 크게 염려할 정도는 아니옵니다."

옹정은 피를 토하고 나자 오히려 가슴이 좀 시원해진 것 같았다. 그러나 여전히 멍하니 윤상의 유체遺體(죽은 사람의 몸)를 바라봤다. 그러다 한참 후에야 반쯤 벌어진 창백한 입술 사이로 한마디 말을 내뱉었다.

"그만 돌아가지."

옹정 일행이 담녕거로 돌아왔을 때는 이미 날이 저물었다. 사방 어디나 할 것 없이 흰 눈으로 덮여 있어 날이 어두워졌다는 느낌이 덜할 뿐이었다. 이위와 홍력의 부축을 받으면서 따뜻한 대전 안으로 들어온 옹정은 정신을 놓은 사람처럼 오래도록 멍하니 앉아만 있었다. 한참이나 그러고 있던 옹정은 자명종이 여덟 번 울리자 비로소 입을 열었다.

"고무용! 윤례, 윤필, 홍력, 이위, 가사방, 이 사람들은 하루 종일 굶었을 거네. 선膳을 가져다주게. 짐은 먹는 것보다 누워 있는 게 더 좋으니 선을 들여오지 말게."

고무용은 옹정을 너무나 잘 알았기 때문에 더 이상 식사를 권하지 않았다. 그저 조용히 대답하고 사람들과 함께 물러갔다. 태감 진구는 사람들이 무엇 때문에 침울한 표정을 짓고 있는지 잔뜩 궁금했으나 그 자리에서 물을 수는 없었다. 그러다 저만치 가는 고무용의 뒤를 쫓아가 자초지종을 묻고서는 다시 돌아왔다.

옹정은 동난각 온돌마루에 걸터앉은 채 넋 나간 듯 미동도 하지 않았다. 어린 태감 두 명이 옹정의 발밑에 엎드려 신발과 버선을 벗겼다. 진구는 안으로 들어가지 않고 하인들이 있는 곳으로 가서 교인제를 찾았다.

"인제 아가씨, 오늘 저녁에는 인제 아가씨가 폐하를 잘 시중들어야겠소. 열셋째마마께서 승천하셨다고 하오. 폐하께서 마음이 대단히 우울하시니 다른 사람은 시봉하기 힘들 것이오."

"뭐, 열셋째마마께서 승천하셨다고?"

교인제가 밥을 먹다 말고 수저를 든 손을 부르르 떨었다. 이어 아무 말 없이 자리에서 벌떡 일어나더니 진구를 따라 동난각으로 향했다. 과연 옹정은 옷을 입은 채로 온돌에 누워 하염없이 창밖을 바라보고 있었다. 얼마 후 교인제가 가까이 다가가서는 무릎을 꿇은 채 나지막하게 입을 열었다.

"노비가 폐하를 시봉하러 왔사옵니다. 열셋째마마…… 그렇게 좋으신 분이 떠나셨다니 실로 비통하기 이를 데 없사옵니다. 그러나 그것이 정녕 하늘의 뜻이라면 좋게 보내드려야 하지 않겠사옵니까? 그만 슬픔을 거두시고 폐하의 존체를 보존하시옵소서. 날도 밝기 전에 기침하시고 여태 수라도 드시지 않았다면서요? 이러시면 아니 되옵니다. 부디 힘을 내시옵소서, 폐하. 노비가 더운 물에 발을 담가드리겠사옵니다. 수라를 조금이라도 드시고 나면 훨씬 기운이 나실 것이옵니다."

교인제는 산서 여자 특유의 애교 섞인 말투로 옹정을 부드럽게 달랬다. 옹정은 솜사탕처럼 달콤하고 깃털처럼 부드러운 교인제의 말과 몸짓에 기분이 한결 가벼워져 자리에서 일어나 앉았다. 그 사이 교인제가 재빨리 놋대야에 더운 물을 떠왔다. 이어 손을 넣어 온도를 맞추면서 궁녀에게 지시했다.

"내가 저녁에 먹던 팥소 만두를 담아 내오너라. 그리고 오이지에 참기름 몇 방울 넣고 살살 버무려 같이 내오도록 해라."

교인제의 보드라운 두 손이 곧 지친 옹정의 발을 감쌌다. 옹정은 하루 종일 가슴을 숨 막히게 짓누르고 있던 슬픔과 피로가 조금은 날아가는 것 같았다. 식욕도 살아나고 있었다. 급기야 그는 만두를 한 입 베어 물고는 오이지 한 조각을 입에 넣었다. 그 둘을 함께 씹자 달콤한 맛과 짭짤한 맛이 어우러졌다. 옹정으로서는 난생 처음 먹어보는 별미였다. 교인제는 맛있다면서 연신 고개를 끄덕이는 옹정을 부드럽게 바라보았다.

"제 고향에서는 몸이 아파 입맛이 없을 때 이렇게 먹사옵니다. 이런 우스갯소리도 있사옵니다. 어떤 게으름뱅이가 일은 하기 싫고 배는 고프자 토지묘에 가서 '일 년 사시사철 죽지 않을 정도로만 아프게 해주시옵소서'라고 기도하더랍니다. 옆에 있던 사람이 왜 그러느냐고 물었더니 '그래야 팥소 만두를 실컷 먹을 것이 아닙니까'라고 대답하더랍니다."

옹정은 교인제의 말을 듣고는 피식 웃음을 터트렸다. 이어 정겨운 눈매로 인제를 바라보면서 말했다.

"짐도 그 게으름뱅이처럼 해볼까? 팥소 만두를 먹으려면 아파야 하니 그냥 드러누워 버릴까?"

"폐하께서는 평생 게으름이라는 것이 무엇인지 모르고 사신 분이옵니다. 이년은 폐하께서 괴로워하시는 모습을 속수무책으로 지켜보고만 있을 수 없어 당치도 않은 우스갯소리를 했을 뿐이옵니다."

교인제가 마른 수건으로 약간 부어있는 옹정의 발을 닦아주고는 시녀에게 대야를 치우라고 했다.

"자네가 고생하네."

옹정이 깊은 한숨을 토해냈다. 그리고는 오랫동안 침묵하더니 다시 입을 열었다.

"자네, 열넷째마마가 보고 싶으면 가끔씩 가서 보고와도 괜찮네."

교인제가 옹정이 먹고 난 만두 그릇을 한쪽으로 내려놓으면서 얼굴을 붉혔다. 이어 천천히 대답했다.

"가고 싶지가…… 않사옵니다."

"왜? 늘 그렇게 보고 싶어 했으면서 왜 그러나?"

옹정이 적이 놀랍다는 듯 다그쳐 물었다. 교인제는 고개를 숙였다. 그러더니 한참 후에 한숨을 내쉬면서 입을 열었다.

"노비도 그 이유를 잘 모르겠사옵니다. 두 분 모두 전에 생각했던 모습과는 다른 면이 느껴져서……. 이것도 이년의 팔자인 것 같사옵니다."

교인제의 심경에 뭔가 변화가 생긴 것이 분명했다. 옹정이 자세히 캐물으려 할 때였다. 고무용이 다가와 아뢰었다.

"몇몇 친왕, 재상들과 군기처 대신들이 모두 집결했사옵니다. 윤례마마를 비롯한 여러 마마들께서도 폐하의 사연賜宴에 감사함을 표하러 밖에 와 있사옵니다."

옹정이 교인제를 힐끔 바라보더니 분부했다.

"모두 들라 하게."

고무용이 물러가고 잠시 후 창가에서 웅성거리는 소리가 들려왔다. 곧 윤지를 선두로 해서 장정옥, 방포, 윤록, 악이태, 홍시, 홍주, 윤필, 홍력이 줄줄이 들어섰다. 맨 끝에는 가사방의 모습도 보였다. 사람들이 많아서 그런지 문후 올리는 소리가 중구난방이었다. 그러자 옹정이 미간을 찌푸렸다.

"가사방은 방외인方外人이니 물러가도 괜찮네. 막내아우도 힘들게 자리할 필요가 없네. 고무용, 자네는 짐의 막내아우를 집으로 편히 모시도록 하게."

"열셋째가 너무 가엽게 간 것 같아 마음이 아프옵니다."

윤지가 먼저 입을 열었다. 그는 홍시와 함께 집에서 술을 마시며 설경에 도취돼 있다 장정옥에게 끌려오다시피 해서 억지로 나온 터였다. 그럼에도 억지로 고통스런 표정을 지으며 덧붙였다.

"실컷 고생만 하다가 이제 좀 살 만해지니 한창 나이에 저렇게 가다니! 정말 서글프기 그지없사옵니다."

홍시 역시 뒤질세라 오만상을 구겨가면서 한숨을 내쉬었다.

"오랫동안 투병생활을 하셨으나 이렇게 빨리 이승의 끈을 놓아버릴 줄은 몰랐사옵니다."

홍력이 그나마 입에 발린 소리만 하는 두 사람과는 많이 달랐다. 그저 담담하게 말했다.

"아바마마, 열셋째 숙부께서는 다시는 돌아올 수 없는 길을 떠나셨사옵니다. 그런데 아바마마께서 피까지 토하시면서 괴로워하시면 저 세상에 계신 열셋째 숙부께서 얼마나 걱정하시겠사옵니까! 아바마마와 열셋째 숙부의 남다른 정분을 모르는 사람은 없사옵니다. 부디 현실을 직시하시고 슬픔을 자제하시기를 바라옵니다. 열셋째 숙부의 장례와 이후의 일은 아바마마께 심려를 끼쳐드리지 않고 저희들이 알아서 잘 처리하겠사옵니다."

홍력은 말을 마치더니 연신 손등으로 눈물을 훔쳤다. 이어 홍시처럼 거짓을 일삼을 줄 모르는 홍주가 머리를 조아리고는 큰소리로 아뢰었다.

"열셋째 숙부는 진정한 사내대장부였고 일대 영웅이셨사옵니다. 유감없는 일생을 살았다고 해도 과언이 아닐 것이옵니다. 소자는 숙부님을 잃은 슬픔도 크나 장렬한 인생을 살다간 숙부님에 대한 부러움 역시 크옵니다! 며칠 전 소자가 열셋째 숙부께 문안을 올리러 갔을 때 그분께서는 아직 완성 못한 소망이 있다고 하셨사옵니다."

옹정은 가식적인 슬픔에 젖어 있는 윤지를 오물덩어리 보듯 하면서 홍주에게 물었다.

"자네, 열셋째 숙부가 말한 완성 못한 소망이 무엇인지 아는가?"

홍주가 머리를 조아리면서 대답했다.

"옹정 사 년에 북경에서 큰 물난리를 겪지 않았사옵니까? 그 당시 열셋째 숙부께서는 북경의 하도河道를 시찰하시면서 천진天津에서 바다로 흘러드는 위하衛河, 정하淀河, 자아하子牙河가 막혀 북경에 수해를 입혔다는 사실을 새로이 알게 됐다고 하셨사옵니다. 이 몇 갈래 강을 잘 다스리면 두 번 다시 북경이 물에 잠기는 일은 없을 텐데 하시면서 걱정하셨사옵니다."

"윤상은 과연 나라를 자기 몸보다 더 아끼고 군주에 더없이 충성하는 현왕賢王이네. 이런 사람을 사책史冊을 다 뒤진들 어디서 찾아낼 수 있을까!"

옹정도 언젠가 윤상에게서 북경의 하도에 대해 얼핏 들은 게 생각이 났다. 그런데 홍주는 그가 임종 전까지도 그것을 미완의 소망으로 생각하면서 걱정했다고 말했다. 옹정은 다시 콧마루가 시큰해졌다. 한참 후 그가 장정옥에게 말했다.

"형신, 짐은 악종기의 군사軍事 문제가 어느 정도 추진된 뒤 북경의 하도 공사에 착수하려고 했었어. 그러나 열셋째가 저 세상에서 시름을 덜 수 있도록 먼저 서둘러야겠어!"

장정옥이 황급히 절을 하면서 대답했다.

"예, 폐하! 내일 호부戶部에서 삼십만 냥을 지원받아 공부工部에 전하도록 하겠사옵니다. 그리고 공부에서 책임지고 일에 착수하도록 조치하겠사옵니다. 이쪽 분야에 경험이 많고 유능한 유홍도에게 총지휘를 맡기면 몇 개월 내에 공사가 순조롭게 마무리될 것으로 확신하옵니다."

장정옥이 잠시 멈췄다가 다시 말을 이었다.

"예부禮部에서도 열셋째마마께서 타계하셨다는 소식을 들어서 알고 있을 것이옵니다. 폐하께서 먼저 이친왕怡親王의 시호를 내려주셔야 그들과 장례를 준비하는데 차질이 없을 것으로 아옵니다."

"충忠도 좋고 효孝도 좋아. 그러나 '현'賢자 하나면 다 아우를 수 있을 것이니 시호는 '이현친왕'怡賢親王으로 정하지."

옹정이 장정옥의 제안에 즉각 대답했다. 이어 자신의 결정에 대한 설명을 덧붙였다.

"윤상은 협객의 기질을 지닌 의로운 사내였네. 짐과 종묘사직에 대한 변함없는 충정으로 앞만 보고 달려온 현왕이었어. 그랬기 때문에 짐 역시 윤상을 다른 친왕들과는 달리 대했지. 오늘부터 사흘 동안 조정의 사무를 잠시 중지하도록 하게. 짐은 한 달 동안 소복素服을 입은 채 윤상에 대한 애도의 뜻을 표할 거네. 신하들은 소복으로 갈아입을 필요가 없으나 모든 연회와 오락 모임은 한 달 동안 중단하도록 해! 윤상允祥의 '윤'允자는 짐의 이름 글자를 피하기 위해 고친 것이네. 이제 짐은 소복 차림으로 형제간의 예를 갖출 것이니 원래 이름의 '윤'胤자를 회복해야 마땅할 것 같네. 그의 신주神主와 위패位牌는……."

옹정이 말을 마치고는 자리에서 일어나 뒷짐을 진 채 궁전 안을 거닐었다. 이어 책상 앞으로 다가가 붓을 들었다. 고무용이 재빠르게 달려가 선지宣紙를 펼쳐놓고 촛불을 높이 들었다. 옹정은 기다렸다는 듯 몇 글자를 시원스럽게 휘갈기기 시작했다.

忠敬誠直 勤愼廉明 賢

충성과 공경으로 곧고 성실하며, 근면하고 청렴하며 어질다

옹정이 글씨를 장정옥에게 건네주며 돌려가면서 보도록 했다. 이어 천천히 덧붙였다.

"이 여덟 글자를 시호에 보태도록 하게. 조정의 신하들 중에는 '충근신명'忠勤愼明한 사람은 적지 않게 볼 수 있어. 그러나 '경성직렴'敬誠直廉 이 네 글자는 짐이 웬만해서는 내리지 않는다네. 이제 이를 윤상에게 내리고자 하네. 마지막일지는 모르나 처음인 것만은 분명하네. 윤상을 이 자리에 있는 자네들의 삶의 지침과 본보기로 세우고자 함이네."

셋째 윤지는 원래 윤상에게 악감정 같은 것은 없었다. 그러나 옹정의 윤상에 대한 평가를 들으면 들을수록 배알이 뒤집히는 것을 참지 못했다. 그가 결국에는 입을 열었다.

"정말 지당하신 말씀이옵니다, 폐하! 윤상 아우는 주군에게 성실誠實하고 매사에 경사敬事(일을 주의 깊게 처리함)했사옵니다. 또 솔직率直하고 의로운 사내였사옵니다. 이는 온 천하가 주지하는 바이옵니

다. 윤상 아우는 폐하로부터 이 여덟 글자를 하사받고 웃으면서 구천으로 갔을 것이옵니다."

윤상은 그동안 일반 친왕의 두 배에 해당하는 녹봉을 조정으로부터 받아왔다. 게다가 옹정 3년부터는 1만 냥이 더 추가됐다. 이로 인해 그는 해마다 윤지보다 은 2만 8000냥씩을 더 받았다. 윤지는 이를 이유로 윤상을 평가하면서 은근슬쩍 '경성직렴'敬誠直廉 중의 '염'廉자를 빼버리는 심통을 부렸던 것이다.

성정이 날카롭기로 소문난 옹정이 윤지의 의도를 눈치 채지 못할 리가 없었다. 그럼에도 비교적 담담하게 입을 열었다.

"윤상의 성품을 논함에 있어서 결코 빼놓을 수 없는 '염'廉자를 언급하지 않은 것 같군. 여러 왕들 중에서 본인 명의의 농장이 없는 사람은 윤상뿐이지. 그 옛날 선제께서 우리 형제들을 왕으로 봉하면서 기념으로 일인당 이십삼만 냥씩을 하사하셨어. 그로 인해 당시 셋째 형님은 녹봉이 총 삼십만 냥으로 늘어난 반면 윤상은 십삼만 냥밖에 하사받지 못했어. 왠지 아시나? 윤상이 '셋째 형님은 딸린 식솔도 많고 책을 편찬하시느라 집에 손님이 쉴 새 없이 들락거리니 저보다 더 돈이 많이 필요할 것입니다'라고 양보하면서 그렇게 된 것이야. 윤상은 성격이 우락부락한 면이 있으나 인정도 많은 사람이었어. 자기보다 어려운 사람을 보면 그냥 지나친 적이 없었지."

옹정의 말에 윤지의 얼굴이 귀밑까지 빨개졌다. 옹정이 그런 그를 힐끗 일별하면서 말을 이었다.

"짐이 윤상에게 백가탄百家疃의 땅을 상으로 내린 적이 있었지. 그런데 윤상은 그 땅을 소작료 한 푼 안 받고 전부 가난한 백성들에게 빌려줬더라고. 그곳 백성들은 너무 고마워 열셋째를 위한 사당까지 지으려 했는데, 그러는 것이 오히려 윤상에게 부담이 될까봐 짐이 못하게 했네. 이제는 짐이 윤상의 명의로 삼십 경頃(1경은 10000제곱미터)의 부지에 웅장하고 당당한 사당을 지어줄 것이네!"

장정옥은 옹정과 윤지의 대화를 통해 처음 알게 된 얘기들이 많았다. 그래서일까, 그는 호기심이 동하는 듯 옹정의 말에 더욱 귀를 기울였다. 그러나 죽은 친왕을 위해 사당을 지어주겠다는 말에는 고개를 갸웃거렸다. 황실의 장례 규정에서 비슷한 선례를 보지 못한 탓이었다. 그때 악이태가 먼저 입을 열었다.

"열셋째마마께서는 폐하의 그런 은전恩典을 받아 마땅하옵니다. 그러나 폐하, 우리 대청에는 현재 재위중인 신로新老 친왕과 군왕이 수백 명은 되옵니다. 열셋째마마에 대한 은전을 관례화시킬 것인지에 대해 부디 성재聖裁를 해주시옵소서."

"당연히 이는 특별한 은전이지. 수백 명이 아니라 수천 명이라 하더라도 윤상과 비견될 만한 사람이 어디 있겠나?"

옹정이 차가운 표정으로 대답했다. 동시에 어림도 없다는 듯 손사래를 쳤다. 이어 덧붙였다.

"오늘 저녁에 윤상은 이친왕부로 돌아갈 것이네. 홍시, 자네들 셋이 짐을 대신해 영전을 지키도록 하게. 윤상의 장례는 셋째 형님이 주도하도록 하고……. 비록 오늘부터 휴조休朝에 들어간다고 하나 오히려 자네 몇몇은 더 바쁠 거네. 오늘 저녁은 일찍 들어가 쉬고 내일 예부에 일러 장례 의식에 대해 짐에게 소상히 상주하도록 하게. 다들 그만 물러가게."

옹정이 명령을 내리자마자 사람들은 모두 물러갔다. 휑뎅그렁한 대전에는 옹정과 몇몇 태감들만 남았다. 옹정은 책상 위에 산적해 있는 주장들을 손가는 대로 뽑아 봤다. 하나같이 이불에 대한 탄핵안이었다. 그는 그것들을 도로 밀어 넣고는 다시 몇 장을 더 뽑았다. 이번에는 각 지역의 강우량을 보고하는 주장이었다. 옹정은 하남, 안휘, 산동, 산서 쪽을 유심히 살펴봤다. 다행히 아직까지는 재해 관련 보고가 없었다.

창 밖에서는 눈보라가 점점 더 기승을 부리고 있었다. 문풍지를 두 겹으로 단단히 했는데도 간간이 찬바람이 스며들어왔다. 촛불도 몸서리를 치듯 흔들렸다. 옹정은 따뜻한 온돌마루에 등을 붙인 채 누워서 윤상이 임종을 앞두고 했던 말을 떠올렸다.

생각이 깊을수록 마음이 혼란스러웠다. 급기야 그는 벌떡 일어나 양치를 하고 다시 누웠다. 그러나 잠은 오지 않고 의식은 갈수록 또렷해졌다. 소나무와 백양나무가 바람에 흔들리는 소리와 눈보라가 창문을 때리는 소리는 점점 커져만 갔다. 고무용은 전전반측하면서 잠을 못 이루는 옹정을 지켜보다가 궁여지책 끝에 교인제와 몇몇 궁녀들을 불렀다.

"잠을 놓쳐버린 것 같네. 골치 아픈 일들이 너무 많네. 짐도 어찌할 바를 모르겠어……. 추국秋菊과 채운彩雲, 너희들은 온돌마루 위에 올라와 짐의 다리와 등허리를 두드려 주게. 인제와 다른 아이들은 서 있지 말고 가까이 와서 짐의 말동무나 해주게. 도란도란 얘기를 나누다 보면 잠이 오겠지."

옹정이 이마를 매만지면서 탄식하듯 말했다. 추국은 옹정의 말이 떨어지기 무섭게 얇은 수건으로 그의 다리를 덮고 채운과 함께 가볍게 두드리기 시작했다.

교인제는 어린 시녀 둘과 함께 식향息香(잠을 잘 때 사르는 향)을 사르더니 주전자에 물을 채워놓고는 옹정의 가까이에 의자를 가져다 놓고 앉았다. 이어 창밖의 눈보라치는 소리에 귀를 기울이다가 순간 아늑함을 느꼈다. 나중에는 궁녀 방에 있는 것보다 마음이 더 편하고 안락해지는 느낌도 받았다. 한참 후 교인제가 먼저 가벼운 탄식을 하며 입을 열었다.

"소녀가 어렸을 때 연극을 보면서 상상했던 황제의 모습은 지금 폐하의 모습과는 전혀 달랐사옵니다. 폐하께서는 옆에서 지켜보는 사람이 다 힘들 정도로 지쳐 보이옵니다."

"그렇다면 자네들이 상상했던 황제는 어떤 모습이었나?"

옹정이 반쯤 눈을 감은 채 물었다. 그러자 별명이 촉새인 채운이 경쟁하듯 대답했다.

"황제라면 아랫것들을 마음대로 부리고 먹고 싶은 것은 하늘 끝까지 가서라도 구해오게 하는 줄 알았사옵니다. 또 국고의 은銀을 쓰고 싶은 대로 흥청망청 쓸 수 있는 줄 알았사옵니다. 정무도 아랫것들에게 맡겨놓고 진종일 수천 궁녀들에 둘러싸여 주지육림酒池肉林의 삶을 사는 줄 알았사옵니다."

옹정은 채운의 말이 끝나기도 전에 이미 빙그레 웃고 있었다. 그러자 교인제가 채운을 밉지 않게 흘겨보면서 핀잔을 주었다.

"너, 지금 폐하에게 주무시라는 거야, 아니면 기침하시라는 거야? 저 주둥아리를 그냥! 폐하, 애써 잠을 청하시느라 애쓰지 마시옵소서. 잠이 안 오면 내일 낮에 자면 되지 하는 식으로 마음을 여유 있게 잡수시옵소서. 그러다 보면 저절로 잠이 드는 수도 있사옵니다."

옹정은 교인제의 충고대로 눈을 감고 잡다한 공무를 생각했다. 가장 먼저 떠오른 생각은 지방의 인사이동 문제였다. 서둘러 결정해야 했다. 또 재해를 입은 지역의 전량 납부도 면제해줘야 했다. 그의 생각은 더욱 깊어만 갔다.

'요족과 묘족이 잡거한 운남성에서 개토귀류 정책을 추진하려면 거센 반발이 예상되는데, 어떤 장군을 파견한다? 장광사張廣泗 아니면

악이태? 아니면…….'

옹정은 이것저것 두서없이 생각을 이어갔다. 그러다 자신도 모르게 잠이 들고 말았다. 나중에는 고른 숨소리까지 토해내기 시작했다. 잠결에 사랑하는 여인 소복이 감나무 밑에 포박당해 있는 모습을 목격했다. 몇몇 장정들이 소복을 태워 죽이려고 횃불을 치켜들고 장작더미에 불을 붙이고 있는 광경이었다. 그는 다급한 김에 크게 고함을 질렀다.

"짐은 이제 힘없는 황자가 아니라 황제야, 황제! 누가 감히 우리 소복이를 죽이려고 해? 장오가! 얼른 가서 우리 소복이를 구해와!"

"폐하!"

옹정의 옆에 엎드려 살포시 잠이 들었던 교인제가 그의 잠꼬대에 놀란 듯 화들짝 깨어났다. 그녀는 습관적으로 시계에 눈길을 돌렸다. 새벽 세 시를 가리키고 있었다. 추국과 채운 두 궁녀는 어느새 건넌방으로 가 가볍게 코까지 골면서 잠을 자고 있었다. 그녀가 옹정에게 물었다.

"장오가를 부르셨사옵니까?"

옹정이 교인제의 말을 들었는지 잠에서 깨어나 눈을 떴다. 언제 잠이 들었나 싶게 정신이 번쩍 드는 모양이었다. 그의 눈에 등불에 비쳐 뽀얗고 갸름한 교인제의 얼굴이 들어왔다. 마치 아침안개처럼 아련하게 보이는 얼굴이었다. 그녀의 두 눈은 자신이 자나 깨나 그리던 소복과 꼭 닮아 있었다. 옹정이 그녀의 손을 잡고 자신의 품속으로 끌어들이면서 속삭이듯 말했다.

"이리 와, 짐의 곁으로……."

"왜 이러시옵니까, 폐하!"

교인제가 가볍게 앙탈하는 말을 토해냈다. 그러다 제풀에 놀란 듯 황급히 손으로 자신의 입을 가렸다. 그리고는 목소리를 한껏 낮춰 덧붙였다.

"폐하, 대단히 피곤해 보이시옵니다. 편히 주무시고 분부하실 말씀이 있으시면 내일 아침에……."

"왜? 자네는 이러는 짐이 싫은가?"

"그게 아니라……."

"짐이 자네가 생각하는 훌륭한 황제가 못 된다 이건가?"

"폐하께서는……."

옹정이 갑자기 부드러운 미소를 지어 보였다. 그리고는 더욱 힘을 주어 교인제를 끌어안았다. 옹정의 손은 어느새 품안으로 쏙 들어온 교인제의 목덜미와 귓가를 간질이면서 그녀의 옷섶까지 파헤치기 시작했다.

교인제가 얼굴을 붉히더니 작은 목소리로 말했다.

"여기서 이러시면 아니 되옵니다……."

그러나 옹정은 막무가내였다. 이미 굶주릴 대로 굶주린 사자로 변한 그는 여자를 한입에 삼켜버리지 못하는 것이 한스러운 듯 교인제의 속곳을 허겁지겁 끌어내리면서 거친 숨소리를 내며 물었다.

"왜 그리 버둥거리는 거야? 열넷째와도 했나? 괜찮아, 우리 만주족은 그런 것을 안 따지거든……. 만져 봐, 짐의 그것이 열넷째 것보다 작은가?"

옹정은 더 이상 반항하지 않고 순한 양같이 따라주는 교인제에게 덮치듯 달려들었다. 자신의 남성도 그녀의 몸으로 강하게 밀어 넣었다. 둘은 곧 완벽한 한 몸이 돼 엎치락뒤치락하면서 정열을 불태웠다. 처음에는 애써 피하던 교인제도 나중에는 가벼운 신음소리까지 내면서 행여 옹정이 바닥으로 굴러 떨어질세라 꼭 껴안았다…….

연거푸 몇 번이나 운우지정을 나눈 두 사람은 그제야 누가 볼세라 서둘러 옷을 입었다. 옹정이 볼이 발갛게 상기된 채 고개를 한껏 숙이고 있는 교인제를 향해 웃으면서 물었다.

“윤제보다 더 나은가?”

교인제는 옹정의 물음에는 대답하지 않은 채 한참 멍하니 손끝만 내려다보고 앉아 있었다. 그러더니 갑자기 손바닥으로 얼굴을 가린 채 흐느껴 울먹이기 시작했다.

“이년은 참으로 미천한 년이옵니다……. 폐하께서는 이년의 부탁을 한 가지만 들어주셨으면 하옵니다.”

“부탁이라니? 어서 말해보게.”

“더 이상 열넷째마마를 괴롭히지 마시옵소서. 폐하나 이년이나 이미 열넷째마마께는 면목이 없지 않사옵니까.”

옹정이 정색을 한 채 한참 동안 뭔가를 생각하더니 입을 열었다.

“자네가 괴로워하는 모습은 짐에게는 고문이야. 좋아, 짐이 자네의 부탁을 들어주지. 열넷째의 복진과 가인들이 그의 곁에서 시중들 수 있도록 조치하겠네.”

42장

윤상의 영당靈堂에서 터진 웃음소리

홍시, 홍력, 홍주 삼형제는 그날 저녁 윤상의 유체를 이친왕부로 옮겼다. 이친왕부의 100여 명의 가인들은 북경 전체를 뒤덮을 듯 세차게 휘몰아치는 미친 듯한 눈과 바람에도 불구하고 신속하게 영당靈堂을 만들었다. 그리고 조문객들을 위한 천막을 치느라 여념이 없었다. 왕부 안에 있던 길색吉色(길한 조짐을 의미하는 색. 장례 때는 금기시되고 있음)은 당연히 모조리 제거했다.

윤상에게는 정복진正福晉이 없었다. 두 명의 측복진側福晉인 영寧씨와 찰察씨만이 있을 뿐이었다. 그러나 그들은 난생 처음 일을 당해서 그런지 어찌할 바를 모른 채 완전히 손을 놓고 있었다. 아들 홍효弘曉는 울다 지쳐 혼이 빠져 있는 것 같았다. 그러다 보니 일이 진척되지 않고 있었다. 다행히 내무부 소속임에도 호부, 이부에까지도 두루 발이 넓은 이위가 팔을 걷어붙이고 나섰다. 어릴 때부터 온갖 궂

은일을 다해본 사람다웠다. 그는 즉각 수행한 아역에게 상세한 지시도 내렸다

"호부, 이부에 있는 내 친구들을 전부 불러와! 집구석에 불이 나고 폭설에 지붕이 무너졌다고 해도 열 일 제쳐두고 달려오라고 해. 안 오면 나하고는 오늘부로 끝장이라고 전해."

이위가 주머니에서 미리 준비해둔 종이쪽지들을 한 줌 꺼내 아역에게 건네줬다. 쪽지에는 이름과 주소가 적혀 있었다. 그는 아역을 보낸 뒤에 서둘러 윤상의 몇몇 집사들을 불러 먼저 문신門神을 붙이라고 명령했다. 기존의 홍등紅燈, 홍촉紅燭을 모두 흰색으로 바꾸고 정방正房에 장명등長明燈과 영상靈床도 안치했다. 그리고 정방의 서쪽 처마 밑에는 문상객들이 머물 수 있는 영붕靈棚이라는 천막 역시 만들어놓았다.

집사들에게 그렇게 이것저것 눈에 보이는 대로 잔소리하고 독촉하던 이위가 어느 정도 일이 정돈되자 정방 처마 밑으로 내려왔다. 이어 홍시 삼형제와 홍효에게 절을 하고 머리를 조아리면서 말했다.

"셋째, 넷째, 다섯째, 일곱째 마마! 이제는 열셋째마마의 영전으로 가셔서 절을 하시죠! 일곱째마마께서는 세 분 마마를 모시고 영붕을 지키시고, 밖의 일은 모두 신을 믿고 맡겨 주십시오. 이곳 집사들은 큰일을 치러보지 못해 우왕좌왕하고 있으니 소신이 챙겨야 할 것 같습니다. 물론 어제御祭나 조정의 상의喪儀 같은 경우엔 이부와 성친왕誠親王께서 주도하실 겁니다."

"자네 의사에 따르도록 하지."

홍주가 말을 마치고는 비통에 잠겨 있는 홍효를 부축해 일으켜 세웠다. 네 사람은 이위를 따라 정당으로 들어갔다. 이위는 그들이 장명등 앞의 돗자리에 무릎을 꿇고 앉자 소리높이 외쳤다.

"거애擧哀!"

이위는 말을 마치자마자 자신이 가장 먼저 털썩 주저앉아 엉엉 소리를 내면서 곡을 하기 시작했다. 그러자 홍시 등도 따라서 황급히 머리를 조아리고 곡을 했다. 울다가 중얼거리다가 때로는 노래를 부르듯 하는 구슬픈 곡소리는 한참 동안 이어졌다. 이위가 한참 어깨를 들썩이면서 울더니 자리에서 일어났다.

"이제 그만 슬퍼하시고 영붕으로 자리를 옮기시죠. 작은 일은 신이 알아서 처리하고 큰일은 들어와 보고 올리도록 하겠습니다."

영붕은 방수용 범포帆布(돛을 만들 때 쓰는 두꺼운 천. 돛천)로 바람 한 점 샐 틈 없이 둘러쳐져 있었다. 말이 천막이지 웬만한 집보다 더 후끈후끈하게 꾸며져 있었다. 게다가 시뻘겋게 달아오른 난로는 쉴 새 없이 열기를 내뿜으면서 주변을 봄날처럼 따뜻하게 만들어주고 있었다. 탁자 위에는 붓, 먹, 종이 등 문방구 외에도 찻잔과 앙증맞은 간식까지 준비돼 있었다. 찻주전자에서는 김을 내며 물이 끓고 있었다. 그래서 그런지 천막 안의 공기는 메마른 느낌이 전혀 없었다.

홍시 일행이 자리에 앉자마자 집사가 더운 물수건을 건넸다. 일행은 약속이나 한 듯 물수건으로 손과 얼굴을 문질렀다. 때를 맞춰 따끈한 유자차도 올라왔다. 사람들은 이위의 일솜씨에 탄복을 금치 못했다. 홍주가 때맞춰 올라오는 차 한 잔을 반기면서 칭찬을 했다.

"그래! 역시 이위가 제대로 하는구먼. 장례식이라 해서 울고불고만 할 게 아니라 차 한 잔의 여유도 가져가면서 곡을 하면 곡도 더 잘 될 것이 아닌가!"

우울한 표정을 한 이위가 연신 기침을 하면서 말했다.

"신은 이럴 때 앞장을 서야 하는 대신입니다. 폐하의 가노입니다. 열셋째마마께서는 또 생전에 신에게 태산같이 무거운 은혜를 베풀어 주신 분이십니다. 이 몸이 오늘따라 말을 들어주지 않아 조금 괴롭긴 하옵니다만 그래도 열셋째마마께서 마지막 가시는 길인데……."

이위가 끝내 말을 잇지 못하고 또다시 눈물을 쏟았다. 그리고는 한참 소리 죽여 어깨를 들썩이더니 심부름 갔던 자신의 수행원이 들어오자 즉각 물었다.

"갔던 일은 어찌 됐나?"

"쪽지를 받은 사람들은 거의 다 모였습니다. 대여섯 사람은 집에 없었습니다. 모두 성친왕부로 초대받아 갔다고 합니다. 사람을 시켜 성친왕부로 가보니 술자리가 한창이라 감히 들어가지 못했다고 합니다."

사내가 시퍼렇게 언 얼굴로 눈물을 훔치며 보고를 했다. 홍시 등은 억장이 막혀 할 말을 잃고 말았다. 장례식을 주관하라는 성지聖旨를 받은 사람이 집에 들어앉아 술을 마시고 있다니! 아직 몸이 채 굳지도 않은 동생을 옆에 두고 형으로서 술이 목구멍으로 넘어가는지 도무지 이해할 수가 없었다.

이위의 얼굴에도 불쾌한 기색이 바로 드러났다. 굵은 눈썹이 무섭게 꿈틀대고 있었다. 한참 후에야 그가 말했다.

"오지 않은 사람들은 제쳐놓고 우리끼리라도 힘을 모아봅시다."

문상객들은 끊임없이 밀려들었다. 그리고는 윤상의 영전에서 절을 올리며 애도를 표했다. 밖에서 들어온 터라 저마다 등에는 잔설을 붙이고 있었다. 홍력이 그 모습을 지켜보면서 이위에게 말했다.

"이위, 자네는 여기 있을 필요가 없네. 우리 형제들이 심심풀이로 경서나 베끼면서 지키고 있을 테니 자네는 만날 사람 만나고 바깥일을 보도록 하게. 여기 이천 냥짜리 은표가 있네. 가져가서 오늘 온 관리들 중 형편이 어려운 이들에게 나눠주도록 하게."

이위는 사양하지 않고 은표를 받았다. 이어 사의를 표하고 물러갔다.

그렇게 네 형제는 새벽녘까지 《금강경》金剛經을 베끼면서 영전을 지켰다. 한 사람이 열 몇 장씩 베끼고 나서야 비로소 그 자리에 엎드려 새우잠을 잘 수 있었다.

어느새 날이 밝아왔다. 네 사람은 갑자기 요란한 폭죽소리가 들려오는 바람에 잠에서 깨어났다. 그러나 잠이 덜 깬 탓에 하나같이 정신을 차리지 못하고 멍하니 앉아 있었다. 그때 이위가 가슴을 부여잡고 콜록거리면서 들어와 아뢰었다.

"일어나셔야겠습니다, 네 분 마마. 예부의 우명당 대인이 폐하께서 친히 쓰신 시호諡號의 위패를 들고 왔습니다. 영접을 나가셔야겠습니다."

네 사람은 황급히 밖으로 나왔다. 그 와중에 홍력은 시계를 봤다. 아직 다섯 시도 채 되지 않았다. 밤새도록 기승을 부리던 바람은 어느새 많이 잦아들었다. 그러나 눈발은 여전했다. 가인들이 밤을 꼬박 새우며 눈이 내리는 족족 쓸었는지 치워놓은 눈더미가 그야말로 산처럼 높이 쌓여 있었다.

정방 앞에는 머리가 처마 끝에 닿도록 높게 만든 여섯 개의 눈사람도 보였다. 동남동녀童男童女를 방불케 하는 눈사람이었다. 외투를 두텁게 껴입은 이위가 사람들을 지휘해 그 눈사람에 빨갛고 파란 색종이를 붙이고 있었다. 네 사람이 모습을 드러내자 이친왕부의 집사가 재빨리 외쳤다.

"폭죽을 쏘아라! 음악을 울려라!"

집사의 외침이 끝나기 무섭게 일제히 음악이 울려 퍼졌다. 따닥따닥 콩 볶는 듯한 폭죽소리도 크게 울려 퍼졌다. 정방의 처마 밑은 폭죽연기로 자욱했다. 이위가 빠른 걸음으로 걸어 나와 두 손으로 홍효를 부축했다. 이어 홍시 삼형제에게 말했다.

"세 분 마마께서는 열셋째마마의 영전 앞에서 위패를 받으실 준비를 하십시오."

이위가 말을 마치고는 바로 홍효를 비롯해 홍환, 홍승弘昇, 홍경弘景 등 가까운 황친들을 데리고 우명당을 영접하러 나왔다. 대문 입구에 걸어놓은 수만 발의 폭죽에도 불이 붙었다. 수백 명의 가인들과 이위의 부름을 받고 달려온 관리들은 상모를 쓰고 팔에 흰 천을 두른 채 여섯 개의 거대한 눈사람 사이에 서 있었다. 처마 밑에는 흰 종이로 접은 갖가지 동물들이 길게 드리워져 있었다. 또 정방 앞에는 흰 병풍이 펼쳐져 있었다. 게다가 그 위에 지칠 줄 모르고 휘날리는 눈꽃까지 가세했다. 이친왕부는 자연스럽게 온통 은백색으로 소복을 차려 입은 모습으로 변했다.

얼마 후 음악소리가 점점 가까워졌다. 네 명의 태감이 커다란 위패를 받쳐 들고 정원으로 들어서는 모습이 보였다. 그 뒤에는 장친왕 윤록과 장정옥, 악이태, 방포 등이 상복 차림으로 따르고 있었다. 또 그 뒤를 이어 예부상서 우명당이 두 손에 옹정이 친히 쓴 제문祭文을 받쳐 들고 모습을 드러냈다. 그들은 처마 밑 돌계단 아래에서 일제히 걸음을 멈췄다.

홍시와 홍주가 멍하니 서 있자 홍력이 몰래 그들의 옷자락을 잡아당겼다. 그렇게 셋은 돗자리를 깔아 놓은 땅바닥에 무릎을 꿇었다. 홍주는 그 와중에도 위패를 훔쳐보는 여유를 보였다. 긴 글자들이 보였다.

忠敬誠直 勤愼廉明 賢故 怡賢親王 諱 胤祥 第十三神王

충경성직 근신염명 현고 이현친왕 휘 윤상 제십삼신왕

글씨들은 옹정이 새벽녘에 다시 직접 쓴 듯 먹물을 잔뜩 머금고 있어 생기가 물씬 풍기고 있었다. 홍효와 윤록은 서둘러 신주神主와 위패位牌를 제자리에 모셔놓았다. 우명당은 칙서를 받쳐 든 채로 천천히 윤상의 유체로 다가갔다. 이어 허리를 깊숙이 숙였다. 그리고는 윤록에게 다가가 말했다.

"열여섯째마마, 아시다시피 신은 열셋째마마와 매우 가까운 사이였습니다. 이 칙서를 잠깐만 들고 계셔주십시오. 신은 열셋째마마께 절을 올리고 머리를 조아려 마지막 가시는 길에 예를 다하려고 합니다."

윤록이 칙서를 받아들었다.

"알았네. 자네가 유난히 괴로울 법도 하지. 그러나 울지는 말게. 자네가 울면 방포, 장정옥, 악이태 등도 난리가 날 테니까. 나도 억지로 참고 있는데……."

윤록이 코를 벌름거렸다. 정말로 금방이라도 터져 나오려는 울음을 억지로 참고 있는 듯했다.

우명당은 장명등 앞으로 천천히 다가가 무릎을 꿇었다. 순간 그의 두 눈에서 눈물이 비 오듯 흘러내렸다. 그가 곧 쿵쿵 소리가 나도록 머리를 조아리고 일어서더니 온몸을 사시나무 떨 듯 떨었다. 터져 나오는 울음소리를 애써 참는 듯 깡마른 두 손으로는 죽어라 땅을 긁어대고 있었다.

그때 홍주가 황급히 홍효에게 말했다.

"어서 우 대인을 천막으로 모셔가게. 거기서는 실컷 울 수 있으니. 어서 모셔가라고. 저러다가 큰일 나겠어."

홍효는 급히 우명당을 부축한 채 비틀거리면서 천막으로 향했다. 그러나 우명당은 역시 예부에서 늙어온 관리다웠다. 끝까지 울음소리는 내지 않았다. 좌중의 사람들은 그 모습을 지켜보자 더욱 가슴이 아픈 모양이었다. 아니나 다를까, 방포가 곧 울음이 터질 듯 입을 씰룩거렸다. 그러자 다급해진 이위가 황급히 외쳤다.

"음악을 울려라!"

이위의 명령에 따라 삽시간에 음악소리가 요란하게 울려 퍼졌다. 그 때문인지 영당을 짓누르고 있던 무거운 분위기는 다소 가라앉는 것 같았다. 윤록이 홍시에게 다가갔다.

"이제 그만 일어나게! 땅에 습기가 너무 많네."

윤록이 이어 덧붙였다.

"자네들 셋째 백부가 큰 몫을 맡은 것 같군. 구석구석 준비가 흠잡을 데 없는 것 같은데? 채관彩棺도 곧 도착할 때가 됐지? 타라경피陀羅經被(관에 덮는 비단이불)는 폐하께서 친히 들고 오신다고 하셨네."

홍력과 홍시는 잠자코 있었다. 그러나 홍주는 기어코 참지를 못하고 불평을 토로했다.

"셋째 백부님은 밤새도록 얼굴 한 번 비추지 않으셨어요! 아직 술에 취해 자고 계실 걸요? 이 모든 것은 이위 혼자서 이리 뛰고 저리 뛰고 하면서 준비한 거예요. 명색이 친형제간인데 신하들보다도 못하니 한심해서 원!"

윤록이 기절초풍할 듯 놀라더니 바로 크게 화를 냈다.

"그게 과연 사실인가? 나에게 형신(장정옥)과 잘 상의하고 있으라면서 자기는 이쪽 일을 물샐틈없이 책임질 거라고 했어. 그랬는데 집구석에 처박혀 코빼기도 보이지 않았다 이 말이지? 왜 집으로 돌아갔대? 몹쓸 병이라도 걸린 거야, 아니면 말에서 굴러 떨어져 어디가 부러지기라도 했다는 거야?"

홍주가 우는지 웃는지 가늠할 수 없는 표정을 지은 채 대답했다.

"어제가 셋째 백부님의 넷째 측복진 생일이었대요. 셋째 백부님의 간을 다 녹인다는 그 매력덩어리 여자의 생일인데 감히 모른 척할 수 있었겠어요?"

홍주는 윤지의 흉을 한바탕 더 늘어놓으려고 했다. 그러나 바로 입을 꾹 다물어버리고 말았다. 때마침 채관을 든 사람들을 앞세우고 이문二門을 들어서는 윤지를 목도한 것이다. 그러나 화가 머리끝까지 난 윤록은 윤지를 못 본 척 획 뒤돌아서서는 천막으로 들어가 버렸다.

윤지가 전날 저녁 술을 과하게 마신 것은 사실이었다. 넷째 측복진의 생일을 축하하기 위해 집에 잠깐 들렀다가 애교 만점의 그녀에게 그만 발목이 잡혀버리고 말았던 것이다. 사실 그로서는 구름같이 몰려온 하객들을 보면서 즐거워하는 측복진 앞에서 윤상의 비보를 전하기도 난감했을 터였다. 결국 연회석상에 앉았다가 화근을 만들고 말았다. 한 잔만 먹으려 했던 술은 순식간에 열 잔으로 늘어나 버렸다. 급기야 그는 그날이 윤상의 초상 날이라는 것도 까맣게 잊은 채 그만 인사불성이 되고 말았다.

윤지는 뒤늦게야 대경실색한 채 허둥지둥 이친왕부로 달려왔다. 사람들을 마주할 면목이 없었던 그는 누구와도 감히 시선을 마주치지 못했다. 그래도 그는 황급히 윤상의 영전으로 다가가서는 예를 올리고 묵묵히 기도문을 중얼거렸다. 뒤늦게나마 열성을 보이기 위해 안간힘을 다했다. 심지어 주위를 두리번거리면서 채 못한 일이 없는지 애타게 찾기까지 했다. 때마침 방수용 범포를 씌운 채관이 들어오자 덮치듯 달려가 흙물이 떨어지는 돛천을 걷어 내린 것은 다 그 때문이었다고 할 수 있었다. 지저분해진 손을 훈장처럼 번쩍 들어 올린 것 역시 그래서였다.

바로 그때 옹정이 주식을 대동한 채 눈을 맞으면서 이문으로 들어섰다. 고무용이 빠른 걸음으로 걸으면서 큰소리로 외쳤다.

"폐하께서 납시오!"

삽시간에 동서 양측의 복도에서 장정옥이 데려온 창음각 공봉들의 잰 손놀림과 함께 음악소리가 크게 울리기 시작했다. 순간 애달픈 현악기 소리가 대설이 흩날리는 뜰에 가득 울려 퍼졌다. 사람들의 눈시울은 다시 촉촉이 젖어들기 시작했다. 옹정은 질서정연하게 정리정돈된 현장을 둘러보면서 윤지에게 흡족한 시선을 보냈다.

옹정은 윤상의 영상靈床으로 다가가서는 장명등에 청유淸油를 붓고 향을 사른 다음 허리를 세 번 깊숙이 숙였다. 이어 향을 도로 꽂고 한쪽으로 물러섰다.

우명당이 한 발 앞으로 나와 제문祭文을 펼쳐들었다. 동시에 숨을 크게 들이마시고는 목청을 가다듬더니 크게 소리를 내며 읽어 내려가기 시작했다. 옹정을 제외한 수백 명의 사람들은 모두 무릎을 꿇었다. 슬픔 때문이었는지 제문을 읽는 우명당의 발음은 똑똑하지 않았다. 그럼에도 옹정을 비롯한 모든 사람들은 끝까지 엄숙한 표정으로 귀를 기울였다. 그 사이에 우명당의 얼굴은 어느새 눈물범벅이 되었다.

……이친왕의 충정은 천지가 알고 짐이 아는 바이다. 이제는 긴긴 이별의 강이 우리를 갈라놓을 것이니, 몸은 서로를 떠나 있어도 서로를 위하는 마음만은 영원하기를…….

옹정은 제문을 묵묵히 듣고 있었다. 그러나 눈에 눈물이 맺히는 것은 어쩌지 못했다. 그렇게 많이 울었는데도 눈물샘이 다 마르지 않은 모양이었다. 장례식의 총책임을 맡은 윤지는 우명당의 제문 낭독이 막바지에 이르자 당황하기 시작했다. 다음 순서를 몰랐던 것이다. 그는 순서를 적은 종이를 들고 있는 윤록의 옷자락을 몰래 잡아당겼다. 그러나 윤록은 짐짓 모르는 척했다. 그 사이 우명당이 제문을 다 읽었다.

다급해진 윤지가 얼떨결에 외쳤다.

"거애擧哀!"

공교롭게도 거의 동시에 윤록이 그와는 다르게 종이에 적힌 순서대로 외쳤다.

"점신주點神主(위패에 고인이라는 사실을 점을 찍어 고하는 의식)!"

순간 장내가 술렁거리기 시작했다. 윤지와 윤록 두 사람의 입에서 터져 나온 장례 순서가 달랐던 것이다. 한마디로 차질을 빚어서는 안 될 자리에서 큰 실수가 벌어졌다. 아니나 다를까, 옹정이 불편한 심기를 드러내며 얼굴을 붉혔다. 그러나 애써 진정을 하고는 홍효가 위패를 받쳐 들고 다가오자 고무용의 손에서 주필을 받아들고는 '신왕'神王이라고 쓴 두 글자 중 '왕'王자에 점을 찍었다.

윤지는 다음 순서를 몰라 또다시 걱정이 되기 시작했다. 할 수 없이 윤록에게 구걸에 가까운 시선을 건넸다. 그러나 윤록은 여전히 냉담했다. 우명당이 그 모습을 지켜보더니 눈치 빠르게 먼저 울음을 터트리면서 곡을 하기 시작했다. 더 이상 참을 수 없었던 홍효 역시 윤상이 누워 있는 영상을 덮치면서 가슴이 찢어지는 듯한 울음을 터트렸다. 장내는 일순간 눈물바다가 되고 말았다. 윤지는 우명당 덕분에 가까스로 아슬아슬한 고비를 넘길 수 있었다.

그러나 옹정은 뭔가 이상한 낌새를 눈치 챈 듯했다. 윤지와 윤록을 매섭게 쏘아보았다. 눈빛이 섬뜩했다.

아무려나 곧이어 입관식이 거행됐다. 그러나 한사코 관 뚜껑을 닫지 못하게 하는 홍효 때문에 장내의 사람들은 다시 한 번 눈물을 쏟아야 했다.

옹정은 윤상을 그 누구보다도 아꼈다. 그런데 그 금쪽같은 아우의 장례식에서 윤지와 윤록은 묘하게 알다가도 모를 실수를 했다. 심기가 대단히 불편해질 수밖에 없었다. 윤지는 그런 옹정의 마음을 아는지 모르는지 장례식이 거의 다 끝나간다 싶자 크게 안도의 숨을 내쉬었다.

"후유!"

윤지는 윤상과는 평소 교분이 별로 없었다. 때문에 윤상이 죽고 나서도 그렇게 슬픈 감정은 별로 없었다. 그런데 그쯤에서 얌전히 예식이 끝날 때까지 기다렸으면 좋았을 것을 그만 참지 못하고 더 큰 실수를 저지르고 말았다. 관 위에 엎드려 실신할 정도로 몸부림치면서 우는 홍효를 심드렁하게 바라보다가 끝내 참지 못하고 "푸우!"하고 웃음을 터트리고 만 것이다. 홍효의 손가락에 끼워져 있는 반지를 보는 순간 이한삼이 말했던 '치질' 얘기가 떠올랐기 때문이었다.

장례식장에서 웃었다는 것은 그 어떤 이유로도 정당화될 수 없는 큰 잘못이었다. 장정옥은 혼절한 듯 관 위에 쓰러져 있는 홍효를 부축하다 말고 분노로 이글거리는 두 눈으로 매섭게 윤지를 노려보면서 내뱉듯 말했다.

"이것 보세요, 친왕! 체통도 없이 어디에서 낄낄거리는 겁니까? 그렇게 웃음이 마려우면 당장 댁으로 돌아가세요!"

"내가 웃긴 뭘 웃었다고 그러나! 내가 누구를 건드리기라도 했나?"

윤지가 방귀 뀐 놈이 성낸다는 식으로 장정옥을 향해 눈을 부라렀다.

"떠들지 마, 잘한 거 하나도 없어!"

옹정이 분노에 가득 찬 목소리로 윤지를 윽박질렀다. 도무지 화를 참지 못하는 듯 관자놀이가 무섭게 푸들거렸다. 이어 무서운 눈빛으로 윤지를 노려보면서 목소리를 낮춰 다시 한 번 꾸짖었다.

"그대는 남들이 슬픔에 잠겨 있는 이 자리에서 웃었어. 짐이 똑바로 들었다고! 하룻밤을 새웠다 해서 이렇게 정신이 없어서야 되겠나?"

좌중의 떠나갈 것 같던 울음소리가 갑자기 뚝 멈췄다. 그러나 옹정이 더 심하게 꾸짖지 않자 사람들은 겨우 놀란 가슴을 쓸어내릴 수 있었다. 윤지 역시 속으로 안도의 숨을 내쉬면서 털썩 무릎을 꿇은 채 가식으로 울먹이기 시작했다.

"열셋째, 자네도 알다시피 내가 그리 나쁜 사람은 아니잖아. 자네는 내 마음 잘 알지?"

그러자 윤록이 경멸에 찬 시선으로 윤지를 노려보면서 쏘아붙였다.

"순 가식이야. 폐하께서는 아직 모르실 것이옵니다. 셋째 형님은 어젯밤 자기 넷째 마누라 생일을 축하하기 위해 술을 잔뜩 퍼마시고 널브러져 있다가 이제야 모습을 드러냈사옵니다. 폐하의 지의를 무시한 그 죄를 묻지 않을 수가 없사옵니다."

"그게 과연 사실인가?"

옹정의 얼굴에 서릿발이 내렸다. 곧이어 그가 노기충천해 포효하듯 고함을 질렀다.

"짐의 말을 안중에도 두지 않았다는 얘기로군. 좋아, 백 번 양보해서 짐은 그렇다손 치더라도 그대가 윤상을 아우로 생각하지 않았다니 짐 역시 그대를 형님으로 대접해줄 명분이 없군. 두고 보게, 땅을 치면서 후회할 날이 있을 것이니! 짐이 반드시 그대의 죄를 물어 윤상 아우의 한을 풀어줄 것이야!"

옹정의 서슬은 대단했다. 윤지는 그만 그 자리에서 사시나무 떨 듯 와들와들 떨고 말았다.

사흘 동안 휴조한 채 거행된 장례식은 긴장과 불안 속에서 드디어 끝이 났다. 눈은 사흘 내내 그치지 않았다. 조신朝臣들은 마지막으로 예부 관리들의 안내하에 질서 정연하게 이친왕부를 찾아가 조문을 하고는 무거운 발걸음으로 되돌아갔다.

옹정은 '냉면왕'이라는 별명에서도 알 수 있듯 성격이 냉정하기 이를 데 없었다. 그러나 윤상과 윤지의 말이나 권유만큼은 비교적 잘 받아들이고는 했었다. 조정의 신하들이 옹정의 심기를 건드렸다고 생각될 때 곧잘 윤상을 찾아가고 한 것은 다 이유가 있었던 것이다. 물론 선물을 싸들고 윤지를 찾아가는 사람도 많았다. 그런데 사흘 사이에 하나는 죽고 하나는 옹정의 눈 밖에 났으니 신하들로서는 걱정이 되지 않을 수 없었다.

장례식이 끝난 지 나흘째 되던 날 아침이었다. 도찰원의 좌도어사左都御使로 발령이 난 손가감이 아문에 도착했다. 운남에서 돌아온 뒤 처음 아문에 들어선 것이다.

손가감은 지난 3년 동안 우부어사右副御使와 운남, 귀주, 사천 3개 성의 관풍사觀風使 직책을 겸임하면서 줄곧 지방에 머물렀다. 그 사이 광동성으로 가서 연갱요의 형 연희요年熙堯가 연루된 대형 살인사건을 성공적으로 해결해 큰 반향을 일으키기도 했다. 그때는 연갱요가 실각하기 전이었으므로 연씨 일문이 대단한 명문가로 이름을 떨칠 시기였다. 강직하기로 이름 있던 광동 총독 공육순孔毓徇조차 그 사건에는 손을 대기 싫어했다. 그러나 그는 달랐다. 거침없이 사건을 파헤

쳤다. 그의 행동은 당연히 세간의 주목을 끌었다.

당시 도리침은 연희요 등 여덟 명의 탐관오리들을 현지에서 처형하라는 옹정의 지시를 받고 광동으로 내려갔었다. 하지만 손가감은 그때 이미 왕명기패를 요청해 범인들을 깡그리 죽여 버린 후였다. 위풍당당하게 달려갔던 도리침은 헛물을 켜고 돌아오는 수밖에 없었다. 손가감은 그런 일련의 사건으로 말미암아 지방에 있을 때부터 전국적으로 자자하게 명성을 떨칠 수 있었다.

어사아문의 사관, 어사, 감찰어사들은 그런 손가감이 정식으로 임무를 시작한다는 소문을 못 들을 바보들이 아니었다. 당연히 미리 와서 대기하고 있었다. 누구 하나 감히 지각하는 사람이 없을 정도였다.

새벽 다섯 시 정각, 요란한 징소리와 함께 관리들은 저마다 옷차림을 단정히 한 채 아문 입구로 나와 줄을 섰다. 손가감은 천천히 계단을 올라오다 말고 공손히 인사하는 관리들을 바라봤다.

"왜들 이러시나?"

손가감에게서는 윗사람이 항상 가지고 있는 근엄함 같은 것은 전혀 찾아볼 수가 없었다. 급기야 그가 엉거주춤한 자세로 선 채 고개도 못 드는 관리들을 향해 말했다.

"다들 평소대로 하게. 나 손아무개는 변한 것이 하나도 없다네!"

손가감은 말을 마치자마자 손짓으로 사람들을 대당 안으로 이끌었다. 이어 조용한 어조로 덧붙였다.

"오랜만에 만났으니 잠깐 얼굴이나 보고 나는 또 대리시로 가야겠네. 이불과 사제세를 심문해야 하니 말이야. 자, 다들 이리 와서 앉지!"

손가감이 말을 마치기 무섭게 먼저 책상 옆 의자에 앉았다.

손가감과 일면식도 없었던 관리들은 그가 살얼음이 낄 정도로 차가운 사람일 것이라고 나름 상상해왔다. 그러나 풍문과는 달리 손가감은 성격이 호탕했다. 털털함 그 자체라고 할 수 있었다. 잔뜩 기가 죽어 있던 그들은 순간적으로 마음이 다소 편안해졌다. 손가감의 과거시험 동기인 영성英誠 역시 그랬다. 사람들이 의사議事 순서에 따라 자리하기를 기다렸다가 직접 손가감에게 차를 따라주면서 웃음 띤 얼굴로 말했다.

"손 대인, 오신 뒤로 여태 부하들을 한 사람도 불러주시지 않기에 솔직히 불안했습니다. 지금도 얼굴에 웃음기 하나 없으셔서 동기인 저마저 가슴이 두 근 반, 세 근 반 합니다. 어사아문은 육부아문에 비해 한가한 편이라 오늘처럼 다 모인 것은 아마 처음인 것 같습니다."

"나는 원래 생겨먹기를 심술 맞게 생겼는데 뭘! 그러니 내 눈치 보지 말고 할 말 있으면 편하게 얘기하게."

말은 그렇게 했으나 손가감의 얼굴은 여전히 웃음기 하나 없이 무표정했다. 그가 다시 준엄한 어조로 말을 이었다.

"그러나 자네는 처음부터 지적을 좀 받아야겠네. 어사아문은 절대 한가한 아문이 아니네. 내가 맨 먼저 강조하고 싶었던 부분이기도 하네. 어느 성省, 어느 부府에서 탄핵안이 올라왔다거나 심상찮은 움직임이 있으면 우리 어사아문이 제일 발 빠르게 움직여야 하네. 폐하께서 이치의 쇄신에 총대를 메시고 앞장서시는 이상 우리는 외관外官들의 엉터리 소리에 시름을 잊은 채 엉덩이를 붙이고 앉아 있어서는 안 되네. 이제는 양렴은 제도가 있으니 여러분도 예전처럼 외관들이 바치는 공물을 받아야 생활이 가능할 만큼 궁색하지 않을 거네. 그러니 외관들과의 마찰을 겁낼 필요가 없지! 요 며칠은 날도 춥고 폭설도 내렸어. 그래서 며칠 뒤 날이 풀리면 우리 어사아문의 관리들을 세 조로 나누어 일하게 할 작정이네. 한 조는 외성外省, 한 조는 육부六部, 나머지는 부원府院에 남아 있도록 할 것이네. 민생의 현장으로 달려가 탄핵할 것은 탄핵하고, 건의사항이 있으면 간언을 올리면서 우리 함께 잘해보자고. 그러니 어디 한가할 틈이 있겠는가?"

손가감이 가볍게 기침을 하고는 사람들의 반응을 살폈다. 이어 누구나 할 것 없이 조용히 귀 기울이는 모습에 흡족한 듯 고개를 끄덕이면서 다시 입을 열었다.

"나는 곽수 같은 명신名臣이 살던 시대에 태어나지 못한 것이 큰 유감이네. 그분은 수많은 권세가들이 모인 연회석상에서 권력이 막강한 재상 명주明珠를 탄핵했었지. 그때의 그 광경을 이 두 눈으로 직접 보지 못한 것이 늘 아쉽네. 몇 십 년이 흐른 지금은 그분 같은 명신을 찾아보기 힘들지 않은가. 이른바 '문신文臣은 간언에 죽는다'라는 말은 바로 바람직한 어사의 표상을 제시한 것이 아니겠나? 우리는 포화 없는 전쟁터에서 싸우는 전사들이네. 지금이라도 늦지 않으니 자신의 그릇을 잘 가늠해보게. 겁에 질려 후퇴할 것 같은 사람은 짐 싸들고 떠나도 뭐라고 하지 않을 것이네. 그리고 입과 붓끝이 가벼운 사람도 어사의 자격이 없으니 원하면 그만 두도록 하게. 우리는 입과 붓이 무기인 어사이기에 더더욱 입을 무겁게 하고 붓을 함부로 날려서는 안 되네. 탄핵 올릴 만한 '건더기'도 못 되는 것을 가지고 눈꼴시다 해서 마구 탄핵안을 올렸다가는 내 등쌀에 못 배길 줄 알라고!"

손가감의 말은 장황한 변설로 연결될 것처럼 보였다. 그러나 형부상서인 노종주盧從周가 들어오면서 상황이 변했다. 그 역시 짧게 말을 맺었다.

"아무튼 내 말의 핵심은 세 가지네. 우선 성심성의껏 조정을 위해 뛴다는 것이야. 또 목에 칼이 들어와도 할 말은 해야 해. 사소한 것에 목숨 걸지 말아야 하고. 이 세 가지야. 나머지는 자네들이 알아서 상의하도록 하게."

손가감이 말을 마치고는 바로 자리에서 일어났다. 이어 좌중을 향해 읍을 한 다음 노종주와 함께 가마를 타고 밖으로 나갔다. 엿가락처럼 길기만 한 여느 도찰원 회의와는 달리 맺고 끊는 것이 분명한 회의였다. 좌중의 사람들은 모처럼 회의다운 회의에 참석한 느낌이 들었다.

손가감과 노종주가 부원가部院街에 있는 대리시아문에 도착했을 때는 진시辰時가 막 지난 무렵이었다. 다른 아문들에서는 관리들이 총출동해 눈을 쓸고 눈사람을 만드느라 여념이 없었으나 유독 대리시아문만은 그렇지 않았다. 경계가 무척이나 삼엄했다. 몇 발자국 간격으로 완전무장한 친병들이 위엄 있게 지키고 서 있었을 뿐 아니라 곳곳에 초소가 촘촘히 늘어서 있었다. 돌사자 옆에는 선박영에서 나온 어림군御林軍이 팔자 모양의 기러기 대열을 짓고 있었다. 한마디로 분위기가 엄숙하다 못해 숨이 막힐 지경이었다.

두 사람은 가마에서 내렸다. 그러자 문관 한 명이 반색을 하면서 소리를 쳤다.

"손 대인, 노 대인께서 납시었다! 예포를 울리고 중문을 열어 영접하라!"

무거운 대포소리가 세 번 울렸다. 이어 중문이 서서히 열리기 시작했다. 손가감과 노종주 두 사람은 서로를 향해 읍을 해보이고는 황급히 계단을 올라갔다. 바로 그때 대리시경大理寺卿인 고기탁高其倬이 몇몇 부하들을 거느리고 마중을 나오고 있었다.

고기탁은 손가감과는 정반대되는 사람이었다. 언제 보나 웃음을 잃지 않는 익살스런 모습을 보이는 것이 특징이었다. 그가 손을 들어 올리면서 간단한 예를 갖춘 뒤 웃음 띤 얼굴로 말했다.

"노 대인은 자주 보지만 손 대인은 워낙 근엄하셔서 왔다는 말을 듣고도 감히 찾아뵐 수 없었네."

손가감이 대답했다.

"내가 뭘 그리 근엄하다고 그러나! 그래도 기탁 자네가 오면 차 한 잔이라도 대접하려 했는데."

노종주가 고기탁과 함께 안으로 들어가면서 물었다.

"자네, 어디 다녀왔어? 몇 번씩 왔어도 안 보이더니."

"역주易州에 다녀왔어."

고기탁이 대답했다. 이어 주변을 두리번거리더니 목소리를 한층 더 낮춰 덧붙였다.

"폐하께서 능 자리를 봐두라고 하셔서 다녀왔지."

고기탁은 곧이어 두 사람을 공문결재처로 안내했다. 그런 다음 다시 입을 열었다.

"잠시 후에 셋째마마께서도 심문하러 오실 테니 그때 함께 승당昇堂하도록 하지."

손가감은 자리에 앉은 채 주위를 두리번거렸다. 책꽂이에 온통 풍수 관련 서적만 꽂혀 있는 게 시야에 들어왔다. 그가 그것들을 보고는 피식 웃었다.

"고기탁, 일은 뒷전이고 허구한 날 배 깔고 누워 풍수 책만 읽었나 보군!"

고기탁이 손가감의 익살에 담배에 불을 붙인 채 대답했다.

"공자 외에는 육친六親(부모형제처자를 일컬음)조차 인정하지 않는 당신 같은 사람은 당연히 이해할 수 없겠지. 사실 천지와 사람은 일맥상통해. 풍수지리도 도와 이치에 어긋나지 않는 것은 굳이 말할 필요도 없어. 장상(장정옥)도 처음에는 전혀 믿으려 들지 않았지. 그러나 아들 하나 잡더니 이제는 누구보다 더 적극적으로 믿으려고 해. 그의 조상묘 자리가 다 좋은데 자손 하나 일찍 데려갈 것 같다고 내가 전에 얘기를 했었거든. 폐하의 능 자리도 내가 역주로 봐놓았어. 그랬더니 몇몇 몽고 라마승들이 다 좋은데 토기土氣가 너무 빈약한 것 같다면서 마란욕이 더 나은 것 같다고 하더군. 그래서 내가 토기가 빈약하다니 웬 말이냐고, 한번 파보라고 했지. 일 장一丈 오 척五尺 이내에 물과 모래가 나오면 내 눈을 파라고 했더니, 낑낑대면서 한참이나 깊게 팠지. 하지만 물과 모래는 그림자도 찾아볼 수 없었지……."

고기탁은 풍수에 대한 얘기만 나오면 흥분을 주체하지 못하는 사람이었다. 심지어는 다른 사람이 끼어들 틈조차 전혀 주지 않았다. 그러자 손가감이 공감할 수 없다는 듯 차갑게 내뱉었다.

"자네 말대로라면 평생 십팔 층 지옥에 떨어질 짓만 하고 다닌 악인도 묘 자리만 제대로 보면 자손들은 번창하겠네?"

"그건 뭘 몰라서 하는 소리네! 덕이 없는 사람에게는 좋은 자리가 돌아올 리가 만무하거든……."

고기탁이 손가감의 말에 정색을 하면서 말했다. 그가 그렇게 흥분한 채 침을 튀기고 있을 때 홍시가 들어섰다. 세 사람은 황급히 자리에서 일어났다. 고기탁이 말했다.

"셋째마마께서 납시었는데, 이것들이 예포도 안 울리고 갈수록 엉망이군."

홍시는 며칠 동안 밤을 새워 영전을 지킨 터였다. 그래서일까, 피곤이 아직 가시지 않았는지 낯빛이 창백하고 초췌했다. 그러나 목소리에는 여전히 힘이 있었다.

"내가 허례허식이라고 못하게 했네. 담녕거에서 오는 길이야. 자네들에게 두 가지 소식을 전하고자 하네. 하나는 증정이 북경으로 압송돼 왔다는 소식이네. 폐하께서는 증정을 우대하실 뜻을 분명히 하셨네. 남옥南獄이 아닌 옥신묘獄神廟에 가두라고 하셨어. 자네 형부에서 간수를 책임지라고 하셨어. 홍력과 악이태에게는 자백을 받아내라는 지시를 내리셨고. 또 옥신묘에 갇혀 있는 동안에도 팔품 관리의 녹봉을 지급하라고 지시하셨네. 두 번째는 성친왕 윤지 백부가 모든 작위를 박탈당한 채 경산景山의 영안정永安亭으로 끌려가 감금당할 것이라는 소식이네. 그 세자인 홍성弘晟도 보국공輔國公의 작위를 세습 받을 수 없게 됐어. 앞으로는 종인부宗人府의 감시하에 살게 됐다고 하네. 우리 이쪽은 고기탁과 노종주, 자네 둘이 주심을 맡고 나는 감시하는 일이나 맡으라고 하셨네. 폐하께서 심기가 대단히 불편하시니 일 처리에 차질이 없도록 각별히 조심해야겠어."

손가감을 비롯한 세 사람은 약속이나 한 듯 황급히 지시에 따르겠노라고 대답했다. 그런 다음 고기탁이 여전히 무표정한 얼굴을 한 손가감을 힐끗 바라보더니 턱을 들어 밖을 향해 소리쳤다.

"승당昇堂! 이불을 들여보내라!"

이때 이불을 비롯해 사제세, 채정, 황진국, 육생남 등 다섯 사람은 대리시 대당 동쪽에 있는 쪽방에 한 사람씩 격리돼 있었다. 이들 중 이불과 채정은 직급이 높아 그나마 난롯불도 피우고 찻물도 있는 방에 갇혀 있었다. 그러나 나머지 셋은 4품 관리에 지나지 않았던 탓에 아무 배려도 받지 못했다. 그래도 춥고 습기가 찬 형부의 대당에 비하면 이곳은 나름 천국이라고 할 수 있었다.

곧 당고堂鼓가 지붕이 부르르 떨릴 정도로 울렸다. 이어 "이불을 들여보내라!"라는 고함소리가 들려왔다. 이불은 그 소리를 듣더니 바로 찻잔을 잡은 손을 심하게 떨었다. 그러나 곧 마음을 진정시켰다. 바로 그때 두 명의 친병이 문을 열고 예를 갖춰 인사를 하면서 말했다.

"대인을 대당으로 부르셨습니다. 어서 일어나시죠!"

이불은 결연한 표정으로 고개를 흔들고는 머리를 매만졌다. 이어 족쇄 소리를 쩔그렁거리면서 친병의 뒤를 따라 나갔다. 복도에는 아역들이 두 줄로 늘어서 있었다. 그들은 각각 물과 불을 상징하는 검은색 몽둥이와 붉은색 몽둥이를 가슴께로 올리면서 대당의 위엄을 보여주려는 듯 짤막한 괴성을 지르고 있었다. 곧이어 대당 안은 물이라도 뿌린 듯 조용해졌다. 족쇄끼리 부딪치는 쇳소리만 크게 들렸다.

대당 입구에 선 이불은 숨을 길게 들이마셨다. 고기탁과 노종주가 가운데, 홍시와 손가감이 책상 서쪽에 따로 마련된 자리에 나란히 앉아 있는 모습이 보였다. 심문자와 감시자 모두 평소에 자신과 허물없이 지내던 친구였다. 그가 잠깐 망연자실한 표정으로 서 있는가 싶더니 자조 섞인 미소를 지으면서 무릎을 꿇었다.

"범관犯官 이불이 무릎 꿇어 셋째마마를 비롯한 여러분께 문안을 올립니다!"

43장

목숨을 걸고 간언하는 손가감

"이불의 형구刑具를 벗겨라."

고기탁이 명령을 내렸다. 아역들은 명령에 따라 즉각 이불을 꼼짝 못하게 옥죄었던 족쇄와 항쇄를 풀어줬다. 고기탁은 형구가 완전히 벗겨지자 이불을 향해 입을 열었다.

"과거에는 상빈上賓으로 만나지 않았소. 그리고 옹정 삼 년에 이별한 이후 첫 만남이 이럴 줄은 정말 몰랐소! 이왕지사 이렇게 된 것을 어떻게 하겠소. 이 아우도 처지가 처지이니 만큼 적극 협조해 주었으면 하오. 묻는 질문에 숨기거나 변명하는 일 없이 성실히 대답해 주기 바라오. 심문이 끝나는 대로 폐하께서 따로 은지가 계실 것이오. 나도 목석은 아니니 내가 말할 자리가 생기면 가능한 한 변호해 보겠소."

고기탁은 대리시 심문관들이 늘 입에 달고 다니는 상투적인 말로 심문을 시작했다. 좌중의 사람들은 당연히 그렇다는 사실을 모르지 않았다. 그러나 고기탁의 어조가 워낙에 진지했다. 일부 사람들은 적이 감명 받는 눈치도 보였다.

고기탁에 이어 노종주가 입을 열었다.

"오늘 그대를 부른 것은 사제세, 채정, 황진국, 육생남과 파당을 만들어 전문경을 모해하려고 들었는지 여부를 심문하기 위해서요. 우리는 지의를 받고 심문만 할 뿐이오. 어떤 죄를 물을 것인지는 육부의 부의를 거쳐 폐하께서 최종적으로 성재聖裁하실 거요."

"범관이 전문경을 탄핵한 것은 사실이오. 그러나 탄핵의 글 중에 그 사람을 모해하려고 한 단어는 그 어디에도 찾아볼 수가 없다고 생각하오."

이불이 엎드린 채 고기탁을 똑바로 쳐다보면서 항변했다. 이어 자신의 논리를 그럴 듯하게 설명했다.

"그러니 '파당을 만들었다'는 말이 도대체 무슨 말인지 알다가도 모를 일이오. 사제세가 나와 동기인 것은 사실이오. 그도 조정의 고위 관리일 뿐 아니라 전문경을 탄핵할 수 있는 권한이 있는 사람이오. 내가 그 사람의 입을 봉해버릴 수는 없지 않소. 내가 올린 탄핵 내용이 사실과 부합되지 않는다면 그 죄를 받아 마땅하오. 하지만 결당 운운하는 것은 절대 받아들일 수 없소."

고기탁이 갑자기 목탁으로 책상을 힘껏 내리쳤다. 이어 준엄하게 물었다.

"그대가 채정, 사제세와 둘도 없는 사이라는 것은 모두들 주지하는 바요. 황진국이 하남성 신양信陽에서 전문경에 대해 갖은 험담을 하니, 그대가 그들과 밀의해 탄핵을 결심한 것이 아니오? 그대들 사이는 묘하게 잘도 연결돼 있더군. 육생남은 광서 사람인데 사제세와 고향 선후배 사이이고, 그대는 과거에 광서에 반 년 동안 순무로 있은 적이 있었소. 그러니 그 어떤 동일한 목적을 위해 네 사람이 한데 뭉쳤다고 보는 것은 결코 무리가 아니지 않은가?"

이불이 고기탁의 말에 두 손으로 땅을 짚은 채 고개를 번쩍 쳐들고 항변을 했다.

"고 대인, 그러고도 그대가 사리에 밝은 사람이라고 할 수 있소? 그대는 이위와 사천성 성도에서 같이 일했소. 이위의 천거를 받아 오늘날의 높은 자리에까지 오르지 않았소? 내가 전에 이위를 '공부를 하지 않아 재주가 없다'고 비난한 뒤로 우리 둘은 개 닭 보듯 하는 사이가 되어버렸소. 고 대인 말대로라면 고 대인은 충분히 이위와 한 통속이 되어 나 이불을 모해하고도 남겠네? 노종주는 악이태의 문인이고, 사제세는 악이태가 운남성에서 추진 중인 개토귀류를 반대한 사람이오. 그렇다면 악이태는 지금 노종주와 합심해 사제세에게 보복을 감행하는 것이라고 봐도 무리가 없지 않소? 어떻소? 내 말이 당치 않다면 역설적으로 그대가 먼저 당치 않은 소리를 했다는 뜻이 아니겠소?"

탁!

고기탁이 무섭게 화를 내면서 손에 쥐고 있던 나무막대를 힘껏 책상 위로 내리쳤다.

"누가 지금 당신과 말장난 하겠다고 했나? 감히 어느 면전이라고 말꼬리를 잡고 늘어져! 말해봐, 북경에 도착해 사제세, 채정하고 술집에서 만났었다면서? 그 자리에서 무슨 얘기들이 오간 거야?"

이불은 전혀 기가 죽지 않았다. 아니 오히려 더욱 꿋꿋하게 반박을 했다.

"고 대인, 고흥루高興樓에서 술을 마셨을 때 나는 전문경이 문인들만 유린하는 구제불능의 편집증 환자라고 비난했었소. 그 말에 사제세와 채정도 공감한 것이오. 그러나 우린 그대들이 상상한 것처럼 머리 맞대고 숙덕거리면서 음모를 꾸민 적은 없소. 그 당시 형부 원외랑 진학해도 있었으니 못 믿겠으면 그에게 직접 물어보시오."

이불이 워낙 완강하게 나오자 대화는 잠시 끊어지고 말았다. 고기탁은 급기야 사제세를 불러들이라고 명령을 내리고는 이불에게 말했다.

"거래巨來(이불의 호), 당신이 지금 핏대를 세우면서 나한테 대들어서는 안 되지. 돌아가서 곰곰이 잘 생각해보기 바라오. 폐하의 의중을 거스르지 않는 것이 신상에 유리하다는 것은 당신이 더 잘 알 테니! 죄를 인정하는 표表만 올리면 우리 대리시에서 대신 폐하께 전해 올릴 거요."

"설령 표를 올릴지라도 전문경에 대한 견해를 번복하는 일은 없을 것이니 그리 아시오."

이불은 말을 마치자마자 바로 일어섰다. 이어 소매를 휘저으면서 휭하니 나가버렸다.

이어 사제세가 들어섰다. 키가 이불보다 조금 더 큰 그는 한겨울임에도 얇은 장포만을 입고 있었다. 약간 수척해 보이는 얼굴에 한 가닥도 흐트러지지 않게 머리를 뒤로 빗어 넘긴 깔끔한 차림이었다. 그는 무표정한 하얀 얼굴을 들고는 심문석에 앉은 대원들을 유심히 바라봤다. 척 보기에도 이불보다 더 대가 셀 것 같은 인물이었다.

고기탁은 그가 이불보다 관직이 낮고 평소에 별다른 교분도 없었는지라 다짜고짜 책상을 치면서 크게 소리를 질렀다.

"사제세, 지금 왜 이 자리에 끌려왔는지 아는가?"

"모르오."

"자네, 전문경을 탄핵한 것이 사실인가?"

"그렇소. 작년 오월 즈음인가 그랬소! 왜, 뭐가 잘못되기라도 한 거요?"

사제세가 고개를 갸우뚱거리면서 생각한 다음 대답했다. 잘못이 하나도 없다는 자세였다. 사실 그럴 만도 했다. 그는 도찰원의 감찰어사로, 관품은 4품밖에 되지 않았으나 탄핵안을 올리는 것이 주된 임무인 언관言官이기 때문이다.

고기탁으로서는 말문이 막힐 수밖에 없었다. 그러나 그렇다고 그냥 물러서서는 안 될 일이었다. 그가 잠깐 멈칫하는가 싶더니 말머리를 돌려 쏘아 붙였다.

"물론 탄핵안을 올린 사실 자체가 나쁘다는 것이 아니네! 문제는 공정해야 할 언관이 사사로운 감정에 휘둘려 탄핵안을 남발했다는 데 있지! 말해보게, 도대체 누구의 사주를 받아 전문경을 탄핵했는가?"

"굳이 그렇게 물어온다면 나는 공맹孔孟의 지시를 받았다는 말밖에 할 말이 없소! 나는 어려서부터 공맹의 도에 흠뻑 취해 살아온 사람이오. 전문경처럼 각박하고 포악한 인간이 버젓이 한 성의 총독 자리에 앉아 있는데, 정인正人인 내가 그걸 봐줄 수 있을 것 같소?"

사제세는 전혀 당황한 기색 없이 침착하게 말을 이어 나갔다. 목숨을 내건 사람이 아니고서는 도저히 이렇게 공당公堂에서 당당할 수가 없었으나 그는 그랬다. 고기탁과 노종주는 마주 보면서 잠시 할 말을 잃을 수밖에 없었다. 밑에서도 사람들이 수군대는 소리가 들렸다.

손가감은 이불을 심문할 때 아이들 말장난 같은 문답이 오고가자 바로 자리를 뜨려고 일어섰었다. 그러다 사제세의 말을 듣고는 다시 자리에 앉은 채 그를 자세히 바라봤다. 잘잘못을 떠나 대단한 사내라는 생각이 들었던 것이다. 진작 인연이 닿지 않은 것을 조금 안타까워하기도 했다.

손가감이 그런 생각을 하고 있을 때 고기탁이 냉소를 흘리면서 말했다.

"개나 소나 공맹을 등에 업으면 그만인 줄 아는구먼. 경사經史 몇 권 읽고 팔고문八股文 몇 글자 쓸 줄 안다고 공맹의 문생으로 자칭한다는 말인가?"

"나는 공맹의 문생이라는 말은 하지 않았소. 공맹의 도를 몸소 실천한다고 했지! 또 이 자리가 내 학문의 깊이를 논하는 자리는 아니지 않소. 설사 논하라고 해도 묘 자리 둘러보는 데나 이골이 난 사람이 어디 나하고 말이나 통하겠소?"

"뭐라고? 말도 못해 보고 끌려 나가고 싶어?"

"나는 내가 서야 할 자리에 서서 해야 할 말만 했는데, 그게 과연 뭐가 잘못됐다는 거요? 나는 매사에 충성을 다하는 언관이오. 나는 간악함을 보고도 못 본 척하는 것은 충신이 아니라는 것만 알고 있을 뿐이오!"

고기탁이 급기야 버럭 화를 냈다. 그는 자신이 풍수지리에 능하다는 것에 대단한 자부심을 느끼는 사람이었다. 그런데 사제세가 자신의 학문을 전혀 논할 가치도 없는 하구류下九流(사회적 지위가 낮고 천한 직업에 종사하는 사람)로 비하시키는 데는 도저히 참을 수가 없었다. 급기야 책상을 힘껏 내리치면서 크게 소리를 내질렀다.

"여봐라, 대형大刑을 가하라!"

"예!"

대리시의 아역들은 사실 그때까지 관리들에게 대형을 안겨본 경험이 전혀 없었다. 때문에 다소 상기한 표정을 지은 채 잽싸게 몽둥이를 가져다 사제세의 앞에 탕! 하고 내던졌다. 이어 고기탁의 신호가 떨어지기만을 기다렸다.

고기탁은 순간적으로 자신이 명령을 내렸음에도 이렇게 하는 것은 부당하다는 생각이 들었다. 하지만 이미 엎질러진 물이자 시위를 떠난 화살이었다. 나중의 일은 다음에 생각해보자는 배짱으로 마음을 굳게 먹고 신호를 내리려고 했다. 그때 옆자리에 있던 노종주가 무섭게 책상을 내리치면서 큰소리를 질렀다.

"사제세, 끝까지 자백하지 않을 거야? 이대로 죽고 싶어?"

노종주의 말이 떨어지기 무섭게 그가 데려온 형부의 아역들도 일제히 거들고 나섰다.

"어서 자백해. 좋게 말할 때 자백하라고!"

방금 전까지 고개를 뻣뻣하게 쳐든 채 전혀 수그러들 기미를 보이지 않던 사제세가 절망스러운 표정으로 홍시와 손가감을 바라봤다. 그리고는 갑자기 처량한 울음소리를 터트렸다.

"마음대로 해, 마음대로. 죽이든 살리든…… 마음대로 하라고! 성조마마……, 제발 굽어 살피시옵소서! 이 어리석은 자들이 성조마마께서 이룩하신 기업基業을 말아먹고 있사옵니다……."

좌중의 사람들은 갑작스런 사제세의 반응에 깜짝 놀라고 말았다. 옹정 원년의 지의에 따르면 어떤 경우에서든지 강희의 묘호廟號만 들리면 모든 문무백관들은 무조건 일어서서 경의를 표해야 했다. 당연히 이 경우에도 예외가 아니었다.

손가감이 맨 먼저 퉁기듯 일어났다. 홍시 역시 숙연한 표정으로 고개를 숙인 채 일어섰다. 고기탁과 노종주도 마찬가지였다. 대당 안에 가득한 아역들은 그 연유를 모르는 터라 저마다 어리둥절한 표정을 지을 수밖에 없었다.

사제세는 고개도 들지 않은 채 여전히 울먹이면서 "성조마마!"를 들먹였다. 목소리는 처량하기 이를 데 없었다. 그가 다시 울먹이는 어조로 천천히 입을 열었다

"……성조마마께서 붕어하신 지 이제 겨우 몇 년이나 됐사옵니까? 이 사람들은 벌써 성조마마의 가르침을 깡그리 잊었사옵니다. 성조마마께서 필생의 심혈을 기울이시어 완성하신《성무기》聖武記에는 '성인의 말씀을 따르지 않는 자는 심성이 일그러진 신하이다. 그런 자는 재주가 있어도 올바른 곳에 쓰일 리가 만무하다. 잇속에 밝은 자는 주인을 배신하고 의리를 저버리기 쉬우니 멀리 하라'고 가르침을 내리시지 않으셨사옵니까? 전문경과 고기탁이 바로 그런 유형의 인간 졸부들이옵니다. 하온데 이들이 오히려 어수룩한 이 서생을 심문하면서 있지도 않은 죄를 자백하라고 강요하다니, 이것이 웬 말이옵니까!"

사제세는 눈물을 비 오듯 흘리면서 그 뛰어난 기억력을 동원해 강희의《성무기》구절을 외워댔다. 더 이상 참을 수 없었던 고기탁은 이를 악물고 고함을 질렀다.

"형을 가하라. 누가 이기나 보자!"

아역들은 즉각 두 개의 막대기를 사제세의 다리 사이에 집어넣었다. 이어 양옆에서 힘껏 눌러 젖혔다.

"으악!"

유약한 서생에 불과한 사제세는 처절한 비명과 함께 바로 혼절하고 말았다.

"됐어! 더 이상은 위험해."

손가감이 자리에서 일어났다. 동시에 인사불성이 된 사제세를 내려다보고 나서 고기탁을 향해 읍을 하고는 말했다.

"나는 어서 돌아가서 이들을 구명하는 주장을 올려야겠어."

손가감은 말을 마침과 동시에 홍시를 향해 인사를 올리고는 대당을 나섰다. 그러자 뒤쫓아 나온 홍시가 가마에 타려는 손가감의 옷자락을 잡아당겼다.

"이봐, 손가감! 내가 불같은 자네의 성격을 잘 알아서 하는 말인데, 지나치게 서두르지 말게. 충동은 금물이야. 요즘 들어 폐하의 심기가 대단히 불편하시다고."

손가감이 그런 홍시를 바라보면서 예를 갖춰 말했다.

"염려해주셔서 고맙습니다. 이는 힘없는 문인들에 대한 탄압이 아닐 수 없습니다. 또 다른 형태의 문자옥文字獄이라고 할 수 있죠. 명색이 어사라는 사람이 어찌 이런 현상을 좌시할 수가 있겠습니까? 비단 이 일뿐만이 아닙니다. 폐하께 상주하고 싶은 말이 산적해 있습니다. 도찰원의 어사가 폐하의 심기를 지나치게 의식해 말을 아낀다면 그것이야말로 어불성설이 아니겠습니까? 아무튼 감사합니다, 셋째마마."

말을 마친 손가감은 아문도 창춘원도 아닌 자신의 집으로 달려가 주장을 작성하기 시작했다.

대리시에서 이불에 대한 심문이 한창 이어지고 있을 때 이위와 홍력은 지의를 받고 양봉협도養蜂夾道에서 증정과 대화를 나누려 시도하고 있었다. 그러나 증정은 체포된 그 순간부터 죽기를 각오했는지 아예 입을 꾹 다물고 있었다. 그토록 믿었던 제자 장희가 혹시 자신을 배신한 것은 아닌가 하는 생각으로 인해 처절한 절망밖에 남지 않았던 탓이었다.

호남성 순무는 관할 경내에서 대역 사건이 발생한 책임을 피하지 못했다. 그래서 직급을 두 등급 강등당하고 처벌을 기다리는 중이었다. 증정은 북경으로 압송되기 나흘 전부터 심문 대신 혹독한 매질을 당했다. 그렇게 해서 청해에서 사천으로, 이어 다시 호남으로 끌려왔다. 장희와 만났을 때에는 이미 피골이 상접하고 온몸이 상처투성이였다.

유홍도는 어떻게 해서든 두 사람을 화해시켜 내 편으로 끌어들이라는 옹정의 지의가 있었는지라 호남에 도착하자마자 두 사제를 같은 방에 가뒀다. 예상대로 둘은 밤새도록 싸우고 또 싸웠다.

이튿날 유홍도는 성공적으로 두 사람을 화해시켰다. 또 의원을 불러 증정의 병을 돌봐주도록 했다. 그는 번대藩臺의 체면도 잊은 채 직접 약을 달여 증정에게 떠먹여 주는 등 극진한 보살핌을 아끼지 않았다.

북경으로 압송하는 도중에도 사건에 대해서는 일언반구도 언급하지 않았다. 길에서도 은근히 숨통을 틔워주느라 배려했다. 호송하는 친병들 역시 크게 다르지 않았다. 모두 편복 차림으로 갈아입고는 증정에게 깍듯하게 어른 대접을 해줬다.

유홍도는 아예 두 사람과 같은 수레에 앉아 이동했다. 또 북경으로 오는 길에는 틈나는 대로 시사詩詞를 논했다. 때로는 장기를 두기도 했다. 그렇게 해서 세 사람은 자연스럽게 가까워졌다. 북경에 거의 도착할 즈음에는 마침내 서로를 편하게 칭할 만큼 극진한 관계로 발전했다.

유홍도는 북경이 가까워질수록 얼굴에 수심을 짙게 드러냈다. 나중에는 눈물까지 훔쳤다. 증정이 그 이유가 궁금한 듯 조심스레 물었다.

"유 대인, 혹시 개인적으로 무슨 슬픈 사연이 있습니까?"

"그렇소. 저기 저 모래언덕이 보이지 않소? 저곳을 돌아 강 하나만 건너면 바로 북경 근교라오. 나는 오는 길 내내 증 선생과 장 선생 두 분의 한 치 앞을 내다보기 어려운 앞날을 생각했소. 그러니 슬퍼지는 걸 어찌할 수가 없었소. 그래서 그러오."

그 말에 두 사람은 금세 눈빛이 암울해졌다. 약속이나 한 듯 눈발이 점점 굵어지는 창밖을 내다봤다. 저 멀리 아득히 먼 마을과 바로 앞의 가까운 성곽들이 온통 은빛으로 단장되어 있었다. 숨 막히는 침묵이 한참 흐른 뒤 증정이 드디어 무겁게 한숨을 토해냈다. 이어 초연한 표정을 지은 채 말했다.

"모든 것이 조화에 의해 결정되는 것이니 운명에 맡기는 수밖에 없겠지. 그래봤자 죽기밖에 더하겠소?"

"그대들은 도저히 용서받을 수 없는 열 가지 죄를 저질렀소. 내 힘으로는 그대들을 위로해줄 수만 있을 뿐 구해줄 수는 없구려. 그게 참으로 안타깝소."

유홍도는 미리 짠 각본대로 일부러 두 사람의 미래를 절망적으로 말해버리고는 입을 꾹 다물어버렸다. 사실 증정과 장희는 죽음에 초연한 듯 큰소리를 쳤으나 마음속으로는 불안하기 이를 데 없었다. 두 사람의 표정을 보고 심경을 눈치 챈 유홍도가 한참 후 다시 입을 열었다.

"폐하께서는 그대들이 악종기에게 보낸 편지를 읽어보시고 심기를 크게 다치셨소. 며칠 동안 연이어 침수에도 드시지 못할 정도로 말이오. 그러나 내가 오랫동안 가까이에서 그대들을 관찰한 바에 의하면 그대들의 본심은 악하지 않은 것 같소. 다만 일시적인 충동 때문에 기로岐路에 잘못 빠져들어 헤어 나오지 못했을 뿐이오. 하늘은 그대들의 진심을 몰라주실까? 그대들이 용서받을 수 있는 길은 없을까?"

죽음으로 자신들의 의지를 사수하려 했던 증정과 장희의 '결심'은 유홍도가 넌지시 던진 미끼 앞에서 흔들리기 시작했다. 능수능란하게 위협과 회유를 구사한 유홍도의 화술에 거의 넘어간 것이다. 둘은 체면상 대놓고 유홍도에게 매달리지 못했을 뿐 솔직히 지푸라기라도 잡고 싶은 심정이었다.

"옷깃만 스쳐도 인연이라고 하지 않소! 내 성격상 나 몰라라 할 수 없어 오는 길 내내 고민했소. 지금으로서는 목숨이라도 부지하고 싶으면 이 두 가지 방법을 시도해 보는 수밖에 없소."

유홍도가 창밖을 바라보며 천천히 입을 열었다.

"방법이라니요?"

아니나 다를까, 두 사람은 잿빛으로 죽어 있던 눈빛을 반짝이면서 이구동성으로 다그쳐 물었다. 이어 이내 자신들의 실수를 깨달은 듯 얼굴을 붉힌 채 고개를 숙였다.

유홍도는 속으로 드디어 옹정을 위해 큰 공을 세웠다고 쾌재를 불렀다. 그러면서도 겉으로는 일부러 고뇌에 찬 표정을 지은 채 말했다.

"하나는 장 선생과 악 장군이 생사를 같이 할 뜻으로 맺은 혈맹血盟에 초점을 맞추는 거요. 폐하께서는 악 장군을 얼마나 애지중지하시는지 모르오. 지금 밖에서 대군을 이끌고 있는 악 장군에게 심적인 부담을 주지 않기 위해, 또 악 장군을 여론으로부터 보호하기 위해 폐하께서는 이번 일을 크게 소문내려 하시지 않을 거요. 그러니 그대 두 사람은 언제, 어디서라도 악종기 대장군의 충정과 의리를 높이 칭송해야 한다는 것을 반드시 명심해야 하오. 제 자식 칭찬하는 사람을 미워하는 어미는 없거든. 그래야 폐하께서도 즐거워하시면서 그대들에게 마음을 여실 것이 아니오."

유홍도가 가벼운 기침과 함께 말을 이었다.

"두 번째는 폐하의 강한 성정을 거스르지 말고 무조건 고개 숙여 잘못을 빌어야 한다는 거요. 그렇다고 억지로 비굴한 언행을 보일 필요는 없소. 억지로 승복하는 기색을 보였다가는 폐하를 희롱한다고 해서 더 큰 죄를 물으실지도 모르오. 그러니 오체투지의 항복과 경의를 표하는 데 최선을 다해야겠소. 폐하께서는 심지가 굳은 분이시오. 그대 두 사람이 비록 완고한 사람이기는 해도 교화가 가능하다는 것을 보여준다면 폐하께서는 그대들을 죽이려고까지 하시지는 않을 거요. 설사 백만 명이 그대들을 죽여야 한다는 청원을 넣는다고 해도 절대 마음을 돌리지 않으실 거요."

두 사람은 지푸라기라도 잡을 심정으로 연신 고개를 끄덕였다. 유홍도는 속으로 크게 안도했다.

그로부터 얼마 후 증정은 홍력과 이위 앞에 불려나왔다. 홍력과 이위는 상좌上座에 앉고 증정은 그들 앞에 무릎을 꿇었다. 그 옆에는 유홍도와 형부 시랑인 여정의勵廷儀가 자리를 같이 했다. 드디어 옹정의 질문에 답변할 준비가 다 끝났다.

순간 증정의 가슴속에 갑자기 이름 못할 비애가 몰려왔다. 과연 유홍도의 말대로 하는 것이 옳은 일인지 판단이 잘 서지 않았던 것이다. 만에 하나 유홍도의 꾐에 빠져 문인으로서의 체통과 고집을 헌신짝처럼 내버렸는데도 끝까지 용서받지 못한다면 어떻게 될 것인가?

"폐하께서 이렇게 물으셨다."

드디어 홍력이 입을 열었다. 이어 다시 천천히 말했다.

"자네는 악종기에게 보낸 편지에서 '도의道義가 있는 곳에 민의民意가 따르지 않을 수 없다. 민심이 지향하는 것이라면 하늘이 그 뜻을 거스를 리 없다. 자고로 대업을 완수한 제왕들은 천지신명의 뜻에 따르고 법으로 만세萬世를 다스린다. 그런데 어찌 그 마음속에 사심이 생겨날 수 있을까?'라고 했다지? 대청의 하늘 아래에서 태어나고 살아온 사람이 아주 당연한 얘기를 다시 한 번 곱씹은 저의가 무엇인가?"

홍력은 한낱 별 볼 일 없는 시골 촌뜨기들을 앉혀놓은 채 동네 코흘리개들을 족치듯 해야 하는 자신이 싫었다.

'아바마마께서는 조정에 할 일이 그렇게도 없으셨을까. 이런 자들에게까지 시간을 할애하게 하다니. 그것도 모자라 이들의 답변을 책으로 정리해 온 천하에 돌릴 것이라니, 참으로 이해할 수 없군.'

홍력의 이런 속내를 알 리 없는 증정이 한참을 생각하더니 머리를 조아리면서 답했다.

"죽어야 마땅한 이 중범重犯은 그 편지를 쓸 때 제정신이 아니었나 보옵니다. 뻔한 사실을 왜 그렇게 썼는지 모르겠사옵니다. 첩첩산중에서 보고 듣는 것 없이 살아오다 보니 세상사에 너무 어두웠사옵니다. 이번에 유홍도 대인께 크나큰 가르침을 받고나서 비로소 알게 됐사옵니다. 우리 대청의 오늘날이 있기까지 성조 폐하를 비롯한 여러 선조들께서 얼마나 국궁진력鞠躬盡力하셨는지를 말이옵니다. 이 미천한 중범의 무지를 부디 용서해주시옵소서, 폐하."

홍력이 의외로 잘못을 순순히 인정하는 증정의 말에 만족스레 고개를 끄덕였다. 이어 유홍도를 힐끗 쳐다봤다. 완고하기로 소문난 이 둘을 며칠 사이에 순한 양으로 만든 유홍도가 참으로 대단하다고 생각했던 것이다.

홍력이 처음보다 표정을 다소 부드럽게 하면서 다시 물었다.

"지의는 다시 물으신다. 자네 편지에 '일월이 승천하는 정중앙에 사는 사람들은 음양의 조화가 잘 된 화하華夏의 후예들이다. 그러나 사방 변두리에서 위태롭게 살아가는 자들은 곧 짐승과 더불어 사는 오랑캐들이다. 언어, 문자도 통하지 않고 무식하기 이를 데 없는 야만

족이다'라고 했다. 자네 말대로라면 중원에는 짐승 아닌 사람들만 살아야 마땅하거늘 어찌해서 자네같이 개돼지보다 못한 이들이 버젓이 살고 있는가?"

지극히 옹정다운 신랄하고 통쾌한 질문이었다. 증정은 유홍도의 깨우침만 아니었더라면 뭐라고 자기 합리화를 시도했을 터였다. 하지만 목숨이라도 부지하려면 무조건 유홍도의 말에 따르는 수밖에 없었다. 곧 그가 아예 눈물까지 쏟으면서 연신 머리를 조아렸다.

"이놈은 그동안 실로 당치도 않은 소리를 지껄이고 다녔사옵니다. 《춘추》春秋에 나오는 화이華夷의 구분에 대한 부분을 잘못 읽고 해석했던 것이옵니다. 화이라는 것은 지역에 따라 구별되는 것이 아니옵고 믿고 따르는 백성들의 마음속에 있다는 사실을 뒤늦게야 깨닫게 됐사옵니다. 우리 대청의 백성들은 폐하의 성의聖意를 높이 받들어 폐하를 영원한 주군으로 우러러 모실 것이옵니다. 이 미천한 중범은 오늘날에야 비로소 개돼지의 탈을 벗고 인간으로 거듭 태어나게 됐사옵니다."

홍력은 본심이야 어떻든 순순히 죄를 자백하는 증정의 모습을 보면서 처음 그를 마주했을 때보다 마음이 훨씬 가벼워졌다. 이 정도의 답변이라면 이들과 비슷한 생각을 품고 있는 반항 세력들에게 반성의 계기도 마련해줄 것 같았다.

홍력이 지의에 따라 다시 물으려고 할 때였다. 이한삼이 황급히 달려들어 오더니 목소리를 한껏 낮춰 아뢰었다.

"폐하께서 크게 화를 내고 계십니다. 주상朱相(주식)이 넷째마마를 모셔오라고 하셨습니다."

"그래? 왜 화가 나셨나?"

이한삼이 뒤로 물러났다 다시 한 발 앞으로 나서면서 귀엣말로 "손가감!"이라고 이름 석 자를 말했다. 이어 다시 물러나 호기심에 찬 시선으로 증정과 장희를 훑어봤다. 그 순간 고개를 번쩍 든 장희와 정면으로 시선이 마주치고 말았다.

장희의 얼굴을 본 이한삼은 기절초풍할 듯 놀랐다. 놀라기는 장희 역시 마찬가지였다. 둘은 마치 못 볼 것이라도 본 것처럼 재빨리 고개를 반대쪽으로 틀었다.

홍력이 황급히 자리에서 일어서더니 옷매무새를 단정히 한 채 지시했다.

"나머지는 이위 자네가 질문하고 답변을 받아내게. 서리書吏들은 자백 내용을 한마디도 빠짐없이 잘 기록하도록 하게. 증정, 생사와 영욕은 자네의 마음 먹기에 달려 있으니 알아서 잘 하게. 폐하께서 조건석척의 와중에도 이같이 공들여 범인을 심문하기는 처음이니 송곳으로 제 눈을 찌르는 우매한 짓은 하지 않기를 바라네."

홍력은 말을 마치자마자 곧 밖으로 나와 말에 올라탔다. 이어 이한삼을 대동한 채 힘껏 채찍을 날려 서쪽방향으로 달려갔다.

옹정은 과연 크게 분노하고 있었다. 손을 부들부들 떨고 있었다. 그는 손가감이 상서上書를 한다는 소식을 당일 노종주의 밀보密報를 받아 알고는 있었다. 또 손가감이 평소 자신의 새로운 정책에 대해 의견을 달리하는 경우가 많았던 탓에 처음에는 대수롭지 않게 여겼다.

그러나 손가감이 패찰을 건네 뵙기를 청한 뒤 직접 올린 상주문을 받아든 순간 한눈에 확 안겨 오는 섬뜩한 제목에 그만 아연실색하고 말았다. 상주문 겉봉에는 아주 짧은 내용이 적혀 있었다.

납연納捐(관직을 돈을 받고 파는 매관매직을 일컬음) 정책과 서부에 대한 파병을 중지하고 골육의 정을 중히 여길 것을 엎드려 상주하옵니다.

옹정은 머릿속이 멍해지고 두 손이 걷잡을 수 없이 떨렸다. 허겁지겁 펴서 읽어보는데 분기가 치솟아 도저히 참을 수가 없었다. 그는 상주문을 땅바닥에 홱 내동댕이치고는 휭하니 난각을 떠나 정전으로 발걸음을 옮겼다.

정전의 태감과 궁녀들 중에는 옹정이 대로하는 모습을 처음 보는 이들이 많았다. 그들은 겁에 질린 나머지 숨소리도 제대로 내지 못한 채 몸을 새우처럼 웅크리고 있었다. 뒷짐을 진 채 빠른 걸음으로 궁전 안을 배회하는 옹정의 모습은 완전히 갈기를 세운 사자를 방불케 했다.

손가감은 곧 불호령이 떨어질 것이라는 사실을 모르지 않았다. 때문에 난각에 무릎을 꿇은 채 고개를 한껏 숙이고 있었다. 고무용 역시 당황해 어찌할 바를 몰라 했다. 더구나 분위기를 완화시켜 줄 만한 대신도 자리에 없었다. 결국 그는 몰래 후원으로 달려가 교인제를 불렀다.

옹정은 마음 속으로 심각한 모순에 빠져 있는 듯했다. 미간을 무섭게 좁힌 채 부지런히 방 안을 거닐다 문득 고개를 홱 돌려 매서운 눈빛으로 손가감을 노려보는가 하면 잠시 후에는 고통스레 눈을 감으면서 한숨을 짓기도 했다. 그의 그런 모습은 확실히 정상이 아니었다.

질식할 것 같은 침묵이 한동안 이어졌다. 그런 가운데 옹정이 되돌아와 다시 상주문을 집어 들었다. 그리고는 꼼꼼하게 쭉 훑어보기 시작했다.

납연 제도는 천고의 폐정이옵니다. 돈으로 관직을 사고 영달을 구할 수 있다면 관직에 오르기 위해 쌓아야 하는 덕목과 학식은 돈 앞에서 얼마나 무력하고 무색해지겠사옵니까? 또 돈을 주고 관직에 오른 자들은 본전을 건지려고 무슨 짓인들 못하겠사옵니까? 이는 신이 상주하지 않아도 성명하신 폐하께서 그 폐해를 잘 알고 계시리라 믿어마지 않사옵니다. 비리를 알고도 제거하지 않는 것은 선행을 지켜보면서도 모른 체 하는 것과 같사옵니다. 폐하처럼 영명하시고 예지로우신 분이 어이해서 살을 떼어 상처를 메우는 어리석음을 범하실 수가 있겠사옵니까! 신은 폐하께서 하루빨리 재정난을 해결하려는 간절함 때문에 이런 식으로 재원을 충당하려는 것이 아닌가 하는 의혹을 지울 수가 없사옵니다…….

옹정이 잠시 상주문에서 눈을 떼고는 이를 악문 채 손가감을 노려봤다. 눈빛이 섬뜩하기 이를 데 없었다. 순간 교인제가 황급히 뜨거운 물수건을 건넸다. 옹정은 내키지 않는 표정을 한 채 수건으로 얼굴을 문지르고는 다시 주장을 들여다봤다.

"서부 파병을 중지하라"는 건의는 나름 다소 일리가 있는 듯도 했다. 그 바람에 기분이 조금은 풀렸다. 그러나 "골육의 정을 중히 여기라"는 건의는 그와는 완전히 달랐다. 글자 하나하나가 그대로 날카로운 쇠꼬챙이가 되어 살갗을 파고들었다. 가슴과 눈을 마구 후비는 것 같았다.

아기나와 색사흑은 그 죄를 물어 마땅하오나 굳이 이런 식으로 거북하게 이름까지 고쳤어야 했는지 모르겠사옵니다. 선제께서는 황자들을 많이 남기셨는데, 이처럼 하나같이 저마다 처량하게 영락하니 폐하께서는 형제들에게 지나치게 가혹했다는 시비에 휘말리실 것이옵니다. 폐하께서는 이토록 친골육의 정을 완전히 무시하시고서 어떻게 천하의 백성들에게 오륜五倫의 도의를 지킬 것을 요구하실 수가 있겠사옵니까? 또 명부冥府에 계시는 선제의 마음이 얼마나 서글프시겠사옵니까?

"그러면 자네의 말은 짐이 지금 선제께 불효를 저질렀다는 얘기인가? 그자들이 짐을 어떻게 혹독하게 대했는지 자네는 아는가? 짐은 그로 인해 거의 죽을 뻔 했어. 그런데 아무것도 모르는 외신外臣이 감히 짐의 가정家政에 개입해 왈가왈부하다니! 사는 게 귀찮아진 건가?"

옹정이 다시 상주문을 내팽개치면서 버럭 고함을 질렀다. 이때 손가감은 침묵을 참기 힘든 상태에 직면해 있었다. 그런 상황에서 옹정이 입을 여니 오히려 마음이 편해졌다. 그가 머리를 조아리면서 아뢰었다.

"신이 어찌 감히 천가天家의 가정에 간여하겠사옵니까? 신은 그저 장황자 밑으로 무려 일곱 명씩이나 하옥의 고통을 당하고 있는 것이 안타까웠을 뿐이옵니다. 더구나 온 천하가 눈여겨 주시하고 있사옵니다. 구천에서 굽어보시는 성조께서도 얼마나 상심에 젖어 계시겠습니까? 신은 오직 그런 우려에서 말씀 올린 것뿐이옵니다."

"온 백성들은 여덟째 윤사가 사사롭게 붕당을 만들어 역심을 품고 짐을 괴롭혀온 사실을 더 주시했을 텐데, 자네는 어찌해서 그에 대해서는 일언반구도 언급을 하지 않았나, 응? 도대체 저의가 뭐야?"

옹정의 고함소리는 갈기를 곧추세우고 달려드는 사자의 괴성을 방불케 했다. 그가 입을 열 때마다 흠칫흠칫 떨던 어린 태감 한 명은 급기야 기절하더니 쓰러지고 말았다. 그러나 손가감은 전혀 두려운 기색이 없이 머리를 조아리면서 침착하게 아뢰었다.

"폐하, 부디 고정하시옵소서. 신은 아기나 일당의 죄행이 워낙 무겁고 하늘에 사무치는 것이어서 언급을 하지 않았을 뿐이옵니다. 그들을 벌하지 말았어야 했다는 것은 절대 아니옵니다. 폐하의 칼이 얼마나 날카로운지는 이미 온 천하가 다 알고 있사옵니다. 그러니 이제부터는 사해를 품어 안을 수 있는 폐하의 아량을 보여주셔야 할 때인 것 같아서 말씀 올렸을 뿐이옵……."

옹정이 손가감의 말이 채 끝나기도 전에 무섭게 손사래를 쳤다. 이어 버럭 고함을 질렀다.

"끌어내!"

순식간에 아역들이 달려들었다. 그러나 손가감은 힘껏 그들을 뿌리치면서 짧은 탄식과 함께 쿵쿵 소리가 나도록 머리를 조아렸다. 이어 당당하게 걸어 나갔다.

"돌아와!"

옹정이 문 밖으로 나가려는 손가감을 다시 불러들였다. 이어 깊은 한숨을 토하면서 허물어지듯 자리에 기대앉았다. 이어 마냥 태연하기만 한 손가감을 향해 다시 입을 열려고 했다. 바로 그때 홍력과 주식이 함께 들어섰다.

주식이 두 손에 가득 들고 있던 문서를 책상 위에 내려놓으면서 아뢰었다.

"신과 방포가 방금 정리한 셋째 윤지에 대한 부의部議 내용을 요약한 것이옵니다. 폐하의 성재聖裁를 부탁드리옵니다."

"보아 하니 짐은 이제 철저히 혼자가 되려나 보네. 그토록 믿어왔던 이불이 결당을 해서 짐을 괴롭히지를 않나, 양명시가 개토귀류에 반기를 들었으면서도 오히려 짐에게 얼간이들의 달콤한 유혹에 빠지지 말라고 하지를 않나, 명색이 셋째 형님이라는 사람은 아우의 장례식에서 히죽대면서 웃지를 않나! 그뿐인가? 민간에서는 증정 같은 나부랭이들까지 악종기를 종용해 모반을 획책하려 들지를 않나. 그것도 모자라 이제는 손가감까지 짐을 초라하게 만드니……. 짐은 고립무원의 사면초가에 몰리고 있는 것이 아닌가 싶네."

옹정이 반질반질한 앞머리를 쓸어내리면서 처연한 감정에 사로잡힌 채 격정을 토로했다. 그러더니 갑자기 손가감의 주장을 주식에게 밀어주면서 덧붙였다.

"읽어보게, 한림 출신의 손글씨라 과연 읽어볼 만하다네!"

홍력 역시 주식에게 가까이 다가가서 함께 상주문을 읽어봤다. 과연 옹정이 크게 화를 낼 법한 내용이었다. 우선 황제를 골육의 정을 유린하는 몰인정한 인물로 매도한 내용이 눈에 들어왔다. 또 책령 아랍포탄이 화해의 몸짓을 보이는데도 굳이 막대한 재정지출을 감안하면서 서부로 파병하는 것은 웬 말이냐고 사정없이 꼬집는 내용도 있었다.

홍력의 이마에는 땀이 송골송골 돋아났다. 손가감의 상주문을 다 읽고 난 주식은 마치 무게를 가늠하듯 주장을 손바닥 위에 올려놓고는 깊은 생각에 잠겼다.

"어떠한가? 이 겁 없는 미친 선비를 어떻게 처벌하는 것이 좋겠나?"

옹정이 손을 내밀어 주장을 다시 거둬들이면서 미간을 찌푸렸다.

"폐하……!"

주식은 옹정을 불러놓고도 바로 입을 열지 않았다. 그러다 한참 후에야 말했다.

"손아무개가 폐하의 면전에서 지나친 것은 사실이옵니다. 그러나 신은……, 그 용기에 감복해마지 않사옵니다!"

그러자 옹정이 그럴 줄 알았다는 듯 피식 냉소를 머금었다. 이어 미동도 하지 않고 고개를 숙인 채 엎드려 있는 손가감에게 시선을 돌리면서 말했다.

"짐도 그 용기가 가상해서 이렇게 두 손, 두 발을 다 들지 않았는가."

옹정의 태도가 갑자기 돌변했다. 이상하기는 했으나 나쁜 조짐은 아니었다. 장내의 사람들은 약속이나 한 듯 동시에 안도의 숨을 길게 내쉬었다.

44장

홍시, 가면이 벗겨지다

홍력은 옹정의 웃는 모습을 보고서야 비로소 안도의 숨을 몰아쉬고 조용히 물러났다. 이어 쌍갑문 앞에 이르렀다. 곧 그의 눈에 버드나무 밑에서 발을 동동 구르면서 자신을 기다리는 이한삼이 들어왔다.

"뭐 마려운 사람처럼 왜 그러고 있나? 그렇게 급한 일이 있으면 먼저 들어가지 그랬어. 시퍼런 대낮에 다른 곳도 아닌 북경에서 강도떼라도 만날까봐 그러나?"

이한삼은 홍력을 부축해 말에 오르게 한 뒤 그 뒤를 바싹 따랐다. 그리고는 등 뒤의 친병들이 행여 들을세라 목소리를 낮춰 말했다.

"넷째마마, 기막힌 일이 생겼습니다. 제가 이제 곧 미친개에게 종아리를 물리게 생겼습니다!"

홍력이 고개를 갸웃하면서 가만히 이한삼의 표정을 살폈다. 농담은 아닌 듯했다. 그가 고개를 옆으로 꺾으면서 물었다.

"그게 무슨 소리인가?"

"장희 그자식이 저를 알아봤습니다. 처음에 장희라는 이름을 들었을 때에는 세상에 동명이인이 많으니 설마 그런 우연이 있을까 하고 달리 걱정하지 않았습니다. 그런데 오늘 보니 과연 그자였습니다!"

이한삼은 난처한 표정이었다. 홍력이 흠칫 놀라 말고삐를 잡아당겼다. 그의 표정이 심각하게 변했다. 이번 사건이 몰고 올 파장을 긴급히 분석하는 듯했다.

사실 살려고 아득바득 애쓰고 있는 장희가 홍력을 겨냥해 이한삼을 물고 늘어질 가능성도 전혀 배제할 수는 없었다. 이 경우 시험 거부 사건은 다시 불거진다고 해도 크게 이상할 일은 아닐 터였다. 아무려나 이한삼이 증정과 장희 등과 한 두름에 엮이는 것은 좋은 일이 아니었다. 그 경우 홍력 자신이 대역大逆을 꾀한 중범 중의 한 명을 은닉한 혐의를 받게 되기 때문이었다.

한층 더 깊이 생각한다면 상황이 보다 심각해질 가능성도 있었다. 원래 악종기는 넷째패륵부의 단골이었다. 북경에 있을 때는 큰 부담 없이 늘 드나들고는 했다. 따라서 장희가 이한삼도 한패거리라고 물고 늘어지는 날이면 사람들은 홍력이 증정 일당을 동원해 악종기와 은밀한 거래를 해왔다는 모함을 하려 들 것이었다. 아니 홍력을 눈엣가시로 생각하는 사람들이 기회는 이때다 하고 모함할 것이 거의 확실하다고 해도 좋았다. 한마디로 홍력도 무사하기 어렵다는 얘기였다.

홍력은 바짝바짝 타들어가는 입술을 부지런히 적시면서 대책 마련에 부심하기 시작했다. 가장 먼저 뇌리 속에 떠오른 것이 이한삼을 도망가게 하는 방법이었다. 아예 죽여 없애는 것은 더 말할 필요가 없었다. 그러나 그는 이내 그 위험한 생각을 뭉개버렸다.

'그렇다면 장희를 없애버리는 것은 어떨까? 물론 이한삼을 죽이는 것보다는 훨씬 양심의 가책이 덜할 것이야. 그러나 아직 사건이 종결되지 않은 상황이라 대여섯 개 아문에서 함께 경계를 강화하고 있어 손을 쓰기가 여간 어렵지 않아. 무리하게 시도했다가 실패라도 하게 되면 그때 가서는 입이 백 개라도 누명을 벗지 못할 거야…….'

홍력은 급기야 차선책이라고 할 수도 있을 대책을 머리에 떠올렸다. 그러나 역시 그것도 쉽지는 않을 듯했다. 순간 늘 침착하고 노련하게 일처리를 해왔던 그의 마음은 갑자기 덤불처럼 헝클어져 복잡해지기 시작했다. 그가 한참을 생각하더니 드디어 입을 열었다.

"옥신묘로 가지 말고 집으로 가서 머리 맞대고 고민해 봐야겠어. 예삿일이 아니야."

홍력이 이어 자신을 뒤따르던 친병들에게 지시를 내렸다

"자네들은 여기서 물러가게. 그리고 사람을 유통훈에게 보내 패륵부로 다녀가라고 전하게."

홍력이 말을 마치고는 바로 고삐를 잡고 채찍을 휘둘렀다. 홍력과 이한삼은 곧 바람과 함께 사라졌다.

그가 왕부王府가 즐비한 선화鮮花 골목에 들어서서 홍주의 집 앞으로 꺾어지려 할 때였다. 저 멀리서 손님을 배웅하는 소리가 들려왔다. 홍력과 이한삼은 순간적으로 모퉁이에 몸을 숨겼다. 이어 슬쩍 내다봤다. 방포가 나오는 모습이 보였다.

홍력은 심경이 복잡했다. 또 마음의 여유도 없었다. 방포와 맞닥뜨려서는 안 될 일이었다. 때문에 그의 가마가 떠나기를 기다렸다가 조용히 집으로 말을 몰았다. 그가 집 앞에 도착하자 유통훈이 먼저 도착해 말에서 내리고 있는 모습이 보였다.

"연청, 자네는 아무튼 동작이 재빨라서 좋네."

홍력은 경황이 없는 와중에도 농담을 던졌다. 그리고는 유통훈과 이한삼을 서재로 안내했다. 유통훈은 홍력이 지정해주는 자리에 앉더니 입을 열었다.

"저는 양봉협도에서 오는 길입니다. 이위가 그러더군요. 넷째마마께서 폐하를 알현하기 위해 걸음을 하셨다고요. 그래서 저는 집에서 기다리고 있었습니다."

홍력과 이한삼은 유통훈의 말에 그저 어색한 웃음을 지어 보였다. 유통훈 역시 악종기와 마찬가지로 홍력의 단골손님이었다. 가인들과도 익숙한 사이였다. 아니나 다를까, 유통훈이 온씨의 두 딸 언홍과 영영을 보고 소탈하게 웃으면서 말을 건넸다.

"두 분 모두 측복진으로 승격됐다고 들었습니다. 경하드립니다! 어머니 온씨는 안 보이시네요?"

언홍이 차를 가져오다 말고 얼굴을 살짝 붉힌 채 홍력을 힐끗 훔쳐봤다. 이어 조용히 말했다.

"유 대인께서는 참 짓궂기도 하시네요. 쑥스럽게 그런 말씀을 왜 하세요? 유 대인이야말로 호부 시랑으로 승진하셨다니, 진짜 승격하신 거죠! 저희 어머니는 며칠 동안 열이 나서 누워 계세요."

영영은 언니 언홍에 비해 부끄럼을 많이 타는 성격이었다. 아니나 다를까, 유통훈의 말에도 그저 고개를 옆으로 꼬고 몰래 웃기만 할 뿐 말이 없었다.

"그렇소, 우리 다 같이 승격했어요! 이 모든 것이 다 넷째마마의 홍복에 힘입은 게 아니겠습니까?"

유통훈이 환히 웃으면서 말했다. 좌중의 사람들이 그의 말에 모두 크게 웃음을 터트렸다. 유통훈이 다시 덧붙였다.

"유홍도가 하도河道 임무 수행에 필요하다면서 호부에 목재 이천 개를 요청했습니다. 그런데 호부에 있던 목재들은 모두 병부에서 가져가 동이 난 상태입니다. 호부상서 양명시가 '넷째마마께서 자네를 좋아하시니 한번 사정 얘기를 해보라'면서 저의 등을 떠밀어 오늘 온 김에 말씀드리는 바입니다."

유통훈이 말을 마치고는 목재 청구서를 공손하게 올렸다. 홍력은 생각해볼 여지도 없다는 듯 웃음을 머금으면서 붓을 들어 청구서에 서명을 했다.

"유홍도 그 친구는 일에 대한 욕심이 많군. 아직 젊고 박력이 있으니 잘 해낼 거네. 명신名臣으로 발돋움하고자 노력하는 것이 눈에 보여!"

유통훈은 홍력이 서명한 청구서를 돌려받다가 한 손을 허공으로 뻗었다. 그리고는 뭔가 움켜잡는 시늉을 해보이면서 말했다.

"이런 병이 있는 한 명신의 반열에 오르는 것은 불가능합니다."

홍력이 그 동작에 관심을 보이면서 물었다.

"그게 무슨 뜻인가? 돈 욕심이 많다는 얘기인가? 그런 말은 확증이 없는 한 함부로 해서는 안 되네."

유통훈이 홍력의 애정 어린 질책에 미소를 지어 보였다.

"그저 밖에서 나도는 소문을 들은 것에 불과합니다."

"밖에서 나도는 소문을 다 들으려면 귀가 열 개라도 모자라지. 세상은 멀쩡한 사람도 바보로 만들기 일쑤거든. 내가 오늘 자네를 부른 것도 이상한 소문이 나돌 것을 미연에 차단하자는 뜻에서네."

홍력이 가벼운 한숨을 토해냈다. 그리고는 장희가 이한삼을 알아본 얘기를 들려준 다음 몇 마디를 덧붙였다.

"한삼이 어떻게 나를 따르게 됐는지 그 전후의 사연에 대해서는 자네가 누구보다도 잘 알지. 장희가 물고 늘어지는 날에는 우리로서는 불리한 국면에 처할 수밖에 없네!"

이한삼이 말을 받았다.

"넷째마마, 저의 존재가 추호라도 넷째마마에게 걸림돌이 되어서는 안 됩니다. 계령해령系鈴解鈴이라는 말처럼 매듭은 묶은 자가 풀어야 합니다. 제가 형부로 가서 자수를 하겠습니다."

유통훈의 얼굴에서 갑자기 웃음기가 사라졌다. 그가 천천히 머리를 저으면서 입을 열었다.

"그건 바람직하지 않네. 그대가 무슨 잘못이 있어 자수를 하겠는가? 시험 거부 사건은 이미 조정에서 죄를 묻지 않기로 했어. 또 증정은 자네와 아무런 관련이 없는 사람이네. 도대체 뭘 어떻게 자수한다는 거야? 한사코 넷째마마를 해코지하려는 배후 세력만 없다면 이 일은 고민할 가치조차 없는 일이네. 장희도 바보가 아닌 이상 자신에게 득 될 것이 없는 일에 목숨을 걸지는 않을 거야. 물론 조정에서 자신의 목을 치려고 한다면 최후의 발악을 하는 차원에서라도 누군가를 물고 늘어지려 하겠지. 그러나 그자도 폐하께서 회유의 손짓을 보내셨다는 사실을 잘 알고 있거든."

홍력과 이한삼은 유통훈의 자신에 찬 말에 일단 안도의 숨을 내쉬었다. 그제야 언홍과 영영은 홍력의 표정이 전처럼 밝지 못한 이유를 알게 됐다. 괜찮다는 말에도 불구하고 은근히 마음이 쓰이는 모양이었다. 급기야 언홍이 수심에 가득 찬 얼굴을 한 채 물었다.

"만약 누군가 증정을 내세워 넷째마마를 해치려 든다면 어떻게 해요?"

유통훈이 언홍의 말에 한참 침묵을 지키더니 갑자기 빙그레 웃으면서 대답했다.

"그럴 가능성은 희박해요. 넷째마마에 대한 관심이 지대하다 보니 그런 걱정을 하는 것 같은데, 증정과 장희 사건은 넷째마마께서 주지하고 계세요. 넷째마마의 허락 없이 누가 감히 함부로 나설 수 있겠어요?"

유통훈이 잠시 말을 멈추고 뭔가를 생각하더니 한숨을 지으면서 다시 말을 이었다.

"물론 세상 모든 일은 한 치 앞도 예측할 수 없으니 완벽하게 장담할 수는 없겠죠. 신이 넷째마마를 원망하는 것은 아니고 그저 안타까워서 드리는 말씀입니다만 그때 북경에 돌아오시자마자 사건의 자초지종을 소상히 폐하께 상주했어야 옳았습니다. 그때 썰물이 빠진 뒤 갯벌 드러나듯 사건의 진상을 밝혔더라면 이 같은 걱정은 없었을 텐데 말입니다. 사실 넷째마마께서는 항상 미소를 잃지 않으셔서 사람들은 무조건 후덕하시고 선행만 베푸시는 분으로 알고 있습니다. 나쁘게 말하면 넷째마마를 만만하게 보는 사람도 있다 그 말이죠. 그런 자들이 넷째마마의 머리 위에 기어오르려고 할 가능성도 배제할 수 없습니다."

홍력이 유통훈의 말이 끝나기 무섭게 말했다.

"내 인상이 살인과는 거리가 멀다고? 황자인 내가 뒤에서 누군가에게 보복의 화살을 날린다는 것은 아무래도 당당한 처사가 못 되지. 그러나 나도 그리 호락호락한 사람은 아니라네. 원칙이 분명하고 나서야 할 때와 잠자코 있어야 할 때를 제대로 아는 사람이지. 내가 위험에 노출된 것을 알면서도 무방비 상태로 있을 정도로 무능한 사람이라면 어찌 군부君父를 보필해 이 강산을 떠메고 나갈 수 있겠나!"

홍력이 말을 마치고는 최악의 경우에 대비한 대책을 이미 다 생각해놓은 듯 훨씬 홀가분해진 표정을 지었다. 그리고는 의자 등받이에 몸을 기댔다.

유통훈이 그런 홍력의 의중을 가늠해 보고는 조심스레 아뢰었다.

"넷째마마, 경황이 없어 이제야 말씀을 드립니다. 전에 말씀 올렸던 장님 도사가 북경에 도착했습니다. 지금 밖에 대령 중입니다. 한번 접견하실 의향이 있으십니까?"

"장님 도사라……. 들라 하게."

홍력이 유통훈의 말을 듣고는 잠깐 생각하더니 바로 언홍에게 지시를 내렸다. 홍력의 말이 막 끝나갈 즈음이었다. 갑자기 창밖의 대나무숲이 가볍게 흔들리더니 밖에서 종소리 같은 굵은 음성이 들려왔다.

"빈도 오할자吳瞎子가 보친왕마마께 문후 올리옵니다!"

홍력과 이한삼이 갑작스런 목소리에 흠칫 놀라 고개를 빼들고는 창밖을 바라봤다. 그 순간 주렴이 걷히는 소리와 함께 자신을 오할자라고 밝힌 사람이 성큼 방 안으로 들어섰다. 겹으로 된 짙은 갈색 장포를 입은 그는 대추색깔 얼굴에 시원하게 뻗은 짙은 눈썹이 인상적인 사람이었다. 불을 뿜는 부리부리한 눈매와 약간 치켜 올라간 코끝이 예사로운 사람이 아님을 말해주고 있었다.

그는 안으로 들어서자마자 홍력을 향해 엎드린 채 머리를 조아리면서 말했다.

"빈도는 본명이 오학자吳學子이옵니다. 얼핏 들으면 발음이 장님을 뜻하는 '할'瞎자와 비슷하죠. 그래서 이렇게 밝은 눈을 가지고 있는데도 사람들이 모두 장님 도사라고 부릅니다. 오할자라고 불러도 무방하겠습니다."

홍력은 미소 띤 얼굴로 오할자를 뚫어지게 바라봤다. 이어 분부를 내렸다.

"영영, 어서 오 도사님께 차 한 잔 올리게."

영영이 대답과 함께 오할자에게 다가갔다. 그러나 그녀는 찻잔이 아닌 홍력이 강남에서 가져와 붓통으로 쓰고 있는 대나무 통을 집어 들었다. 이어 대나무 통 속의 붓을 모두 꺼낸 뒤 빈 통을 오할자 앞의 탁자 위에 올려놓았다. 그리고는 멍해진 사람들의 시선을 뒤로 한 채 주전자를 들고 왔다. 홍력은 다짜고짜 대나무 붓통에 물을 따르려 드는 영영을 황급히 말렸다.

"이보게, 영영! 그건 찻잔이 아니라 붓통이라네. 자네도 갑자기 장님이 되기라도 한 것인가?"

영영이 홍력의 말에 웃음을 머금은 채 대답했다.

"장님 도사께서는 시력이 별로 좋지 않아 보이십니다. 대나무 통에 찻물을 받아 마시면 금세 시력이 호전될 줄로 믿사옵니다. 원치 않으신다면 다른 찻잔으로 바꿔 드리겠사옵니다."

"아니, 아니, 그럴 필요는 없어요. 좋다는 걸로 한번 마셔 보죠."

오할자가 대수롭지 않게 웃어 보였다. 그리고는 구멍이 뻥뻥 뚫린 '찻잔'을 손에 받쳐 들고 아무렇지도 않게 유통훈에게 말을 걸었다.

"여기 온씨라는 아주머니가 있을 거예요. 그런데 그 아주머니가 그 나이에 무슨 장난기가 발동했는지 글쎄 내 허리띠를 빼앗고 대신 새끼줄을 허리에 동여매 줍디다. 넷째마마만 아니었더라면 한바탕 혼을 내줬을 텐데 말입니다!"

오할자가 그렇게 불만을 털어놓고 있는 사이 그의 손바닥에 놓인 찻잔에는 어느새 뜨거운 물이 찰랑거렸다. 이상하게도 구멍이 숭숭 나 있는 대나무 통인데도 물은 한 방울도 새지 않았다. 눈을 크게 뜨고 놀라워하던 홍력이 황급히 오할자에게 다가가 붓통을 유심히 들여다봤다. 뜨거운 물이 흰 김을 모락모락 내뿜고 있었으나 마치 고무로 때운 것처럼 구멍으로는 물 한 방울 새지 않았다!

홍력은 그 순간부터 오할자가 하는 말이 전혀 귀에 들어오지 않았다. 그예 부채 끝으로 붓통을 가리키면서 흥분한 어조로 말했다.

"신기하군! 정말 믿어지지 않는구먼. 도대체 이건 무슨 요술인가?"

홍력이 말을 마치자마자 바로 손을 내밀어 붓통을 잡으려 했다. 그러자 오할자가 웃으면서 말했다.

"이 아가씨 앞에서는 감히 거짓으로 눈속임을 할 수 없습니다. 지금은 빈도가 손으로 기를 발산해 물이 새지 않도록 막고 있습니다. 넷째마마께서 받으시면 금세 다 쏟아질 것입니다."

오할자가 한쪽에 물러나 있는 언홍을 향해 웃어 보이면서 다시 입을 열었다.

"찻잎도 주셔야 차를 마시지 맹물만 마실 수는 없지 않소?"

영영이 조금 화가 나는지 얼굴을 약간 붉힌 채 대답했다.

"강호에서나 쓰이는 이자의 술수를 믿지 마십시오, 넷째마마. 별다른 재주가 아닙니다. 소녀도 물을 흘리지 않게 할 수는 있습니다."

영영이 말을 마치고는 바로 붓통을 집어 들었다. 과연 물이 새지 않았다. 영영이 득의양양한 표정을 지으면서 오할자를 한바탕 골려주려 할 때였다. 갑자기 한 줄기 물줄기가 뿜어져 나오기 시작했다. 무방비 상태에서 발등을 데인 영영이 "앗! 뜨거워!"를 연발하면서 황급히 붓통을 탁자 위에 도로 내려놓았다. 그러자 붓통은 언제 말썽을 부렸더냐 싶게 다시 멀쩡해졌다.

좌중의 사람들이 경황없이 영영과 오할자를 번갈아보고 있을 때였다. 한쪽에 물러서 있던 언홍이 찻잎을 한 줌 가득 움켜쥐더니 오할자에게 흩뿌리면서 말했다.

"찻잎타령 했었죠?"

"장난치지 마시오. 몇 닢만 있으면 되오!"

오할자가 여전히 웃는 얼굴로 언홍에게 익살스런 눈짓을 하면서 말했다. 이어 두 손바닥을 머리 위로 올린 채 고개를 숙이고 눈을 감았다. 놀랍게도 허공에 가득 흩어져 있던 찻잎들은 어떤 강한 힘에 의해 빨려 들어가듯 질서정연하게 오할자의 손바닥으로 날아들었다. 오할자는 그 찻잎을 조금만 찻잔에 넣고는 나머지를 옆에 놓으면서 말했다.

"차 한 잔 마실 것으로는 족하니 나머지는 그만 돌아가거라!"

오할자의 말이 떨어지기 무섭게 한데 뭉쳐진 찻잎 덩어리는 허공에서 유유히 춤추면서 곧바로 눈이 휘둥그레져 있는 언홍의 품에 안겼다. 드디어 언홍이 얼굴을 붉힌 채 감탄을 했다.

"과연 실력이 대단한 장님 도사네요. 제가 졌어요."

연약한 여자와 장님 도사의 힘겨루기는 마침내 끝이 났다. 덕분에 도사의 엄청난 실력은 순식간에 검증을 받게 됐다. 좌중의 사람들이 연신 숨을 들이마시면서 놀라워하는 와중에 홍력이 웃으면서 사과를 했다.

"계집아이들이 너무 예의 없이 굴어서 미안하오."

그러자 언홍이 바로 대꾸를 했다.

"전에 넷째마마께서 저희와 함께 하남성에서 봉변을 당할 뻔하셨을 때였습니다. 당시 색가진索家鎭이라는 곳에서 저 도사님을 만난 적이 있습니다. 그 뒤 홰나무 밑에서 치열한 싸움이 벌어졌을 때도 저 장님 도사는 팔짱을 끼고 한쪽에서 구경만 했던 것으로 기억하고 있습니다. 이봐요, 장님 도사! 댁은 이위 총독의 부름을 받고 우리 넷째마마를 호위하고자 따라 나섰던 사람이 아닌가요? 그래도 되나요?"

언홍의 득달에 오할자가 밝게 웃으면서 홍력에게 머리를 숙였다.

"넷째마마, 부디 용서해주십시오! 홰나무 마을에서 빈도가 현장에 있었던 것은 사실입니다. 이 총독께서 부득이한 경우가 아니고는 절대 정체를 드러내서는 안 된다고 누누이 강조하시는 바람에 그럴 수밖에 없었습니다. 그러나 그 당시 꽁지 빠지게 도망갔던 철취교는 빈도가 쫓아가 붙잡았습니다. 그리고 흑무상 그놈도요. 오늘 여기에 끌고 왔습니다."

오할자가 바로 이어 언홍과 영영을 향해 고개를 돌리면서 덧붙였다.

"그대들은 온씨 어멈의 딸들이야. 또 나는 깜장이 어멈의 양자야. 뿌리를 캐면 우리는 모두 단목세가와 떼려야 뗄 수 없는 깊은 인연을 맺은 가까운 사이가 아닌가. 한집안 식구끼리 이렇게 만나자마자 싸움부터 해서 되겠는가?"

언홍이 오할자의 말에 쑥스러운 듯 바로 고개를 숙인 채 웃었다.

홍력은 비적떼 두목으로 알려졌던 철취교를 붙잡았다는 말에 순간 속으로 크게 흐뭇했다. 그러나 매사에 침착하고 빈틈없는 성격의 소유자답게 속으로만 기뻐할 뿐 들뜬 마음을 겉으로 내색하지는 않았다. 그가 여유 있게 오할자의 일거수일투족을 한참 동안 지켜본 뒤 드디어 미소를 지으면서 입을 열었다.

"정말 수고 많았군. 역시 대단한 실력자야! 결국은 이위가 사람 보는 안목이 있다고 봐야겠군. 철취교는 각 방면의 비적들과 이리저리 연결이 되는 인물이니 이 사건의 막후 조종자가 누구라는 것을 알고 있을 것이네. 내가 이 기회에 팔을 걷어붙이고 속 시원히 그 뒤를 캘 것이네. 유통훈, 모두들 내가 사람을 죽이는 데 졸장부인 줄로 알고 있다니, 이참에 한번 제대로 보여줄 것이네. 나 홍력은 함부로 목을 치지 않을 뿐 칠 줄 모르는 것이 아니라는 것을 말일세!"

오할자가 홍력의 말을 다 듣고는 잠시 불안한 표정으로 유통훈을 바라봤다. 그러더니 조심스레 입을 열었다.

"철취교는 이미 자백했습니다. 그자는 별의별 고문을 다해도 꿈쩍도 하지 않던 놈이었습니다. 죽인다고 으름장을 놓아도 뾰족한 수가 없었어요. 그래서 고민하던 중 이위 총독께서 미인계를 권장하시더라고요. 요염한 기생 몇 명을 붙여줬더니 그만 미색에 혼을 빼앗겨 그 여자들에게 다 불어버리고 말았지 뭡니까!"

오할자가 말을 마치더니 다시 부담스런 눈빛으로 유통훈과 언홍, 영영을 바라봤다. 순간 유통훈은 오할자가 자신의 존재를 부담스러워한다는 사실을 분명히 느꼈다. 그 역시 민감한 사안에 대해서는 많이 알기를 원치 않는 터였으므로 바로 자리에서 일어나면서 말했다.

"철취교는 형씨 사형제가 지키고 있습니다. 이 총독이 직접 심문해 자백을 받아냈다고 합니다."

홍력은 유통훈이 물러가자 바로 철취교와 흑무상을 끌어오도록 명령을 내렸다. 순간 오할자도 물러가려고 했다. 그러자 홍력이 붙잡았다.

"유통훈은 명관命官이니 부담스러워 자리를 피한다고 하나 자네는 있어도 괜찮을 것 같네."

오할자가 빙긋 웃어보였다.

"이 총독께서는 할 일 없이 관가를 기웃거리지 말라고 하셨습니다. 강호를 떠도는 사람이 관가에 얼굴을 비추기 시작하면 권력에 이용당하고 본인의 색깔은 잃어버리기 십상이라고 하셨습니다."

홍력이 오할자의 말에 공감한다는 듯 활짝 웃었다. 그리고는 말했다.

"자네는 철취교가 강호로 돌아가 자네에게 보복을 감행할까봐 그러나? 걱정 붙들어 매시게. 내 수중에 들어온 이상 다시 강호로 돌아가는 일은 없을 테니. 이제 보니 이위는 자네를 통해 강호의 어깨들을 주물러 왔던 게로군."

오할자가 쑥스러운 듯 대답했다.

"이 총독의 원격조종을 받는 사람들이 저 말고도 몇몇 더 있는 줄로 알고 있습니다. 빈도는 연해 지역의 몇몇 성들만 책임지고 있을 뿐입니다. 지금은 이위 총독께서 깜장 어멈과 단목 일가와 왕래가 잦습니다. 그러나 그쪽과 어떤 관련이 있는지는 잘 모르겠습니다."

"단목 일가는 도대체 어떤 가문이기에 강호에서 그토록 명성이 높은가?"

"그건……."

오할자가 말끝을 흘렸다. 이어 언홍 자매를 쳐다봤다.

"이 두 처녀가 더 잘 알지 않을까 싶습니다."

"나는 자네에게 묻고 있네."

홍력이 오할자에게 씽긋 웃어보였다. 오할자가 우물거리면서 대답하기 시작했다.

"단목 일가는 이백 년 동안 명문으로 명성을 날리던 가문이었습니다. 그러다 명나라 때 들어와 집안이 망한 것으로 알고 있습니다. 결국 만력萬曆 황제 때부터 성씨를 바꾸고 개명해 표국鏢局을 경영하게 됐습니다. 그러던 중 강희 삼십년에 표국도 그만 문을 닫아버렸다고 합니다. 그 뒤로는 조용히 은신해 살면서 농사를 짓고 무예를 익혀 왔다고 합니다. 허나 워낙 어마어마한 가문이었는지라 해마다 명절 때면 어떻게 수소문해 찾아드는지 녹림의 호걸들과 강호를 주름잡는 파벌 두목들의 인사치레가 끊이지 않는다고 합니다. 이 년 전인가 몇 대 어르신인지는 모르겠으나 단목 가문의 어르신이 돌아가시면서 '절대 강호의 파벌들에게 불려 다니지 말라. 손을 깨끗이 씻고 강호에서 나와라. 이를 어긴 자는 가차 없이 단목 가문에서 축출한다. 태평성대에 무예를 연습하는 것은 몸을 단련하기 위함이지 강호의 주먹들에게 이용당하라고 하는 것이 아니다. 내가 살아오면서 보니 땅이야말로 가장 성실한 벗이다'라는 유명遺命을 남겼다고 합니다."

오할자는 다시 언홍과 영영에게 시선을 두면서 말을 이었다.

"저 두 아가씨는 이제 신분상승을 했습니다. 그러나 마땅히 돌아갈 만한 친정도 없게 됐습니다!"

홍력이 오할자의 말을 듣더니 한숨을 내쉬었다.

"그 어르신이 어떤 어르신인지 진정으로 인생을 아시는 분인 것 같군."

홍력이 다시 물으려고 할 때였다. 형건업이 철취교를 데리고 들어섰다. 황하에서 강도들에게 쫓기면서 험난한 고비를 넘길 때 몇 번 본 기억이 있는 얼굴이었다.

그러나 가까이에서 다시 본 철취교는 서른 살 가량 되어 보이는 잘생긴 청년이었다. 말쑥한 얼굴에서 험상궂은 표정은 전혀 찾아볼 수가 없었다. 체격도 다소 왜소하고 후줄근해 보였다. 어디 마땅히 눈 둘 곳을 모르는 모습은 불안해 보이기까지 했다. 홍력이 한참 동안 유심히 쳐다보다가 갑자기 물었다.

"내가 듣자니 자네, 여자라면 오금을 못 쓴다던데, 그게 사실인가?"

그러자 철취교가 억울하다는 듯 오할자를 한 번 노려보고는 대답했다.

"어떤 놈이 넷째마마 면전에서 그런 허튼소리를 고해바쳤는지는 모르겠으나 절대 사실이 아닙니다. 이놈은 지금껏 동자공童子功을 연마해 오던 중 이번에 붙잡힌 뒤로…… 파계당하고 말았습니다. 단목일가의 대문에는 '여자를 밝히는 자는 절대 사절'이라는 철패가 내

걸려 있습니다. 이놈이 만약 치마 두른 여자에게 오금을 못 쓰는 축이라면 어떻게 감히 해마다 명절 때면 찾아가 인사를 올릴 수가 있었겠습니까?"

"그건 그렇다 치고, 자네는 왜 철취교라는 별명을 얻게 됐나?"

"소인은 본명이 범강춘范江春입니다. 워낙 온종일 말이 없는 데다 다문 입이 쇠몽둥이처럼 뾰족하게 튀어 나왔다고 해서 그런 별명이 붙여진 것 같습니다."

홍력의 두 가지 질문은 언뜻 보면 실상을 파악하는데 직접적인 도움이 별로 안 되는 것 같았다. 다른 사람들도 홍력이 왜 저런 질문을 하나 하고 의아해 하고 있을 때였다. 그가 한숨을 내쉬면서 말했다.

"애석하게도 인생의 갈림길에서 순간적으로 판단을 잘못 했군. 검은 길에 들어선 사람들 중에는 진정한 사내대장부들도 많지. 명색이 대도大盜라는 사람이 남의 집 귀한 여자들을 괴롭히지 않기 위해 여태 동자공을 연마해 왔다는 사실만으로도 자네는 양심이 살아있는 사람인 것 같군. 대체 누구의 사주를 받아 내 목을 따려고 했는지만 말해보게. 그러면 앞으로 자네가 영달의 가도街道를 달릴 수 있도록 힘껏 밀어주겠네."

철취교가 연신 머리를 조아렸다.

"넷째마마의 은덕은 실로 망극하옵니다. 그러나 진짜 배후가 누구인지는 때려 죽여도 모릅니다. 처음에 소인에게 접근해온 자는 황 수괴입니다. 북경의 셋째마마께서 원수의 목을 따오라고 상금 삼십만 냥을 내걸었다고 했습니다. 황하에서 결판을 볼 것이라고도 분명히 말했습니다. 또 성공하면 저에게 십만 냥을 주겠노라고 했습니다. 사실 그동안 멀쩡한 사람을 잡는 일에 신물이 나 있던 터라 한 탕만 하고 손 씻고 나앉을 생각으로 수락했던 것입니다. 그 왕부의 막료는 몇 번 얼굴을 봤습니다만 만날 때마다 성씨가 달랐습니다. 왕王씨라고도 하고, 사謝씨라고도 하고 대중이 없었습니다. 소인은 일이 잘못된 뒤 이 총독의 추격을 피해 북경으로 잠입했습니다. 셋째패륵부를 찾아가 그 막료를 찾았더니 죽었다고 하더군요. 그런데 후에 광 사부라는 사람이 나와서 하는 말이 그 막료는 아직 안 죽고 살아 있으니 왕부에 들어와 며칠 묵어가라고 하더군요. 그들의 눈치가 어쩐지 불길해 이놈은 볼일을 보고 온다는 핑계를 대고 도망쳐 나왔습니다……. 사건의 전말은 이렇습니다. 추호도 넷째마마를 기만하지는 않았사옵니다."

홍력은 더 이상 철취교의 말이 귀에 들어오지 않았다. 기본적으로 배후 인물이 '셋째 형님'일 것이라는 짐작은 그도 진작부터 해온 터였다. 그러나 근래에 자신의 신변에서 일어난 모든 일을 되돌아보면 철취교의 말은 틀림이 없었다.

그는 그 사실이 확인된 순간 가슴이 떨리고 눈앞이 가물가물해지는 기분을 느꼈다. 마냥 상냥하기만 하던 셋째 형님이 거금을 들여 수백 리 길을 쫓아가 아우의 목숨을 없애려고 했다는 것이 믿어지지 않았던 것이다!

이제 이 일을 어떻게 하면 좋다는 말인가? 끝까지 모르는 척하고 있을 수는 없는 일이었다. 그렇다고 외부에 공개하기도 어려운 일이었다. '여덟째당'의 잔재가 소멸돼 이제 겨우 원기를 회복한 조정을 또다시 들쑤셔놓을 수는 더더욱 없는 일이었다. 이를 악물고 한참 고민하던 홍력이 대안이 떠오른 듯 냉소를 터트렸다.

"나는 이미 수없이 양보해 왔네. 내 목이 이사를 갔다면 몰라도 멀쩡하게 살아있는 이상 절대 간과할 수는 없지. 호랑이와 늑대의 악성을 지닌 사람을 형님이라고 섬기는 것도 우습고, 그런 신하를 둔 군주의 위상도 말이 아닐 테니 결코 좌시할 수는 없지."

홍력이 뭔가 결심한 듯 소름끼치는 미소를 지으면서 오할자와 철취교에게 지시했다.

"그만 일어나게. 내가 원하는 답을 얻기는 했으나 후환을 없애기 전까지는 발 뻗고 편히 잠을 잘 수 없다는 사실을 명심하게!"

"넷째마마, 무슨 말씀인지 잘 알겠습니다. 분부가 계시면 물불을 가리지 않고 앞장서겠습니다. 하명만 해주십시오!"

오할자가 대답했다. 홍력이 고개를 끄덕이더니 말했다.

"이 일은 광 사부를 잡아들이는 것이 관건이네. 우리로서는 증거를 수집해야 하니까. 내가 팔을 걷어붙인 이상 자네들이 힘껏 도와줘야겠네. 이 사건을 제대로 매듭짓지 못하면 이위도 결국 그 책임을 비켜갈 수 없을 것이네. 어떤 수단을 동원하든 광 사부를 붙잡아 들이게."

그러자 오할자가 잠시 주저하더니 말했다.

"그가 만약 셋째패륵부에 숨어서 두문불출한다면 생포하기 힘들 것 같습니다."

홍력이 웃으면서 말했다.

"반드시 생포해야 하네. 내가 단언하건대 그는 절대 셋째패륵부에 숨었을 리가 없어. 철취교를 놓쳤으니 먼저 죽은 사 막료처럼 되지 않기 위해서라도 셋째패륵부에서 도망쳐 나왔을 것이네. 구체적인 방법은 자네들이 알아서 생각해보도록 하게."

그때 잠자코 듣고만 있던 철취교가 끼어들었다.

"저는 광 사부가 어디 있는지 대충 알 것 같습니다. 그자가 남시南市 골목에다 웬 계집애하고 살림을 차렸거든요. 셋째패륵부가 아니라면 분명히 그곳에 숨어 있을 것입니다!"

오할자가 바로 맞장구를 쳤다.

"그러면 오늘 저녁 우리 함께 가보자고. 밑져야 본전일 테니까!"

홍력은 그날 저녁 서재에 머물렀다. 이리저리 뒤척이기는 했으나 웬만하면 잠을 청하려고 했다. 하지만 잠을 이루기는커녕 괴롭기만 했다. 부산한 마음은 확실히 숙면에는 아무런 도움도 주지 못했다. 다행히 새벽녘이 다 됐을 때 겨우 잠을 청할 수가 있었다. 그랬으니 눈을 떴을 때는 해가 중천에 떠 있을 무렵일 수밖에 없었다.

그는 부랴부랴 눈곱이 가득 낀 두 눈을 비비면서 일어났다. 이어 청염青鹽으로 이를 닦고 나서 태감에게 말했다.

"이렇게 늦잠을 자보기는 난생 처음이네. 여기에서 사건을 처리하느라 폐하께 문후 올리러 가지 않아도 괜찮으니 망정이지 하마터면 큰일 날 뻔했네."

홍력이 태감과 말을 주고받고 있을 때 형건민이 들어왔다. 그가 당일의 관보를 언홍에게 건네주면서 말했다.

"형부의 여勵 대인이 뵙기를 청했습니다. 들라고 할까요?"

홍력이 떡을 입 안에 넣고 우물거리면서 대답했다.

"여느 때는 잘도 들어오더니 오늘은 웬일로 격식을 차리고 그러는가? 들라고 하게."

홍력이 말을 마치고는 관보를 집어 들었다. 굵직한 제목들이 한눈에 들어왔다.

운귀 장군 채정은 양명시가 염세鹽稅를 착복했다는 혐의로 연행해 수사할 것을 주청 올림.

성친왕 윤지에 대해서 부의部議에서 참립결斬立決을 결정했으나 지의旨意는 재의再議를 촉구했음.

열째 황자 윤아가 건강상 이유를 들어 북경으로 돌아올 의사를 밝혔으나 지의는 이를 거절했음.

유홍도가 하도河道를 소통시키기 위한 공사에 착수함. 민공民工 만 명을 집결시키고 재정 지원을 요청했음.

홍력은 여러 제목들 중에서 양명시 사건에 대한 부분을 눈여겨봤다. 운남성 이해洱海(호수 이름) 확장 공사를 위해 사사롭게 염세를 징수했다는 탄핵안이었다. 그에 따른 양명시의 반론 주장은 첨부돼 있지 않았다. 상당히 머리 아플 사건이 될 소지가 다분했다. 실제로 그는 머리가 지끈지끈 아파오는 기분을 느꼈다. 그가 그렇게 복잡한 머리를 미처 식히기도 전에 형부의 여정의勵廷儀가 들어왔다. 이어 문안 인사를 올렸다. 홍력이 어서 일어나라고 한 다음 물었다.

"성지에 따라 증정이 자백을 곧잘 하는 것 같던데, 또 무슨 일이 생기기라도 한 건가?"

"신이 넷째마마를 뵙고자 한 것은 그 때문이 아닙니다."

허리를 곧게 펴고 앉은 여정의는 영락없는 서당 선생의 모습이었다. 손으로 입을 가리고 가벼운 기침을 하고는 목청을 가다듬은 뒤 입을 열었다.

"부部에서는 이제 곧 이불 등을 사형에 처할 것이라고 합니다. 이불이 죄가 있는 것은 사실이나 죽을죄까지 지은 것은 아니라고 생각합니다. 때문에 용기를 내서 넷째마마를 알현하기로 했습니다. 부디 폐하께서 생각을 고치실 수 있도록 마마께서 간언해 주셨으면 합니다!"

여정의는 말을 마치고는 코를 훌쩍거리면서 울먹이기까지 했다. 홍력은 깜짝 놀라지 않을 수 없었다. 벌떡 일어서서 부랴부랴 관보를 뒤적이기 시작했다. 그러나 이불을 참립결에 처하기로 했다는 내용은 없었다. 그저 이불 사건의 연루자인 채정을 영구히 파면시켜 고향으로 돌려보낸다는 내용만이 있을 뿐이었다. 홍력이 고개를 갸웃거리자 여정의가 아뢰었다.

"관보에는 게재되지 않았습니다. 방금 내린 성지에서 이불 등 네 명을 오문午門에서 처형할 예정이니 미리 대기시키라고 했습니다."

홍력은 그 말을 듣는 순간 잠시나마 멍해지고 말았다. 정세가 혼란스럽기로 유명했던 명나라 때도 죄 지은 신하들을 오문 밖으로 끌어내 곤장을 안긴 경우는 있었으나 목을 벤 적은 없지 않았는가. 아바마마가 반드시 이렇게 해야만 하는 절박한 이유라도 있다는 말인가? 홍력은 계속 이상하다는 생각을 하면서 다시 입을 열었다.

"내가 창춘원에 다녀올 테니 자네는 오문으로 가서 지키고 서 있게. 내 뜻이 전달되기 전에는 사형을 집행해서는 안 된다고 하게."

홍력과 여정의는 황급히 말에 올라 각자 갈 길을 향해 채찍을 날렸다. 얼마 후 홍력은 창춘원 쌍갑문에서 말에서 내린 다음 곧바로 담녕거로 향했다. 눈 덮인 대지에 햇살이 화사하게 내려앉은 눈부신 은빛 설경을 감상할 여유도 없는 것을 보면 마음이 몹시 급한 듯했다. 그가 담녕거 앞에 다다랐을 때 안에서 옹정의 목소리가 들려왔다.

"홍력, 자네인가? 어서 들게."

실내는 어두웠다. 처음에는 아무것도 보이지 않을 정도였다. 홍력은 할 수 없이 눈이 익을 때까지 서 있었다. 그러자 옹정이 책상 앞에서 붓을 놀리고 있는 모습이 시야에 들어왔다. 양 옆에서는 교인제와 채하가 종이가 움직이지 못하도록 붙잡고 있었다. 홍력이 문후를 올리고는 일어날 생각을 하지 않은 채 입을 열려고 할 때였다. 옹정이 먼저 말했다.

"자네가 왜 부랴부랴 달려왔는지 알 것 같네. 이불과 사제세 등을 구명하고자 청원하러 왔겠지?"

옹정이 그야말로 정곡을 찔렀다. 홍력이 할 수 없이 대답했다.

"아바마마께서는 역시 신묘한 통찰력을 지니셨사옵니다! 아신은 이미 여정의를 오문으로 보냈사옵니다. 아들이 아바마마께 주청 올릴 때까지만 기다리라고 했사옵니다."

"진구, 자네 오문에 다녀오게. 여정의는 곧 양봉협도로 돌아가서 맡은 바 일에나 주력하라고 보친왕이 지시를 내렸다고 하게."

옹정은 무아지경에 빠진 듯 섬세하게 붓끝을 놀리면서 명령을 내렸다. 이어 다시 홍력을 향해 덧붙였다.

"자네는 여기에서 소식이나 기다리게."

홍력이 안 되겠다고 생각한 듯 초조한 낯빛을 보이면서 간청했다.

"제발 확답을 주십시오, 아바마마! 아니면 아신은 기다리는 내내 초조하고 불안해 속이 까맣게 탈 것 같사옵니다."

옹정이 갑자기 껄껄 웃음을 터트렸다. 이어 묘한 어조로 말했다.

"걱정하지 마시게! 짐이 목을 치는 자는 육생남과 황진국 뿐이네. 이불과 사제세는 죽을죄까지는 아니지. 짐이 그 둘을 사형장에 함께 끌어낸 것은 피비린내 나는 현장을 직접 목격하게 해서 겁을 주자는 생각에서 그런 거라고. 홍력, 자네는 몇 번씩이나 생사의 변두리에서 용케 싸워 이긴 사람이야. 학문이라는 것은 책을 몇 수레씩 읽어댄다고 해서 무르익는 것이 아니네. 진정한 학문은 현실 속에서 처절한 몸부림을 통해 익힐 수 있는 거네. 이불과 사제세로 하여금 처형 현장을 보게 하는 것은 그들에게 《사서》四書를 백 번 읽으라고 강요하는 것보다 효과가 훨씬 클 것이네!"

홍력은 어쨌거나 이불의 목숨은 건졌다는 생각에 크게 안도했다.

얼굴에도 웃음기가 조용히 퍼져가고 있었다. 곧이어 그가 옹정의 다음 말은 듣는 둥 마는 둥 하면서 서둘러 조심스럽게 아뢰었다.

"이불이 진솔하지 못하고 허영에 들떠 있다는 것은 아신도 잘 아는 바이옵니다. 사람들이 선물을 보내오면 화내는 척하다가도 정말 선물을 도로 싸들고 돌아서면 이것저것 내던지면서 짜증이 이만저만이 아니라고 하옵니다. 마음이 순수하지 못하고 헛된 명성을 쫓는 그런 부류라고 해도 좋을 정도이옵니다. 그러나 대놓고 이익을 쫓아다니는 자들에 비하면 선생이 아닌가 싶사옵니다. 그리고 찔러 넣어주지 않는 이상 자기 물건이 아닌 것에 손대지 않는 청렴한 성품은 인정해야 할 부분이라고 생각하옵니다."

옹정이 홍력의 말에 고개를 끄덕였다.

"그러게 짐이 사형대에 올리지는 않을 거라고 하지 않았는가! 그만 일어나게."

홍력이 옷자락을 툭툭 털고 일어났다. 그리고는 옹정이 붓을 날리고 있는 책상 가까이 다가갔다. 역시 옹정의 글은 용이 하늘로 치솟는 듯, 봉황이 창공을 날아가는 듯했다. 언제 봐도 우아한 멋을 잃지 않는 그의 필체다웠다. 그러나 내용을 읽어보는 순간 홍력은 깜짝 놀라고 말았다.

옹정이 쓰고 있던 것은 손가감이 주장을 올려 옹정이 크게 노했던 일명 '언삼사'言三事의 내용이었다. 홍력이 어안이 벙벙한 표정으로 여쭈었다.

"이걸 벽에 걸어둘 생각이시옵니까?"

"아니, 그저 한번 베껴봤네. 앞으로 자주 떠올리면서 내 스스로를 경계하는 글로 삼으려고."

옹정이 잠시 숨을 고른 다음 말을 이었다.

"당 태종에게는 충성심이 지극한 간언의 대가 위징魏徵이 있지 않았는가. 짐에게는 결코 위징에 뒤지지 않는 손가감이 있다네. 아침 일찍 지의를 내렸어. 손가감을 문화전文華殿 대학사大學士로 진급시키라고 했지. 관품도 두 등급 올려주라고 했어. 남들이 감히 못하는 말을 했다는 그 자체만으로도 높은 평가를 받아 마땅하네."

옹정이 잠시 붓을 멈췄다. 그리고는 뭔가를 생각하다 다시 말을 이었다.

"손가감과 이불의 근본적인 차이는 분명해. 손가감의 마음속에는 오로지 주군밖에 없어. 반면 이불은 온통 자신의 영달만을 추구해. 이기적인 생각만 한다는 것이지. 짐은 귀에 거슬리는 소리를 무턱대고 싫어하는 것은 아니네. 그저 어떤 부류의 뜻을 대변하지 않고 자기 소신껏 자기 마음속의 말을 한 것이라면 짐은 그 어떤 말이든 용서할 수 있네! 짐은 신하로부터 얼굴에 침을 뱉는 수모를 당하고도 흔쾌히 자신의 잘못을 인정한 현명한 군주인 진晉 문공文公을 따라 배우려고 하네."

옹정이 고개를 돌리더니 홍력을 향해 덧붙였다.

"자네도 진 문공의 도량을 키워야 하네. 알겠는가? 오늘 이 순간부터 자네는 태자의 흉금으로 매사를 처리하도록 하게. 신하로서는 손가감에게서 배우고, 군주로서는 짐을 표본으로 삼게!"

홍력은 옹정의 입에서 '태자'라는 말이 나올 줄은 몰랐다. 아니 꿈에도 생각하지 못했다. 그는 갑자기 자신도 모르게 가슴이 쿵쾅거리기 시작하는 기분을 느꼈다. 그가 황급히 무릎을 꿇었다.

"폐하께서는 춘추가 아직 한창때이시옵니다. 그런데 어찌 그런 말씀을 하시옵니까! 아신은 부담스럽기만 하옵니다. 저는 선제께서 태자를 너무 일찍 세우신 탓에 아바마마의 형제들 간에 수많은 파란이 일어나는 것을 보고 자란 아들이옵니다. 그러니 어찌 두려움이 앞서지 않겠사옵니까?"

옹정은 얼굴에 피곤한 기색이 역력했다. 그러나 표정은 고요한 수면처럼 평온했다. 그가 조용히 한숨을 내쉬었다.

"어제 저녁에 이곳은 밤새도록 떠들썩했다네. 홍주, 방포, 장정옥, 악이태 등은 날이 거의 밝아서야 물러갔어. 도리침이 지의를 받고 이미 암암리에 홍시를 붙잡아 따로 가뒀다네. 이 시각 주식과 손가감은 도둑의 소굴인 셋째패륵부를 수색하고 있을 거네!"

"예?"

홍력이 깜짝 놀라 반문을 했다. 두 눈이 휘둥그레졌다. 자신의 귀를 의심하는 듯했다. 그는 지금 상황이 마치 꿈인지 생시인지를 구분하려는 듯 힘껏 고개를 내저었다. 그리고는 도무지 믿기지 않는다는 어정쩡한 표정을 지은 채 천천히 입을 열었다.

"셋째 형님이 무슨 일로……?"

바로 그때 고무용이 주렴을 걷고 안으로 들어섰다. 홍력이 고개를 돌려서 쳐다보니 고무용은 잠이 부족한 듯 두 눈이 시뻘겋게 충혈되어 있었다. 고무용이 무릎을 꿇기도 전에 옹정이 먼저 물었다.

"황진국과 육생남은 어찌 됐는가?"

"아뢰옵니다, 폐하! 이미 목을 쳤사옵니다."

고무용의 말에 교인제와 채하가 흠칫 놀라면서 구석 쪽으로 물러났다. 옹정이 다시 물었다.

"이불과 사제세는 어떤 반응을 보이던가?"

"소인이 '이제는 전문경의 좋은 점이 보이는가?'고 이불에게 물었사옵니다. 그랬더니, 이불이 고집스럽게 고개를 저으면서 '나는 칼이 명치끝을 위협하는 한이 있어도 절대 전문경을 좋은 사람이라고 생각하지 않사옵니다'라고 대답했사옵니다. 사제세의 답변 역시 이불과 대동소이했사옵니다!"

고무용이 옹정의 표정을 살피면서 조심스레 아뢰었다. 옹정의 얼굴에 희비가 엇갈린 형언키 어려운 표정이 서렸다. 그는 찬란한 햇빛을 머금은 채 눈부시게 빛나는 창밖의 설경을 오래도록 응시했다. 급기야 가슴 가득 켜켜이 쌓여 있는 답답한 기운을 한꺼번에 밀어내려는 듯 깊은 한숨을 토해냈다.

"지의를 전하라. 이불은 정자를 떼어내고 직급을 박탈해 황사성으로 보낸다. 그곳에서 《팔기통지》八旗通誌 편수 작업에나 참여하라고 하게. 그곳은 방포의 관할 지역이야. 그러니 나머지는 방포가 알아서 할 것이네. 사제세는 알타이의 군중으로 보내 열심히 일을 하게 하도록 하라."

홍력이 옹정의 말을 듣더니 조심스럽게 아뢰었다.

"알타이의 군중은 이곳 중원에서 만 리나 떨어져 있사옵니다. 게다가 풀 한 포기 나지 않는 불모지이옵니다. 사제세 같은 유약한 선비가 어떻게 버텨 내겠사옵니까? 조금만 가볍게 벌할 수는 없사옵니까?"

옹정이 히죽 웃으면서 대답했다.

"자네가 생각하는 것처럼 그렇게 험악한 곳은 아니라네. 다른 성으로 보내면 짐에게 미운 털이 박혀 쫓겨난 것을 아는 지방관들이 짐에게 점수 따려고 무조건 그 사람을 괴롭힐 것이 아닌가!"

"듣고 보니 과연 그렇군요, 아바마마!"

홍력은 그제야 아버지 옹정의 깊은 뜻을 헤아릴 수 있었다. 그 자상함에 크게 감명을 받기까지 했다. 그렇게 한 가지 일이 드디어 매듭지어졌다. 홍력은 다시 홍시가 붙잡힌 사실을 떠올렸다. 기분이 묘했다.

'어제 저녁까지만 해도 광 사부란 자를 붙잡을 생각에 밤잠을 설쳤

잖은가. 그런데 하룻밤 자고 나니 주범이 이미 손에 들어와 있구나!'

세상은 진짜 요지경이라고 해도 좋았다. 그런 생각이 들자 홍력은 화제를 '태자' 쪽으로 돌려보고자 잠시 고심했다. 바로 그때 옹정이 입을 열었다.

"홍시의 일은 자네가 신경 쓸 바 아니네. 부의部議에 넘기지 않고 가법家法에 따라 처리할 것이네. 이제부터 자네가 더 바빠지게 생겼어. 군기처, 상서방, 호부, 병부를 총괄하면서 정무도 배우고 짐의 부담도 덜어주도록 하게. 짐은 자네를 수년간 지켜봤네. 달리 부탁할 것은 없고 '화근의 싹'을 미리 잘라버리는 일에 주력하면 되겠네. 짐이 자네에게 농부의 얘기를 들려줬었나? 한 농부가 새 신발을 사 신고 길을 떠나게 됐다네. 비가 내린 뒤라 땅이 질척했지. 그래도 이 정도쯤이야 하면서 신발을 신은 채로 걸었다네. 조금 걸으니 신발 바닥에 진흙이 달라붙기 시작했어. 아무리 조심한다고 해도 조금 더 가니 어느새 발등까지 흙탕물이 튀었지. 결국 그는 새 신발을 포기한 채 마구 걷기 시작했다네. 물웅덩이도 그냥 건너고. 그렇게 해서 마을에 도착했을 때는 신발이 온통 흙투성이였다네. 홍시도 원래는 이 농부처럼 새 신발을 신고 있지 않았겠나? 누구도 그에게 새 신발을 신고 흙탕물을 첨벙대면서 걸으라고 강요한 사람은 없었지. 하지만 홍시는 스스로 자신을 귀신도 사람도 아닌 흉측한 물건으로 전락시키고 말았어. 그렇지 않나? 짐도 어찌 괴롭지 않겠나, 누가 뭐래도 내 아들인데!"

옹정의 눈가가 촉촉하게 젖기 시작했다. 그러자 교인제가 물수건을 올리면서 위로의 말을 건넸다.

"폐하, 폐하께서는 새벽부터 지금까지 내내 눈물을 흘리고 계셨사옵니다. 그만 존체를 보존하시옵소서."

옹정이 자꾸만 흘러내리는 눈물을 닦으면서 젖은 목소리로 말했다.

"짐은 성조에 비해 슬하가 허전하기 이를 데 없지. 아들을 스물넷이나 남기신 성조에 비하면 짐은 정말 한심해. 열을 낳아 고작 셋밖에 건지지 못했어. 설상가상으로 그중에는 짐승보다도 못한 놈이 하나 끼어 있었으니, 짐이 어찌 슬프지 않겠는가! 하늘이시여……, 짐이 전생에 어떤 악업을 쌓았기에 이렇게 하십니까? 금세에는 또 얼마나 부덕했기에 이러십니까? 진짜 하늘은 왜 이렇게 짐에게 혹독한 시련을 주시는지 모르겠어."

옹정은 곧이어 아예 책상에 엎드려 울기 시작했다. 어깨가 심하게 떨리고 있었다. 궁전 안에 가득한 태감, 궁녀들은 지금껏 옹정의 매섭고 당당하면서 날카로운 면만 봐온 터였다. 그랬으니 상심에 떠는 옹정의 모습을 지켜보게 되자 저마다 눈물을 훔치지 않을 수 없었다.

얼마 후 홍력과 고무용, 교인제는 어린아이 달래듯 옹정을 설득하고는 겨우 동난각으로 부축해 옮겨 뉘었다. 그 사이에 저마다 위로의 말을 한마디씩 건네는 것도 잊지 않았다. 그게 효과가 있었을까, 눈을 지그시 감고 있던 옹정의 숨소리는 차츰 고르게 들려오기 시작했다. 많이 지친 탓에 금세 잠이 든 듯했다.

홍력은 잠들어 있는 옹정을 향해 묵묵히 절을 올리고는 물러났다. 이어 곧장 운송헌으로 향했다. 그곳에는 홍시의 근황을 알 턱이 없는 관리들이 평소처럼 모여 홍시의 접견을 기다리고 있을 터였다. 그들은 홍력이 들어서자 황급히 길을 비켜서면서 이제 곧 셋째 황자도 나올 것이라면서 서로 속닥거렸다.

그때 갑자기 장정옥이 주렴을 걷고 나오더니 홍력을 향해 절을 했다. 이어 삼삼오오 떼 지어 모여 있는 관리들을 향해 소리쳤다.

"여러분! 셋째마마께서는 건강상 이유로 운송헌의 정무를 볼 수 없게 됐네. 이제부터는 운송헌의 원주인인 넷째마마께서 정무를 보실 거네. 넷째마마께서는 운송헌뿐만 아니라 군기처와 상서방, 호부, 병부의 업무도 겸하실 것이네. 그러나 군기처와 육부에서 자체적으로 충분히 처리할 수 있는 자질구레한 사안까지 들고 와 보친왕마마를 방해하는 일은 없도록 하게. 알겠는가?"

"명심하겠습니다!"

관리들이 모두 우렁찬 대답을 하고는 홍력을 향해 깊이 머리를 조아렸다. 이어 구부정한 자세로 물러갔다. 홍력은 순간적으로 '태자'의 위치에 선 듯한 황홀한 느낌에 사로잡혔다.

홍력이 돌아서면서 뭔가 말을 하려고 할 때였다. 관리 한 명이 들어와 뵙기를 청하는 첩자를 이마 위까지 받쳐 올리며 아뢰었다.

"마마, 하관下官 진세관陳世倌이 넷째마마를 배알하고자 합니다."

그러자 홍력이 얼굴 가득 불쾌한 표정을 감추지 못하고 있는 장정옥을 향해 말했다.

"내가 강녕江寧에서 알게 된 친구인데 울보라네. 조금 있다 보게, 분명 눈물, 콧물을 짤 테니까."

홍력이 말을 마치고는 진세관에게 물었다.

"북경에는 언제 왔나? 내가 자네를 믿기 때문에 민공民工들과 하공河工의 재정을 모두 맡겼어. 그러니 잘 이끌어 나가기를 바라네. 하공의 재정은 동네잔치 떡인 줄 아는 자들이 많으니 아랫것들 단속을 잘 하라고."

진세관이 황급히 고개를 조아리고는 대답했다.

"명심하겠습니다, 넷째마마! 사실은 바로 그것 때문에 뵙기를 청했습니다. 신은 일개 선비로서 세상 물정에 어둡습니다. 자칫 하공에서 잔뼈가 굵어온 아랫것들의 작당에 넘어갈까 심히 우려스럽습니다. 하공의 재정 담당관은 넷째마마께서 호부에서 따로 구해주셨으면 합니다. 집안도둑이 훨씬 무섭다고 벌써부터 공돈으로 배를 불릴 작정을 하고 이 자리를 노리는 자들이 눈에 쌍심지를 켜고 기웃거리고 있습니다. 자칫 돈이 엉뚱한 곳으로 새서 소인의 명성을 더럽히고 조정의 일에 차질을 빚을까 걱정입니다."

장정옥은 진세관이 대화의 판을 깨버렸다고 생각하면서 몹시 불쾌해 하던 차였다. 그런데 나름 그의 됨됨이가 은근히 마음에 드는 모양이었다. 얼굴이 다시 환하게 밝아졌다.

"그래, 그 생각은 잘한 것 같네. 예전에 아기나, 색사흑의 은닉 재산을 찾아낸 귀재들이 호부에 몇몇 있는데, 그들을 보내주겠네."

진세관이 장정옥의 말이 황송했는지 바로 자리에서 일어나 고마움을 표했다. 이어 공손한 어조로 말했다.

"그렇게만 해주신다면 저는 안심하고 일할 수 있겠습니다. 업무에 밝지 못하여 자칫 조정의 일을 그르치면 어떻게 하나 걱정이 이만저만 아니었습니다."

진세관이 잠시 숨을 고르면서 말을 이었다.

"현장에 가보면 민공들이 너무 불쌍하다는 사실을 알 수 있습니다. 진흙탕에 다리가 반쯤 빠져 허우적대면서 힘겨워 하는 걸 보면 저도 바짓가랑이를 걷고 나설 때가 한두 번이 아닙니다. 일을 마치고 나면 다리에는 온통 피멍이 들어 있고……. 어제는 추위를 견디다 못해 쓰러진 민공들도 꽤 있었습니다. 하공 밥을 수십 년 먹었다는 어떤 노인은 '선제 때도 추운 이맘때 일한 적이 많았으나 고깃국과 황주黃酒 등을 잘 먹여준 덕에 거뜬히 버텨왔다'면서 그때 그 시절을 그리워하는 표정이 역력했습니다. 그래서 드리는 말씀입니다만 우리 자비로우신 넷째마마께서 이들을 가엾이 여기시어 쉬는 참에 따끈한 황주 한 사발이라도 마실 수 있도록 배려해 주셨으면 합니다. 그네들이 좀 먹는다고 해서 조정에 큰 손실이 가는 것도 아니지 않습니까?"

진세관은 하공들에 대한 얘기가 나오자 곧 소매로 눈물을 훔치기 시작했다. 그러자 홍력이 웃으면서 말했다

"이보게, 형신! 내가 진세관이 틀림없이 눈물, 콧물 쥐어짤 거라고 했지? 그러나 진세관은 백성들을 위해 울기 때문에 그 눈물이 값진 거네. 알았네, 그만 괴로워하게. 날이 풀리기 전까지 일인당 하루에 황주 두 근씩 마실 수 있도록 해주겠네."

진세관은 눈물을 뿌리면서 연신 머리를 조아리고는 정중하게 사의를 표하고 물러갔다. 홍력은 그의 후줄근한 뒷모습을 바라보면서 시무룩한 미소를 지었다. 그때 갑자기 홍력의 얼굴에서 언제 그랬냐는 듯 웃음기가 사라졌다. 문득 셋째 홍시가 떠오른 모양이었다. 그가 잔뜩 어두워진 표정으로 물었다.

"형신, 셋째 형님은 도대체 어찌된 일이오?"

"열셋째마마께서 임종할 때에 아무 말씀도 없이 그저 폐하를 향해 손가락 세 개를 펴 보이셨다고 합니다. 숨이 거의 끊길 순간까지도 말입니다."

장정옥이 잠시 말을 멈췄다가 다시 천천히 말을 이어나갔다.

"요즘에는 방포 대인이 혼자 이 일에 매달려 있었습니다. 어젯밤에도 홍주마마하고 두 분이서 밤새도록 밀담을 나눴습니다. 나중에는 신까지 불러 들어갔었습니다. 들어 보니 홍시마마가 요법妖法으로 군부君父와 형제를 해치려 했다더군요. 그 증거도 이미 확보됐고요. 태후마마의 제삿날에 번개에 맞아 죽은 번승番僧의 실체도 밝혀냈다고 합니다. 알고 보니 홍시마마가 몽고에서 특별히 불러들인 황교黃教의 라마승이었다고 합니다. 도리침이 자택을 수색해 증거물들을 대량 확보했다고 합니다. 그리고 광 사부라는 자를 붙잡았는데, 곤장을 두

어 대 안기니 견디지 못하고 범행 일체를 술술 다 불었다고 합니다. 그자에게서 홍시마마와 강호의 비적들 간에 왕래한 서신도 몇 통 받았다고 합니다. 편지에는 하남성에서 넷째마마를 모해하라고 거액의 사례금을 내걸고 강도들을 사주했다는 내용이 그대로 적혀 있었다고 합니다. 그 편지를 읽어보시고 폐하께서는 혼절하시기까지 했습니다……. 워낙 엄청난 사건이었으나 그 진상이 낱낱이 밝혀지기까지는 그리 긴 시간이 걸리지 않았습니다."

장정옥은 깊은 한숨을 토해내면서 더 이상 말을 잇지 못했다. 그럴 수밖에 없었다. 그의 아우 장정로 역시 주시험관으로 있을 때 홍시의 사전 청탁을 받고 뇌물을 수수한 적이 있었으니까. 그리고 그 사건이 불거지고 나서 장정로는 나라의 인재선발 질서를 어지럽혔다 해서 사형에 처해졌다. 이후 홍시는 나 몰라라 하고 바로 숨어 버렸었다. 그런 일이 있었기 때문에 장정옥은 홍시의 말로가 은근히 통쾌하기까지 했다. 그러나 자신이 흥분한 김에 홍력에게 너무 많은 것을 말하지 않았나 하는 후회가 밀려오자 바로 입을 다물어 버렸다.

홍력이 눈을 가늘게 뜨면서 물었다.

"폐하께서 어떻게 처리할 거라는 말씀은 하지 않으셨나?"

장정옥이 고개를 저었다.

"신들이 물러날 때는 폐하께서 담담한 심경을 회복하신 것 같았습니다. 어떤 죄를 물을 것인지는 말씀하시지 않으셨습니다. 그러나 폐하의 성정으로 봐서 겉으로 담담해 보일수록 마음속에는 용암이 무섭게 끓어 넘치고 있겠죠. 그러니…… 글쎄요?"

장정옥은 더 이상 입을 열지 않았다.

"셋째 형님이 이토록 인간이기를 포기했을 줄은 정말 꿈에도 몰랐네!"

홍력이 두 눈에서 분노의 화광을 번뜩였다. 그 눈빛에서 장정옥은 홍력이 절대 홍시를 용서하지 않을 것이라는 사실을 확인했다. 장정옥 역시 홍시를 도와주고 싶은 생각은 눈곱만큼도 없었다.

45장

대의를 위해서는 아들일지라도

홍시는 하룻밤 사이에 패륵에서 죄수로 전락했다. 영문도 모른 채 한밤중에 갑자기 들이닥친 불청객인 구문제독 도리침도 '접견'하지 않으면 안 됐다. 더구나 도리침은 홍시에게 한마디 변명할 기회조차 주지 않고 성명聖命을 선포했다.

"도리침은 비밀리에 셋째 황자 홍시의 자택을 수색하라. 모든 가산을 몰수하고 홍시를 잠정 구속하라."

그 모든 일은 순식간에 일어났다. 또 도리침은 성명을 전달한 뒤 그 어떤 설명도 덧붙이지 않았다. 이렇게 해서 홍시는 구문제독아문의 아역들에게 떠밀려 여덟 사람이 메는 대교大轎에 올라 극비리에 창춘원 풍화루 서편에 있는 인적 드문 방으로 옮겨졌다. 등촉이 대낮처럼 휘황찬란하고 금빛 찬연하던 왕부에서 돌연 흙부스러기가 떨어지는 골방에 내팽개쳐진 것이다. 그제야 그는 비로소 자신이 처한 현실을 실감할 수 있었다. 홍시는 "이건 분명 꿈일 거야!"라고 외치면서 허벅지를 힘껏 꼬집었다. 그러나 생생한 아픔이 전해지는 것을 보면 분명 꿈은 아니었다.

골방은 오랫동안 방치해 두었던 듯 곰팡이 냄새가 진동했다. 그러나 온돌은 금방 군불을 땐 듯 따뜻했다. 홍시는 무릎을 껴안고 힘없이 벽에 기댄 채 깊은 생각에 빠졌다. 도대체 어떻게 이런 일이 있을 수 있다는 말인가? 어디서부터 문제가 생겼을까? 그러나 생각할수록 머릿속은 엉킨 실타래처럼 복잡해지기만 했다. 그로서는 도무지 갈피를 잡을 수가 없었다.

죽은 자는 말이 없다. 장정로 사건이 탄로가 났을 리는 만무했다. 수년 뒤에도 꼬리가 잡히지 않을 정도로 증거가 충분하지 않았으니 말이다. 설사 증거가 확보됐다 할지라도 장정옥의 소심한 성격상 몇 년이 지난 지금에 와서 갑자기 사건을 재조명할 이유는 없을 터였다.

그렇다면 융과다 그 미친개가 발뒤축을 물었을까? 하지만 그자가 미친개인 줄 다 아는 상황에서 누가 개 짖는 소리에 귀를 기울이겠는가? 융과다가 사사로이 군사를 풀어 창춘원을 습격했을 때 홍시는 윤사의 명령을 받아 움직였을 뿐이었다. 이제는 최후의 증인인 윤사도 사라진 판국에 융과다가 감히 차기 용좌龍座의 주인을 배신했을 리는 만무했다.

'그렇다면 하남성에서 홍력을 죽여 없애려던 사실이 들통 났을까? 그러나 그 일을 맡았던 사 막료는 증거 인멸 차원에서 저 세상으로 보내버린 지 이미 오래야. 그도 아니라면 내 비밀을 가장 많이 알고 있는 광청행이 그런 짓을 했을까? 그러나 광청행은 누구에게 잡혀 간 적이 없어. 오늘 낮까지만 해도 서재에서 나를 도와 문서를 작성해 줬어. 혹시⋯⋯ 도리침이 홍력과 결탁해 가짜 성지聖旨를 만들어 혼란

을 야기하려는 수작은 아닐까? 맞아, 분명 그거야!'

홍시는 고심 끝에 마지막 생각에 가장 큰 비중을 두면서 온돌 위에서 펄쩍 뛰어내렸다. 이어 신발을 꿰신고 개구멍만 한 출입문 앞에 다가가 힘껏 문을 잡아당겼다. 그러나 무겁고 소름끼치는 쇳소리만 들릴 뿐 문은 밖에서 굳게 잠겨 있었다. 어른 머리통만 한 자물쇠는 마치 악어의 주둥아리 같았다.

홍시는 당황했다. 가슴은 답답하고 숨이 차올랐다. 두려움도 갈수록 커져만 갔다. 그는 다시 온돌 위로 뛰어올랐다. 죽을힘을 다해 손바닥만 한 창문을 밀었다. 그러나 젖 먹던 힘까지 쏟아 부어도 창문은 꿈쩍도 하지 않았다. 그는 마음이 급하다 못해 분노가 치밀어 올라 쾅! 하고 주먹을 날렸다. 유리창이 깨지는 소리가 울려 퍼졌다. 동시에 그는 창살을 부여잡고 죽어라 고함을 질렀다.

"이봐, 거기 누구 없어? 이 씨 말려 죽일 놈들아, 문 열어. 나는 나가야 해. 나가서 폐하를 배알해야 한다고! 문 열어, 이 새끼들아……."

홍시는 고함을 지르다가 급기야 울먹이기까지 했다. 그러자 문을 지키고 있던 병사 한 명이 다가와 미치광이를 쳐다보듯 경멸에 찬 시선으로 홍시를 바라보면서 차갑게 내뱉었다.

"셋째마마, 정신병이라도 발작한 겁니까? 귀먹은 것도 아닌데, 무슨 소리를 그렇게 지르고 계십니까?"

"뭣이 어쩌고 어째? 너야말로 정신병자야! 너희들의 대장 도리침 그 자식이야말로 진짜 미치광이야! 왜 멀쩡한 나를 여기에 가두느냐고!"

홍시가 창문 밖으로 힘껏 가래침을 내뱉으면서 마구 욕을 퍼부었다. 병사도 그냥 지지 않았다.

"그거야 저도 모르죠. 저는 시키는 대로 할뿐이니까요. 조용히 계셔주세요. 그래야 서로가 편한 겁니다."

"이게 누구 면전이라고 감히 훈계를 하려고 들어? 나는 폐하를 배알해야겠어. 어서 도리침을 불러와!"

홍시의 고함소리가 더 높아지고 있을 때였다. 드디어 도리침이 뜰로 들어섰다. 그리고는 직접 열쇠를 열고 골방으로 들어서면서 문지기 병사를 꾸짖었다.

"자네, 셋째마마께 그게 무슨 버릇인가? 뭐야? 찻물 한 잔도, 간식 한 접시도 없잖아? 이런 빌어먹을!"

"그런 가식은 필요 없으니 당장 집어치워! 못 돼 먹은 절름발이 같으니라고! 나는 지금 자네가 가짜 성지를 만들어 나를 여기 쑤셔 박아 놓은 걸 다 알고 있어. 당장 폐하를 배알해야겠어. 그러니 나를 어서 내보내지 못하겠어? 내보내지 않으면 죽을 각오로 먹지도 마시지도 자지도 않을 테니 알아서 해!"

홍시가 악을 바락바락 쓰면서 도리침을 향해 주먹을 허공에 내둘렀다.

도리침은 과거 전쟁터에서 총탄을 맞은 적이 있었다. 그로 인해 살짝 다리를 절었다. 그에게는 그것이 가장 큰 콤플렉스였다. 그래서 누구든 '절름발이'라고 비웃는 걸 가장 싫어했다. 그런데 바로 홍시가 그 콤플렉스를 건드렸다.

순간 도리침의 턱 밑에 있는 검붉은 칼자국이 무섭게 경련을 일으켰다. 그는 북받치는 분노를 애써 억제하면서 냉소하듯 내뱉었다.

"그나마 셋째마마 대접을 받고 싶으시면 좀 점잖게 굴어주십시오. 그렇지 않고 이런 식으로 길길이 날뛴다면 미치광이 취급밖에 못 받으실 겁니다. 생각이 있는 사람이라면 밖을 좀 내다보십시오. 코앞에 바로 보이는 것이 풍화루입니다. 그 남쪽이 담녕거입니다. 셋째마마

말씀대로 내가 가짜 성지를 전달해 마마를 붙잡아 온 것이라면 어찌 감히 이곳으로 데려왔겠습니까? 정 못 믿겠으면 폐하의 성유聖諭를 보여줄 테니 직접 확인해보십시오."

도리침이 말을 마치자마자 바로 옹정의 친필 성유를 건네줬다.

순간적으로 홍시의 눈에 불안한 기색이 스치고 지나갔다. 성유를 받아들고 보고 또 봐도 그것은 틀림없는 옹정의 필체가 확실했다. 한 필, 한 획이라도 고친 흔적조차 없는 그야말로 완벽한 해서체였다. 홍시는 다시 밖을 내다봤다. 앙상한 나뭇가지들 사이로 우뚝 솟은 풍화루가 한눈에 들어왔다. 옹정은 친히 성유를 내려 맏아들인 그를 이곳 창춘원에 가둔 것이 분명했다.

처음에는 뭔가 잘못됐다면서 길길이 날뛰던 홍시는 순간 천 길 낭떠러지로 추락하는 기분을 느꼈다. 힘도 쭉 빠졌다. 얼마 후 그가 멍한 눈빛으로 주변을 두리번거리더니 말없이 방 귀퉁이에 쪼그리고 앉은 채 머리를 두 다리 사이에 쑤셔 박았다.

"셋째마마께서 음식을 드시고 싶다거나 필요하신 것이 있으시면 소홀히 하지 말게. 깨진 유리조각은 말끔히 쓸어내고 창문에는 창호지라도 발라놓게."

도리침은 가엾기도 하고 가증스럽기도 한 홍시의 모습을 경멸스러운 눈빛으로 바라보면서 병사에게 지시했다. 말을 마친 도리침은 곧 둔탁한 장화소리를 내면서 떠나갔다.

참기 어려운 적막 속에서 밤이 다가왔다. 병사는 방 안에 촛불 하나를 들여놓고 주전자의 물을 뜨거운 것으로 바꾼 뒤 철컥거리는 쇠붙이 소리와 함께 물러갔다. 골방 안은 다시 쥐 죽은 듯 고요해졌다.

홍시는 장시간 쪼그리고 앉아 감각을 잃은 다리를 움찔거리면서 뜨거운 물 한 잔과 과자 두 조각을 먹었다. 한결 기운이 나는 것 같았다. 그러나 일이 이 지경에 이른 만큼 달리 뾰족한 해결책도 없는 듯했다. 차라리 그럴 바에야 모든 것을 하늘의 뜻에 맡기는 것이 더 나을 수도 있을 터였다.

홍시는 담요로 얼굴을 가리고 잠을 청했다. 바로 그때 갑자기 문 열리는 소리가 들려왔다.

홍시는 담요를 걷고 들어온 사람을 쳐다봤다. 놀랍게도 그는 다름 아닌 옹정이었다. 그 옆에는 열쇠를 든 도리침이 서 있었다.

"자네는 물러가 있게."

옹정이 도리침에게 명령했다. 이어 도리침이 물러가기를 기다렸다가 홍시에게 다가갔다. 그리고는 뭐라고 형언할 수 없는 복잡한 표정으로 홍시를 물끄러미 내려다봤다. 한동안 아무 말도 없었다.

홍시의 안색은 창백해져갔다. 약간의 충격에도 기절할 것처럼 몸이 부들부들 떨렸다. 푹 꺼진 두 눈에서는 귀신불 같은 빛이 새어나오고 있었다. 코를 벌름거리는 것이 당장 울음이 터질 것 같았다. 또 입 끝을 치켜 올리는 모습은 옹정을 비웃는 것 같기도 했다.

한참 후 홍시가 엎드려 고개를 조아렸다. 그리고는 떨리는 목소리로 아뢰었다.

"아들의 무례를 용서해주시옵소서. 경황이 없어 뒤늦게야 문후를 올리옵니다."

홍시의 목소리는 가늘게 떨렸다. 웅크린 등도 미세하게 떨리는 것 같았다. 옹정이 다소 주저하더니 천천히 입을 열었다.

"그만 일어나게. 앉아서 얘기하지."

옹정이 말을 마치고는 가부좌를 틀고 온돌에 앉았다. 그의 말투는 생각했던 것보다 그리 매섭지 않았다. 아니 어조가 오히려 평소와 달리 부드러웠다. 홍시는 다소 안심한 듯 몸을 일으켜 문어귀에 있는 걸상에 앉았다. 다시 옹정의 메마른 목소리가 울려 퍼졌다.

"자네의 말투를 들으니 아직 죄를 절실히 뉘우친 것 같지 않군. 여기 갇혀 있는 것이 무척이나 억울한가 보네?"

"그렇기는 하옵니다. 아신은 대체 어찌된 영문인지 모르겠사옵니다. 그러나 우레, 번개, 이슬, 비 모두 넓고도 넓은, 깊고도 깊은 황은皇恩이 아니겠사옵니까? 아신은 그저 궁금할 뿐 원망하는 마음은 추호도 없사옵니다."

하지만 홍시의 얼굴은 자신의 말과는 달리 수심으로 얼룩져 있었다. 그가 잠시 멈칫하더니 다시 말을 이었다.

"아신은 천성적으로 아우들보다 총명하고 영민하지 못해 본의 아니게 종종 실수를 하고는 하옵니다. 그러나 폐하를 존경하고 아우들을 사랑하는 마음은 항상 가슴에 가득하옵니다. 맹세코 흑심을 품은 적은 없사옵니다!"

"없다고 말했나? 자네는 이 지경에 이르렀음에도 불구하고 뻔뻔스럽게 거짓말을 하고 있어!"

옹정이 홍시의 말에 버럭 화를 냈다. 그러더니 온돌에서 내려서려다 말고 도로 눌러 앉으면서 섬뜩한 목소리로 물었다.

"팔왕의정 사건 때 자네는 어떤 역할을 했지? 또 자네 열여섯째 숙부 윤록과 진학해 등에게 무슨 말을 어떻게 흘리고 다녔지?"

홍시는 옹정이 '팔왕의정'이라는 케케묵은 옛날 장부를 들추는 순간 약간 당황하기는 했다. 그러나 그렇게 걱정하지는 않았다. 하지만 자신이 비밀리에 진학해 등을 접견한 사실까지 까밝혀졌을 때는 금세 낯빛이 하얗게 질리고 말았다. 우려했던 일이 결국 터졌다고 할 수 있었다. 그는 잔뜩 주눅이 든 채 기어들어가는 목소리로 대답했다

"그건 오래 전 일이라 기억이 가물가물……."

옹정이 대뜸 그의 말허리를 잘라버렸다.

"자네가 '팔왕의정은 까마득한 선대 때부터 내려온 조상들의 지혜의 산물이다. 다 같이 들고 일어나 폐하께 그 정당성을 일깨워주는 것도 나쁘지 않다'라고 말했다면서? 그리고 또 '선제와 폐하 모두 성명한 천자이기는 하나 만에 하나 후세에 혼군이라도 나타날 때에는 팔왕의정 제도가 있어야 혼군의 존폐를 결정할 것이 아니냐'라는 말도 했다고 하던데? 자네가 진짜 그런 허튼소리를 내뱉었는가?"

옹정은 놀랍게도 홍시가 진학해와 은밀하게 나눴던 대화의 내용까지 모두 알고 있었다. 홍시는 자신의 죄가 여과 없이 들통 났다는 사실에 충격을 받은 듯 고양이 앞의 쥐처럼 오들오들 떨기 시작했다. 하지만 그렇다고 해서 순순히 잘못을 시인하고 모든 것을 자백할 수는 없는 노릇이었다. 그가 애써 정신을 가다듬은 채 변명을 했다.

"아신이 그 당시 생각이 좀 짧았던 것 같사옵니다. 조상님들이 만드신 제도를 복원시키는 것은 무조건 정정당당한 일이라고만 생각했사옵니다. 그래서 그런 어리석은 발언을 하고 다닌 것 같사옵니다. 아바마마께서 지적해 주시지 않으셨다면 아신은 이 순간까지도 그것이 잘못된 처사라는 것을 모르고 있었을 것이옵니다……."

옹정이 바로 냉소를 흘리면서 준엄하게 홍시를 꾸짖었다.

"그야말로 교언영색巧言令色이 아닌가! 감히 짐과 술래잡기를 하겠다는 건가? 자네는 누구에게도 말 못할 속셈을 가지고 있었지. 그자들을 북경에 데려온 것도 자네고, 팔왕의정을 종용한 것도 자네였어. 그중 예친왕睿親王이 자네의 뜻에 동조하지 않는다고 해서 그를 멀리 북경 근교의 노하 역관에 머물게 하지 않았는가? 자네는 자나 깨나 홍력이 태자 자리에 오를까 봐 걱정했지. 그러나 당당하게 홍력과 겨룰 자신은 없었어. 그래서 궁여지책 끝에 팔왕들을 수중에 넣으려고 했어. 팔기병의 세력을 빌려 섭정왕 자리에 앉으려고 했지! 자네는 홍력을 질투했던 것이지? 그렇지 않은가?"

"그건 아니옵니다, 절대 아니옵니다! 아신이 아무리 못났다고 해도 어찌 아우를 질투할 수가 있겠사옵니까?"

홍시가 고개를 들어 옹정을 바라보면서 황급히 두 손을 마구 저었다.

"질투를 하지 않는다고 했나? 그래, 질투하지 않았다고 치지. 그렇다면 자네, 말해보게. 전에 있던 사씨 성을 가진 막료는 지금 어디 있나? 그는 산동, 하남 등지를 돌면서 무슨 일을 하고 다녔는가?"

옹정이 차갑게 쏘아 붙였다. 이쯤 되면 홍시로서는 경악과 공포에 떨지 않을 수 없었다. 그는 날카롭게 꽂히는 옹정의 서슬 푸른 눈빛을 피해 고개를 숙였다. 걸상 모퉁이를 꽉 잡은 손등이 하얗게 변했다. 한참 후에야 그가 혼잣말로 중얼거리듯 말했다.

"무슨 뜻인지 잘 모르겠사옵니다, 아바마마. 저의 왕부에 사씨 성을 가진 막료가 있기는 했사옵니다만 결핵으로 죽은 지 이미 오래됐사옵니다……."

"결핵으로 죽은 게 아니지! 비적들을 끌어 모아 두 번씩이나 홍력을 추적해 죽이려고 했지. 그런데 두 번 다 실패하자 자네가 사 막료를 죽여 증거를 인멸한 것이 아닌가? 그 입 처들고 항변하려 들지 말게. 자네의 또 다른 막료 광씨는 사 막료의 전철을 밟을까 두려워 어제 오후 자네 명의로 된 전당포의 돈을 챙겨 도망가다가 도리침에게 덜미를 잡혔어. 그 친구는 자네처럼 뻔한 거짓말로 사람의 진을 빼는 그런 구제불능은 아니더군. 자네가 짐과 홍력을 상대로 저지른 모든 죄악을 순순히 다 털어놓았어. 지난번 벼락에 맞아 금수하金水河에 떠올랐던 번승番僧도 자네가 짐을 모해하기 위해 몽고에서 특별히 불러온 자라면서?"

옹정의 쉰 목소리는 마치 깊은 땅굴 속에서 들려오는 것 같았다.

"이는 분명히 홍력이 아신을 모함하기 위해 꾸며낸 것이옵니다. 아바마마께서 저에게 운송헌의 정무를 맡기시니 질투심에 사로잡혀 저를 해치려고 음모를 꾸민 것이 틀림없사옵니다."

홍시가 갑자기 발악을 하면서 길길이 날뛰었다

"됐네! 언제까지 뻔한 연극을 꾸밀 텐가? 자네는 홍력의 발뒤꿈치에도 못 따라갈 치졸한 인간이네. 홍력은 자네의 치졸한 근성을 잘 알면서도 형제의 정을 따져 어떻게든 자네를 구해주려고 짐 앞에서 좋은 말만 골라서 하더군. 그런데 자네는 그런 아우를 모함한다는 말인가? 자네는 정말 대단히 훌륭한 사람이군! 자네는 융과다에게 약점이 많이 잡혀 있지. 그러니 흙 포대를 등에 지워 얼른 죽여 버리지 못해 안달했지. 또 아기나가 궁지에 몰려 자네의 비리를 불어버릴까 봐 그자의 가인들을 전부 유배 보낸 것이 아닌가? 일부러 아기나가 제때에 치료를 못 받아 죽게 된 것으로 만들어 짐에게 아우를 죽였다는 악명을 뒤집어씌운 것이지……."

옹정이 어처구니없다는 듯 냉소를 머금었다. 이어 다시 고함을 지르듯 홍시를 질타했다.

"자네, 그러고도 사람이라고 할 수 있는가? 하늘이 너무나도 귀한 인두겁 한 장을 낭비했군! 사람이 짐승과 다른 것은 오륜五倫이라는 것이 있기 때문이네. 즉 부자유친父子有親, 부부유별夫婦有別, 장유유서長幼有序, 군신유의君臣有義, 붕우유신朋友有信이 있다는 말이야. 그런데 자네는 반 푼어치의 인륜도 없으니 어찌 인간이라 할 수 있겠는가!"

홍시는 더 이상 변명할 기운이 없어 무너지듯 쓰러졌다. 옹정의 말은 마디마디가 우렛소리처럼 그의 가슴을 때렸다. 또 구구절절 날카로운 송곳이 되어 그렇지 않아도 오그라든 그의 마음을 마구 찔렀다. 그는 마치 물에 빠진 사람이 지푸라기라도 구하듯 황황한 눈빛으로 주위를 두리번거렸다. 그러나 방 안에는 희미한 촛불과 차가운 표정의 황제밖에 없었다.

한참 후 절망에 빠진 늑대의 비명 같은 울음소리가 터졌다. 홍시가 눈물을 흘리면서 애원을 했다.

"아바마마, 부디 목숨만 부지하게 해주십시오. 이 못난 아들이 새롭게 거듭 날 수 있도록 한 번만 살려 주십시오……."

홍시는 눈물범벅이 돼 무릎걸음으로 벌벌 기면서 옹정에게 다가갔다. 제발 살려달라고 두 손을 싹싹 비벼댔다. 아들의 그런 불쌍한 모습을 내려다보는 옹정의 두 눈에도 어느새 눈물이 맺혔다.

'이 아이는 내가 살아오면서 힘들었던 순간마다 삶의 활력소가 됐어. 희망이 됐던 존재였어. 나는 이 아이가 옹알이하는 것을 보면서 웃었어. 이 아이가 아장아장 걸음마 하는 모습을 보면서 즐거워했지. 언제인가 목마를 태웠더니 어깨 위에다 뜨끈한 오줌 세례를 안긴 적도 있었지. 그럼에도 보기만 해도 즐겁고 예쁘기만 하던 자식 새끼였어. 그러던 아이가 어느새 장성해 애비와 아우를 죽여 없애려 해.'

홍시의 악행을 생각하자 옹정의 마음은 순식간에 싸늘하게 얼어붙고 말았다. 눈물도 흔적 없이 자취를 감췄다. 옹정의 표정은 곧 결연해졌다. 마치 이 역자逆子를 용서한다는 것은 천리天理와 인정人情에 모두 위배된다고 생각하는 것 같았다. 후세의 평판은 차치하더라도 당장 장정옥, 악이태 등 가까운 신하들이 옹정을 대공무사大公無私한 황제가 못 된다면서 비난할 수도 있을 터였다. 그렇게 되면 옹정은 앞으로 그들 앞에서 '정대광명'正大光明을 논할 수조차 없게 될지도 모를 일이었다. 그것은 곧 스스로 자기 뺨을 때리는 것과 다를 것이 없을 테니 말이다.

옹정은 아들의 불쌍한 모습 앞에서 잠깐 마음이 흔들리기는 했으나 이내 마음을 추슬렀다. 이어 생각을 굳힌 듯 천천히 입을 열었다.

"사내가 일을 저질렀으면 당당하게 책임을 져야지. 왜 울고불고 꼴사납게 구는가? 어서 일어나게!"

"예, 아바마마! 가르침을 내려주시옵소서, 아바마마……."

홍시가 비실비실 기다시피해서 겨우 일어났다. 이어 휘청거리면서 자리로 돌아가 앉았다. 구차할 정도로 흉한 몰골이었다. 옹정이 느릿느릿 입을 열었다.

"자네는 군부와 아우를 음해하려 한 분명한 죄의 증거를 남겼어. 때문에 《대청률》에 따라 능지처참의 형벌에 처함이 마땅하네. 달리…… 달리 벌할 방법이 없네. 그런데 짐이 생각해보니 자네를 부의部議에 넘기면 또다시 세상이 시끌벅적해질 것 같네. 자네가 죽어야 하는 것은 변함이 없으나 많은 사람들을 연루시키기는 싫네. 가문의 흉을 온 천하에 공개해봤자 짐만 더 처참해질 테니까 말이야. 그래서 짐은 자네를 체포할 때도 비밀에 부칠 수밖에 없었네."

홍시는 설마 아버지가 아들을 능지처참에 처할까 생각하는 듯했다. 얼굴에는 희망의 빛도 어려 있었다. 곧이어 그가 감격 어린 시선으로 옹정을 바라보면서 나지막한 목소리로 말했다.

"아바마마의 넓은 아량과 사랑에 감사드리옵니다."

옹정이 속으로 깊은 한숨을 토해내면서 온돌에서 내려섰다. 이어 홍시에게 등을 돌리더니 단호한 어조로 말했다.

"은혜를 안다니 다행이군! 자네의 죄악은 십악十惡에 속하는 만큼 절대 용서받을 수 없네. 다만 짐과 이 나라의 체통을 고수하기 위해서라도 상서방, 군기처와 상의하여 결정하면 했지 부의에 넘겨 공개적으로 처형하지는 않을 것이네."

"하오면…… 아바마마께오서는 이 못난 아들을…… 감금형에 처하실 생각이시옵니까?"

"……"

"아니면 악종기의 군중으로 보내…… 죗값을 치를 때까지 일하게 하실 생각이시옵니까?"

옹정은 여전히 고개를 저었다.

"군중에는 아무나 보내는 줄 아나? 군중에 보내려고 해도 보낼 명분이 없네."

"그러면 아들은 삭발하고 깊은 산중으로 들어가 천년고불千年古佛 아래에서 죽을 때까지 참회하는 수밖에……."

옹정이 홍시의 말이 채 끝나기도 전에 홱 몸을 돌렸다. 어두운 촛불 탓에 그의 표정은 잘 보이지 않았다. 그러나 유난히 무거운 말투는 듣는 사람으로 하여금 숨이 막히게 만들었다. 그가 다시 천천히 입을 열었다.

"그래도 죽고 싶지는 않은가 보군? 살아 있으면서 죗값을 치르는 쪽으로만 생각하는 걸 보니? 자네 신분에 어느 절에서 감히 받아주겠나? 참회라는 미명하에 목숨을 부지하고 싶겠으나 언제인가는 들통나게 돼 있다는 걸 왜 생각 못하나? 가뜩이나 상심에 겨워 있는 이 늙은 애비에게 다시 치욕을 안겨주고 싶은가? 길게 말할 것 없네! 자네에게 자결을 권유하네!"

"아바마마!"

홍시는 기절초풍할 듯 놀랐다. 황급히 무릎걸음으로 다가와서는 옹정의 다리를 껴안은 채 눈물을 비 오듯 쏟았다. 마치 그것이 생명줄이라도 되는 듯 옹정의 다리를 껴안은 팔을 좀처럼 풀지 않았다. 그가 다시 하소연을 하기 시작했다.

"아바마마……, 아들이 죽을죄를 지었사옵니다. 입이 백 개라도 할 말이 없사오나…… 아바마마는 슬하가 허전하시온데, 아들이 죄를 짓고 죽으면 손자들은 어찌 살겠사옵니까……."

"이제야 거기에까지 생각이 미쳤는가? 너무 늦었네."

애걸복걸哀乞伏乞하는 홍시의 두 눈은 또다시 눈물로 범벅이 됐다. 그러나 옹정의 표정은 추호의 흔들림도 없이 결연했다. 구질구질하게 목숨을 구걸하는 아들이 가엾기는커녕 경멸스럽기만 한 듯했다. 옹정이 차가운 표정으로 내뱉었다.

"짐은 더 이상 자네 얼굴을 보고 싶지 않네. 이런다고 짐의 마음이 돌아서리라고 기대하지 말게. 길게 시간을 내줄 수 없으니 오늘 저녁에 서둘러 떠나도록 하게. 가인들과 자식들은 연루시키지 않을 테니 걱정하지 말게. 마지막 남은 부자간의 정을 생각해서라도 좋게 말할 때 짐의 말을 듣게. 짐에게 자네의 마지막 얼굴을 보여주지 말았으면 하네. 짐이 친히 걸음을 한 것도 자네에게 큰 은혜를 베푸는 것이라네."

잠시 쉬었다가 다시 입을 연 옹정의 말투는 침통했다.

"호랑이는 아무리 지독해도 자기 새끼는 잡아먹지 않는다고 했네. 그러니 이런 결정을 내려야 하는 짐은 얼마나 고통스럽겠나? 당장은 짐이 죽도록 원망스럽겠으나 아마 살아있는 것이 죽느니보다 못하다는 생각이 들 것이네. 살아서 무슨 면목으로 짐과 홍력을 마주하고, 무슨 체면으로 왕공대신들 사이에 서 있겠나? 차라리…… 스스로 목숨을 끊는 것이 그동안의 죄를 깨끗이 씻어내고 세인들에게 진정으로 용서를 구하는 자세이지. 잘 생각해보게!"

말을 마친 옹정은 홍시의 두 팔을 힘껏 뿌리치고는 무거운 발걸음을 옮겨 밖으로 나왔다. 이어 문어귀에 서 있는 도리침에게 명령을 내렸다.

"자네는 셋째의 물건을 잘 챙겨줘. 주안상을 풍성하게 마련해 들여보내도록 하게!"

도리침은 혼자 옹정을 따라 나왔으므로 황제의 신변을 책임지는 경호원이라고 할 수 있었다. 당연히 문가에 바싹 붙어 방 안의 동정에 귀를 기울여야 했다. 그로 인해 부자간의 대화도 빠짐없이 다 들었다. 가슴이 떨리고 정신이 혼란스러울 수밖에 없었다. 정신을 차리지도 못했다.

도리침이 한참 후에야 겨우 화들짝 놀라면서 대답했다.

"예, 폐하! 지의를 받들어 임무를 수행하도록 하겠사옵니다."

이제 상황은 모두 끝났다. 홍시는 땅바닥에 쓰러져 미동도 하지 않고 있었다. 도리침은 그를 내려다보면서 서둘러 동아줄과 칼, 그리고 약주藥酒를 준비했다.

홍시는 부지런히 들락거리는 도리침을 멍하니 바라만 볼뿐 별 말은 하지 않았다.

옹정이 납덩이처럼 무거운 발걸음을 겨우 옮겨 담녕거로 돌아왔을 때는 자시子時가 다 된 시각이었다. 주위는 조용했다. 청범사의 종소리도 잠이 든 것 같았다. 그저 무거운 오포午砲 소리만이 긴 여운을 남기면서 성 안에 울려 퍼지고 있었다. 물론 궁전에 가득한 태감과 시녀들은 옹정이 아직 침수에 들지 않은 상태라 등촉을 대낮처럼 밝혀놓고 시립한 채 조용히 옹정을 기다리고 있었다.

장오가와 유철성의 부축을 받으면서 들어온 옹정의 얼굴에 화난 표정은 찾아볼 수 없었다. 그제야 궁인들은 저마다 가슴을 쓸어 내렸다. 몇몇 나이 든 태감들은 역시 경험 많은 사람들답게 옹정의 옷을 벗겨주고 부축한 다음 온돌에 걸터앉도록 했다. 채하, 채운이 더운 물수건을 올리자 옹정이 손사래를 치면서 명령을 내렸다.

"한밤중에 등촉을 대낮처럼 밝혀놓으면 눈이 부셔 어떻게 잠을 청하겠는가? 촛불 두 개만 남겨 놓고 전부 끄도록 하라. 짐이 발을 담그고 있는 동안 인제, 채운, 채하만 남아 시중을 들면 되니 나머지는 들어가 쉬도록 하라."

사람들은 서둘러 물러갔다. 교인제는 옹정을 마주하고 앉은 채 자수를 놓기 시작했다. 또 채운과 채하는 더운 물로 옹정의 발을 열심히 닦아주기 시작했다.

"후유……!"

한참 동안 침묵이 흐른 뒤 옹정이 긴긴 한숨을 토해냈다. 촛불을 응시하는 두 눈에는 수심이 가득 차 있었다. 교인제는 분위기가 심상치 않다고 생각한 듯 자수틀을 내려놓고 옹정의 등 뒤로 가서는 무릎을 꿇고 앉은 채 가볍게 등을 두드려 주었다. 이어 부드러운 목소리로 물었다.

"폐하, 심정이 많이 무거워 보이시옵니다. 말씀이라도 하시면 조금 가벼워지지 않을까 하옵니다."

"짐도 그렇게 생각하네. 그러나 마땅히 할 말이 생각나지 않네. 솔직히 성조께서 계실 때 짐은 고개를 갸웃한 적이 많았네. 매사에 그렇게 유능하신 분이 어찌 자식새끼 하나를 마음대로 하지 못하실까 하고 말이네……. 참으로 어리석고 건방진 생각이었지. 지금은 그 어려움을 알 것 같네. 짐은 셋밖에 안 되는 아들들도 제대로 간수하지 못했으니 성조의 발뒤꿈치에도 못 미치지. 짐은 방금 홍시에게 죽음을 명하고 오는 길이네."

옹정이 내리 깔았던 눈꺼풀을 밀어 올리면서 말했다. 순간 채운과 채하가 손을 멈추고는 눈이 휘둥그레진 채 옹정을 뚫어지게 쳐다봤다. 교인제도 놀라기는 마찬가지였다. 등을 두드리는 것도 잊은 채 맥을 놓고 멍하니 앉아 있다가 깊은 한숨을 내쉬었다.

"이년들이 끼어들어 왈가왈부할 바는 못 되오나 아무리 죽을죄를 지었다고 해도 어쨌든 폐하의 아들이옵니다……."

"그게 어디 아들이라고 할 수 있나, 올빼미(불길한 징조를 뜻함)라고 해야지! 자네는 짐이 왜 아들을 죽여야만 하는지 알고 있지 않은가! 어찌 굴러먹은 인간이 인륜이라는 것이 털끝만큼도 없느냐 이 말이지……."

옹정이 발바닥을 마주 비비면서 내뱉듯 말했다. 이어 갑자기 턱밑이 얼얼해진 느낌이 드는지 손으로 만져보았다. 아니나 다를까, 늘 뾰루지가 나던 자리에 또 큼직한 것이 하나 올라와 있었다. 옹정이 습관적으로 가사방을 부르려다 윤상의 유언을 떠올리고는 이내 말꼬리를 돌렸다.

"고질병이 발작했군. 조금 쉬면 괜찮아질 거네. 여기는 인제만 있으면 충분하니 자네들은 그만 물러가게."

옹정은 채하와 채운이 물러가자 교인제에게 몸을 맡긴 채 눈을 지그시 감고 말했다.

"이보게, 인제!"

"예, 폐하……."

"짐이 너무 지독하지?"

"그렇게 말하는 사람도 있사오나 소녀는 그렇게 생각하지 않사옵니다. 폐하께서는 성정이 지나치게 맹렬하시어 그릇된 것을 간과하시지 못하는 경향은 있사오나 마음 깊은 곳은 따뜻한 분이옵니다."

옹정이 여전히 눈을 감고 있었다.

"자네는 짐을 어찌 그리 잘 아나? 성조께서 말년에 건강이 따라주지 않아 정무에 힘쓸 수 없으셨기 때문에…… 천하의 이치吏治는 부패하기 이를 데 없었지. 짐이 이 퇴풍頹風을 바로잡지 못한다면 우리 대청은 건국 팔구십 년 만에 대란을 맞은 원나라의 전철을 밟게 될 것이야. 짐의 자리는 참으로 힘든 자리야. 군주라는 이름으로 고생을 밥 먹듯 해야 해. 아무리 잘하려고 노력해도 죽은 뒤 무덤에 침을 뱉는 자가 없으면 다행이라고 생각해야지. 짐이 증정에게 조서詔書를 내려 몇 가지 답변을 받아낸 것도 세인들에게 짐의 마음을 전달하기 위해서네."

교인제가 옹정의 말을 받았다.

"소녀는 그런 것은 잘 모르옵니다. 알고 싶지도 않사옵니다. 폐하께서 그렇게 하셨다면 반드시 그럴 만한 이유가 있었을 것이라고만 생각하옵니다."

"우리 대청은 명나라 주朱씨의 천하를 빼앗은 것이 아니네. 오히려 주씨를 대신해 이자성李自成을 멸망시키고 도적떼의 손에서 강산을 도로 찾아온 것이지. 짐은 천하의 백성들에게 이 사실을 다시 한 번 알려주고자 하네. 그리고 변방 소수민족들 중에서도 얼마든지 성군聖君이 나올 수 있다는 점과 짐이 아기나와 색사흑을 죽이면서까지 이치 쇄신에 목숨을 건 이유도 분명히 알려주려고 하네! 짐은 전력을 다해 대청의 기반을 공고히 하고자 필사적으로 몸부림치고 있건만……, 아들이라는 자는 외부 세력들과 결탁해 애비와 아우를 죽이려고 머리통을 쥐어짜고 있었다니……. 모두들 짐을 인정사정 보지 않는 비정한 군주라고 욕을 하지. 그러나 다른 자들은 짐의 목을 옥

죌 때 언제 인정사정을 보던가?"

옹정은 아들 홍시에 대한 얘기가 나오자 다시 목이 메는지 눈물을 흘렸다. 교인제 역시 눈물을 글썽이면서 더운 물수건을 가져다 옹정의 얼굴을 닦아주었다. 가까이 다가온 그녀의 몸에서는 향기로운 내음이 풍겼다. 그녀는 가냘프게 보여도 안아 보면 성욕을 주체할 수 없게 만드는 풍만한 몸매를 지닌 여자였다. 옹정은 그녀와 진한 사랑을 나눠본 적이 있는 터라 고집스레 우뚝우뚝 일어서는 남성을 달랠 길이 없었다. 급기야 불타는 눈길로 봉긋 솟은 인제의 젖무덤을 탐욕스레 노려보더니 결국 와락 그녀를 끌어안은 채 뒤로 넘어갔다. 어느새 속곳이 벗겨지고 알몸이 되다시피 한 그녀가 황급히 말했다.

"폐하, 오늘 저녁은 좀……."

"왜?"

"이곳은 폐하께서 일을 하시는 곳이옵니다. 불편하옵니다……."

"그러면 좋아. 내일 서쪽에다 편궁偏宮 한 채를 더 짓도록 하지."

"편궁이라고요? 그러면 소녀에게 무슨 계급을 내리실 것이옵니까?"

교인제가 웃으면서 물었다.

"짐은 자네를 우선 빈嬪으로 품계를 올릴 거야. 그 다음에 비妃, 귀비 순으로 올라가야지. 이건 관직과 같은 거야. 한 발 한 발 올라가야지."

옹정은 말을 채 끝내기도 전에 자신의 뜨거운 입술을 사정없이 그녀의 앵두 같은 입에 포갰다……. 어느새 한 몸이 된 둘은 음탕한 웃음소리까지 내면서 질펀하게 운우지정을 나누기 시작했다. 옹정의 숨소리는 차츰 거칠어졌다. 교인제의 입에서도 신음소리가 터져 나왔다. 이 시간만큼은 둘 다 더 이상 황제와 궁녀가 아닌 발정 난 들개들이라고 해도 좋았다. 두 사람은 거의 한 시간을 엎치락뒤치락 한 뒤 땀범벅이 된 채 저만치 나가떨어지고 말았다.

한참 후 교인제가 먼저 일어나 뒷물을 하고 돌아왔다. 이어 물수건으로 옹정의 하체를 정성스레 닦아주었다.

"이것도 너무 자주 하면…… 폐하의 건강에 해롭다고 하옵니다."

옹정이 히죽 웃음을 지어보였다.

"자네만 보면 도저히 참을 수가 없는데, 짐이라고 무슨 뾰족한 수가 있나?"

교인제가 얼굴을 붉히면서 말했다.

"그렇게 말씀하시면 소녀는 쑥스러워 몸 둘 바를 모르겠사옵니다. 이제 그만 침수 드시옵소서, 폐하."

"알았네."

옹정이 흔쾌히 대답했다. 그러나 졸음은 어느새 깡그리 사라져 버린 지 오래였다. 옹정이 다소곳이 앉아 있는 교인제의 고운 자태를 눈여겨보면서 조용히 물었다.

"자네는 짐이 왜 자네만을 고집하고 자네만을 갖고 싶어 하는지 아는가?"

교인제가 수줍게 웃었다. 그리고는 부끄럽다는 표정을 지은 채 입을 열었다.

"그거야 제가 매력적으로…… 생겨서 그렇겠죠?"

"그럴 수도 있겠지. 그러나 그게 다는 아니야. 짐의 주변에는 하나같이 미인들만 있지 않은가?"

옹정이 갑자기 벌떡 일어나 앉았다. 그리고는 무릎을 세워 껴안은 채 그 옛날의 사랑 얘기를 교인제에게 들려주기 시작했다. 옹친왕 시절 황하 치수 현장을 시찰하다가 홍수에 떠내려갈 뻔했던 일, 위기의 순간에 우연히 소복이라는 여자를 만나 사랑에 빠졌던 과거지사를 숨김없이 털어놓았다. 이어 두 사람의 사랑이 소복의 가문에 발각된 사실, 소복이 외간 남자와 정분이 나면 안 된다는 가문의 규칙을 어긴 죄로 감나무 밑에서 불에 타 죽었다는 얘기 등이 더해졌다. 옹정은 그 대목에서는 울먹이기까지 했다…….

옹정은 그후 이위와 함께 소복이 살았던 마을을 찾았다. 그러나 그녀의 흔적은 찾지 못했다. 오히려 설상가상으로 객잔에서 강도의 습격을 받은 끝에 겨우 목숨을 구해 빠져나왔다. 옹정은 그런 구구절절한 사연을 무려 한 시간이 넘도록 교인제에게 들려줬다. 그녀는 어느새 옹정의 얘기에 흠뻑 빨려 들어갔다.

얼마 후 옹정이 다시 무거운 입을 열었다.

"자네는 분명히 소복이 환생한 것이 틀림없네. 소복이 짐의 소원을 풀어주려고 이런 식으로 짐의 곁으로 다가온 것이네. 아니면 어떻게 전혀 다른 남남이 이토록 쏙 빼닮을 수가 있다는 말인가? 자네, 이제야 짐이 기를 쓰고 윤제에게서 자네를 빼앗아 온 이유를 알겠지? 도의적으로는 몰매를 맞겠으나 짐은 절대 후회하지 않네. 자네는……짐을 만난 것을 후회하는가?"

"이년도 후회는 없사옵니다. 다만 처음부터 만났더라면…… 하는 아쉬움은 있사옵니다. 이년의 고향집도 이사를 떠나고 없어졌다고 하옵니다. 그쪽에서 오는 사람들에게 몇 번이나 수소문을 해봐도 어머니와 형제들의 행방을 아는 사람은 아무도 없었사옵니다……."

교인제가 고개를 들어 칠흑같이 어두운 창밖을 하염없이 바라보면서 중얼거리듯 말했다. 그러자 옹정이 위로조의 말을 건넸다.

"그건 걱정하지 말게. 살아있다면 분명히 다시 만날 날이 있을 것이네. 이위에게 맡기면 못하는 일이 없거든!"

두 사람은 이후에도 마땅한 주제 없이 이런저런 얘기를 공 던지듯 한 마디씩 툭툭 주고받았다. 그리고는 창호지가 뿌옇게 밝아오기 시작하고서야 비로소 잠이 들었다.

그러나 옹정은 마음이 무거워 숙면을 취하지 못한 채 잠깐 눈을 붙였다가 곧 깨어나고 말았다. 이어 깊이 잠든 교인제를 깨울세라 살그머니 이불 속에서 빠져나왔다. 그리고는 바로 돌아서서 교인제의 이불깃을 꽁꽁 여며줬다.

얼마 후 옹정은 궁전 밖으로 나왔다. 인기척을 들은 고무용이 밖에서 달려 들어와 황급히 문안을 올렸다. 이어 얼어서 벌겋게 된 손을 호호 입김으로 불면서 아뢰었다.

"신은 밤새도록 궁려窮廬에 있었사옵니다. 셋째…… 아니 홍시가 오늘 새벽 축시丑時 경에 대들보에 목을 맸사옵니다. 도리침이 옷을 갈아 입혀 입관시키고 있사옵니다."

고무용은 말을 마치고 종이 한 장을 옹정에게 받쳐 올렸다.

"홍시의 절명시絶命詩이옵니다."

옹정이 고무용이 건네는 종이를 받아봤다. 깨알 같은 해서체의 시가 적혀 있었다.

망망인해茫茫人海에 수많은 어진 범부凡夫들,
묘문妙門으로 들어가는 길은 어렵기도 하구나.
날은 밝아오고 촛불은 희미한데,
저 하늘에 걸린 초승달은 누구를 향해 우는가!
서쪽으로 가는 길에 뒤돌아보니,
인생은 허무하기도 해라.
집에 있는 아이들아,

청명이 오거든 버드나무 밑에서 슬픈 시는 읊지 말거라.

"끝까지 허튼소리군!"

옹정이 조용히 중얼거리면서 손에 든 종이를 촛불에 가져다 댔다. 종이는 돌돌 말리면서 타들어 가더니 어느새 한 줌의 재가 되어버렸다. 그걸 지켜보던 옹정의 얼굴에 눈에 띄지 않는 미세한 경련이 일었다. 그는 가벼운 한숨과 함께 뒤돌아서서 궁전을 나섰다. 이어 운송헌을 향해 곧바로 발걸음을 옮겼다.

운송헌에는 장정옥, 악이태, 윤록, 윤례, 방포, 홍주와 이위 등이 모여 있었다. 홍시의 일 때문에 잠을 설친 그들은 인시寅時 무렵에 모두 창춘원으로 들어와 대령하고 있던 터였다. 그들은 옹정이 들어서자 담배연기 자욱한 가운데 일제히 무릎을 꿇은 채 문안을 올렸다.

"일어나게."

옹정이 장포 자락을 들고 홍력이 앉았던 자리에 앉았다. 이른 새벽이라 목소리가 아직 완전히 트이지 않았으나 하는 말은 똑똑하게 들렸다. 그가 다시 말을 이었다.

"홍시는 불초자식이라 살려둬 봤자 종묘사직에 득이 될 게 없다고 판단해 짐이 어젯밤에 자결을 권유했네. 이로써 가법家法과 국전國典을 바로잡을까 하네!"

좌중의 사람들은 홍시가 이미 죽었다는 사실을 그제야 알고는 깊은 숨을 들이마셨다. 옹정의 엄숙한 표정은 순간 다소 누그러졌다.

"자네들이 무슨 말을 할지 짐은 잘 아네. 그러나 짐은 하나의 저울대로 천하를 재량하는 수밖에는 없네. 주인이 줏대가 없으면 어찌 그 집안이 무게중심을 잡을 수가 있겠나."

"폐하의 대의멸친大義滅親은 실로 영명하시고 지혜로우신 판단이 아닐 수 없사옵니다. 천고의 제왕들은 아무도 폐하의 성총聖聰을 따를 수 없을 것이옵니다!"

장정옥이 가장 먼저 정신을 가다듬은 채 말했다. 평소보다 결연한 자세였다. 아마도 이번 일을 통해 이치 쇄신과 새로운 정책 보급에 대한 옹정의 결심을 읽은 듯했다. 그는 이어 이 마당에 또 무슨 위로의 말이 필요할까 싶은 표정으로 정색을 하면서 아뢰었다.

"아주 잠깐 폐하를 위해 슬퍼하고 비애에 잠겨 있었사오나 곰곰이 생각해보니 이제는 폐하를 위해 기뻐해야 할 줄로 아옵니다. 지금의 천하는 대청 개국 이래 백성들이 가장 부유하고 국고가 가장 넉넉한 시기이옵니다. 또 이치가 나날이 쇄신을 거듭하는 절호의 시기이옵니다. 수백 년간 유래를 찾아보기 힘든 태평성세이옵니다. 이는 폐하께서 조건석척하시면서 살찌우신 열매이옵니다. 그리고 항상 천하를 먼저 우려하시고 매사에 솔선수범하시는 풍절風節이 저 하늘의 일월과 더불어 퍼져 나간 결과가 아닌가 하옵니다. 지금 이대로 천하를 교화시킨다면 제 아무리 완고한 사람들이라고 한들 녹아내리지 않을 수 없을 것이옵니다. 신은 시시각각 마음의 먼지를 털어내고 일편단심 변함없는 충정을 폐하께 바칠 것을 맹세하옵니다. 폐하……, 부디 옥체를 보존하시옵소서! 신은 자나 깨나 폐하의 존체가 염려되옵니다……."

장정옥의 눈은 어느새 촉촉하게 젖어 있었다. 좌중의 사람들은 최고참 재상답게 말솜씨가 좋은 장정옥의 말을 듣고 모두 크게 감명받은 듯 고개를 떨어뜨린 채 훌쩍거리기 시작했다. 옹정은 그 여세를 몰아 한바탕 훈계를 하려고 했으나 곧바로 사족蛇足이라는 생각을 하고는 애써 웃음을 지어 보였다.

"형신의 말이 자네들 모두의 마음을 대변했다고 믿고 싶네. 모두 함께 자리한 기회를 빌려 짐이 몇 가지 정무를 다시 조정할까 하네. 자네들도 알다시피 짐은 요즘 들어 건강이 부쩍 악화됐다네. 등짐을 나눠 메고 갈 사람이 필요하네. 그래서 짐은 오늘부터 홍력을 담녕거로 불러 어좌 앞에 자리 하나를 더 만들어 같이 정무를 볼까 하네. 어비御批도 홍력에게 대필시킬 것이네. 물론 대사는 짐이 수시로 결정할 거야. 그러나 소소한 일은 모두 홍력에게 믿고 맡길 것이네. 열일곱째 아우는 젊고 유능한 데다 과거에 군사를 책임져 본 경험도 있지 않은가. 그러니 과친왕 신분으로 섭정을 해서 대내의 호위를 책임지도록 하게. 또 군기처와 상서방을 독려하는 역할도 더불어 맡아주게. 열여섯째 윤록은 홍주와 함께 내무부와 순천부를 겸해 관리하도록 하게. 이 밖에 홍주는 화친왕和親王의 작위를 세습 받아 자네 열여섯째 숙부와 열일곱째 숙부를 돕도록 하게. 나머지는 각자 맡은 바에 전력투구하는 짐의 최측근들이니 달리 변동사항은 없네. 윤필은 지금 이 자리에 없구먼. 짐의 지의를 전해주게. 짐이 가장 아끼는 막내 아우 윤필은 운송헌으로 들어와 공부를 시작하고, 틈이 나는 대로 정무에 대해 습득하는 기회를 가지라고 말일세. 말도 많고 탈도 많던 짐의 새로운 정책과 이치 쇄신 정책은 이제는 시험대를 무사히 통과했다고 볼 수 있네. 충분히 검증을 거쳤으니 이제는 호랑이나 늑대의 방해를 두려워하지 말고 과감히 밀어붙이도록 하게. 지금 당장 긴요한 정무는 세 가지가 있네. 악종기의 군사軍事, 서남부의 묘족苗族과 요족瑤族을 상대로 한 개토귀류 문제, 그리고 증정 사건을 매듭짓는 일, 이 세 가지네. 자네들은 증정 사건을 우습게 봐서는 안 되네. 짐은 이 한 권의《대의각미록》大義覺迷錄에 평생의 심혈을 농축시킬 것이네. 이 책을 천하를 교화시키는 교본으로 만들 것이네."

말을 마친 옹정이 조금 부기가 있는 얼굴을 쓸어내리면서 장정옥을 향해 물었다.

"별 이의는 없겠지?"

장정옥이 황급히 상체를 깊이 숙이면서 아뢰었다.

"정무 조정이 참으로 적절한 것 같사옵니다."

"그래, 그럼 됐네. 그만 물러들 가게."

옹정이 시원스럽게 말했다. 홍력을 제외한 사람들은 분분히 물러갔다. 옹정은 주변이 조용해지자 비로소 마음이 안정되는 기분을 느꼈다. 그러나 때를 같이 해 적막감도 밀려왔다. 그는 멍하니 서서 책상 앞에 앉아 있는 아들 홍력만 바라봤다. 마치 눈을 돌리면 홍력을 다시 못 보게 되지는 않을까 하는 걱정이 어려 있는 표정이었다.

옹정은 홍시를 그렇게 떠나보낸 뒤 겉으로는 대수롭지 않은 듯 아무런 내색도 하지 않았다. 그러나 마음속 깊은 곳에는 슬픔과 허망함이 가득 찰 수밖에 없었다. 그걸 잘 아는 홍력은 조용히 인삼탕 한 그릇을 가져다 옹정에게 받쳐 올렸다. 이어 옹정의 관심을 정무 쪽으로 옮기고자 여러 가지 화제를 꺼냈다. 악종기에게 보낼 전차가 어느 정도 만들어졌는지, 유홍도의 황하 치수 공사가 얼마나 진척이 되었는지 하는 화제들이었다. 그리고는 다시 옹정에게 다른 생각을 할 틈을 주지 않고 말을 이어갔다.

과연 정무에 대한 얘기가 나오자 옹정의 표정이 한결 밝아졌다.

"짐이 홍시 때문에 우울한 것은 아니니 걱정 말게. 짐이 홍시 때문에 괴로울 것 같으면 애당초 그리 무거운 벌을 내리지도 않았겠지. 짐은 문득 아기나 등이 떠올라 마음이 무거웠네. 그러나 어쩌겠나! 국법, 가법이 엄연히 존재하거늘 짐이 어찌 사사로운 감정에 휘말려 사정을 봐줄 수가 있겠나? 사직社稷은 천자天子라도 마음대로 할 수 없는 중기重器라는 것을 명심하게. 짐은 갈수록 기력도 떨어지고 건강이 여의치가 않네. 말년의 성조께서 건강상 이유로 몇 년 동안 정무를 소홀히 하셨기 때문에 지금 우리가 그 뒷수습을 하느라 배로 힘들지 않은가. 자네는 짐의 곁에 있으면서 짐이 그 피해를 고스란히 떠안고 허우적대는 모습을 보면서 성장했지. 그래서 하는 말인데, 짐이 성조와 똑같은 착오를 범하지 않도록 자네가 정신을 바짝 차리도록 하게."

"명심하겠사옵니다, 아바마마. 그러나 아바마마께서는 서둘러 어의를 부르셔야 할 것 같사옵니다. 예전에 열셋째 숙부께서 말씀하시기를……."

홍력이 잠시 주저하다 결연한 표정을 한 채 말했다. 그리고는 책꽂이에서 《역경》 한 권을 뽑아냈다. 이어 손바닥만 한 종잇장이 끼어 있는 갈피를 펼쳐 보였다. 옹정이 가만히 보니 '주살誅殺 가사방'이라고 적혀 있었다. 옹정이 짐짓 아무런 표정도 얼굴에 드러내지 않은 채 말했다.

"자네 열셋째 숙부가 자네한테도 말했었군. 이 일은 이위 아닌 다른 사람은 상대가 못 된다고 했네. 그러나 아직은 짐에게 가끔씩 도움이 될 것 같아. 공로가 있으면 있었지 과오는 없는 사람이니 가 신선을 없애는 것은 시기상조인 것 같네. 아무 이유 없이 사람의 목을 칠 수도 없지 않은가! 이 글을 잘 건사하게. 가사방에게 투시하는 초능력이 있을지도 모르니까!"

홍력도 웃으면서 말을 받았다.

"《역경》까지 꿰뚫어 볼 수 있는 실력이라면 우리 중 그 누구도 그를 제압할 수 없을 것입니다. 그러나 신은 여태 열셋째 숙부와의 대화를 이 송판宋板 《역경》을 통해 나눠왔사옵니다. 아직까지는 무사

한 것 같사옵니다."

옹정이 웃으면서 고개를 끄덕였다.

"어떻게 그런 생각까지 했나? 앞으로 짐도 자네에게 기밀사항을 전할 때는《역경》책을 통해 전달할 것이니 그리 알게."

그날 저녁 교인제에게 지의가 도착했다. 그녀에게 '현빈'賢嬪의 품계를 내리고 창춘원에 별궁을 지어 머물게 한다는 내용이었다.

46장

가사방을 주살하기 위한 연극

비록 명조明詔를 내려 온 천하에 공포하지는 않았으나 옹정이 홍시에게 죽음을 내렸다는 사실은 금세 퍼져나갔다. 며칠 후부터는 북경에 "홍시가 자결했다"는 소문이 파다하게 번졌다. 옹정은 몇 년 사이에 윤당, 윤사 두 아우가 죽어가도록 사실상 방치했다. 또 '국구國舅 융과다'와 셋째 형 윤지를 연금했다. 그것도 모자라 이번에는 아들까지 죽음으로 몰고 갔다. 옹정의 이런 비정함을 감히 대놓고 비난하는 사람은 없었다. 그러나 조야에서는 틈만 나면 모여서 수군거렸다.

반면 옹정의 새로운 정책에 대해 여전히 불평불만이 많던 관리들은 된서리 맞은 가지처럼 기가 팍 꺾였다. 옹정이 오직 원리원칙만 고집하고 자신에게 불복하는 자는 가차 없이 처벌한다는 사실을 제대로 알게 된 것이다. "전문경과 악이태가 성의聖意에 편승해 공로를 세우는 데만 혈안이 돼 있다"거나 "다른 사람들의 사활에는 전혀 무

관심하다" 등과 같은 소리나 하면서 옹정의 새로운 정책에 직격탄을 날리던 인간들은 모두 어디론가 꽁꽁 숨어버리고 말았다. 옹정은 말할 것도 없고 옹정의 몇몇 '모범 총독'들에 대한 비난도 완전히 사라져 버렸다.

정무政務는 이처럼 순항을 했으나 군무軍務는 여전히 고전을 면치 못하고 있었다. 특히 운남성과 광서성에서는 현지의 토사土司들이 개토귀류 정책에 크게 저항하면서 문제가 심각해지고 있었다. 무엇보다 조정에서 주현州縣에 파견한 관리들을 못 살게 굴어 쫓아내는 일이 예삿일이 되고 있었다. 때문에 그렇지 않아도 입에 풀칠하기조차 어려운 여건에서 배겨내기가 쉽지 않았던 관리들은 발령받아 내려오는 족족 얼마 지나지 않아 그대로 도망가고는 했다.

이처럼 각 주현의 아문에 주관들이 없다 보니 남아 있는 미관말직들은 있지도 않은 정부의 시책을 날조해 묘족과 요족 백성들을 착취했다. 그 때문에 민분民憤이 끊일 새가 없었다. 옹정 5년에는 현지 토사들이 묘족 백성을 동원해 아문에 불을 지르고 거리를 아수라장으로 만드는 사건도 발생했다.

이런 대규모 난동 사건은 한두 번에 그치지 않고 연쇄적으로 일어났다. 조정에서는 몇 번이나 군사를 파병해 진압하려고 했다. 그러나 산속 지형에 더없이 밝은 그들을 추적한다는 것은 사실상 불가능했다.

가장 애를 태우는 사람은 악이태였다. 운귀 지역에서 개토귀류 정책을 잘 시행해 커다란 성과를 거둔 공로로 중추부서의 고관으로 일약 신분상승을 했는데, 자꾸만 그쪽에서 일이 터지고 있으니 불안할 수밖에 없었다. 급기야 그는 다시 서남으로 돌아가 토사들을 진압하고 오겠노라고 옹정에게 주청을 올렸다. 옹정은 흔쾌히 허락했다. 악이태를 군기대신軍機大臣의 신분으로 운귀 지역에 파견해 군정을 돕도록 독려하는 결정은 바로 내려졌다. 옹정은 이외에 귀주 제독 합원생哈元生을 양위장군揚威將軍, 호광湖廣 제독 동방董芳을 부장군副將軍으로 임명해 악이태의 휘하에 편입시켰다.

악종기의 대군도 옹정 7년에 정식으로 출병했다. 대군은 북로군北路軍과 서로군西路軍 두 갈래로 나뉘어 집게 형태를 이루면서 서쪽으로 전진했다. 서로군은 악종기가 직접 진두지휘했으나 북로군은 장군 기성빈紀成斌이 인솔했다.

악종기는 출정을 앞두고 옹정에게 반드시 이길 수밖에 없는 이유를 열 가지로 정리해 올렸다. 열 가지의 첫 번째는 주덕主德이었다. 다시 말해 옹정의 조정이 덕으로 통치를 하는 탓에 정통성이 있다는 얘기였다. 다음은 천시天時(하늘의 때), 지리地利(지리적 이점), 인화人和(조정의 단결)였다. 그 외에 충분한 군량미와 마초, 용맹한 정예병, 선진화된 무기, 흐트러짐 없는 진영, 치밀한 작전, 군영 내부의 결집 등도 옹정의 조정이 이길 수밖에 없는 이유로 손꼽혔다. 악종기는 이처럼 모든 조건이 구비된 상황에서는 책령 아랍포탄을 며칠 내에 소탕하는 것은 일도 아니라면서 기염을 토했다.

옹정은 크게 기뻐했다. 급기야 악종기의 큰아들인 악예岳睿를 산동 순무로 승진 발령내리는 파격적인 은전을 베풀었다. 또 길일을 택해 친히 태화전에서 악종기를 위한 송별연도 베풀었다. 이어 악예에게 아버지 악종기를 서녕의 군중까지 배웅해주도록 했다.

서부군의 깃발이 하늘을 뒤덮고 출전을 앞둔 병사들이 의기충천해 있을 때 갑자기 악종기의 군중으로 한 통의 전보가 날아들었다. 준갈이準葛爾의 특사 특뢰特磊가 북경으로 가던 중 서녕에 들러 악종기를 만나보고자 한다는 내용이었다.

때는 옹정 9년 7월이었다. 비가 잦고 수풀이 우거진 계절이었다. 막대영에 대한 순시를 마치고 돌아온 악종기는 이 소식을 접하고는 고개를 갸웃했다. 마침 총병인 장원좌張元佐, 번정樊廷, 야대웅冶大雄 등도 옆에 함께 있었다. 갑작스런 소식에 잠시 머리가 복잡해진 악종기는 부하들의 의견을 들어볼 요량으로 입을 열었다.

"자네들 생각에는 만나보는 게 좋을 것 같은가?"

"이는 분명 시간을 벌기 위한 책령 아랍포탄의 수작입니다."

장원좌가 단호하게 말했다. 그는 윤제와 연갱요를 따라 두 번이나 갈이단葛爾丹 대칸大汗과 맞붙어 본 경험이 있는 총병이었다. 따라서 그의 조카인 책령 아랍포탄이 간사하기 이를 데 없다는 사실을 누구보다 잘 알고 있었다. 장원좌는 다른 사람들이 말이 없자 잠시 뭔가를 생각하더니 다시 입을 열었다.

"북경으로 가는 특사라면 제 갈 길을 가게 내버려두면 됩니다. 그리고 우리는 계획대로 밀고 나가면 되지 않겠습니까?"

야대웅의 생각은 조금 다른 듯했다.

"지금 우리 대군은 사기가 백배나 충천해 있습니다. 그런데 그자를 만난다면 휘하 병사들은 강화 협정을 맺는 줄 알 것입니다. 그러면 금세 사기가 떨어질 것입니다. 제 생각에는 그자를 유인해 목을 쳐버리고 우리 계획대로 움직이는 것이 어떨까 합니다."

그러나 번정은 두 사람과는 다른 주장을 펼쳤다.

"그자가 투항을 목적으로 우릴 만나자고 할 수도 있지 않은가? 그리고 아무리 적군이라고 하지만 특사는 우리가 마음대로 죽일 수 있는 사람이 아니야. 만일 폐하께서 이 일을 아신다면 어찌 생각하시겠나? 한번 만나본다고 손해 볼 것은 없을 것 같은데?"

그러자 야대웅이 말을 받았다.

"모로 가도 목적지에만 도착하면 된다고. 전쟁터에서는 오로지 싸워 이기는 것이 목적이 아닌가? 승전고만 울리면 폐하께서도 웬만한 것은 추궁하시지 않으실 거야. 이 토끼 새끼를 잡아 죽이고 개선하자고. 모든 책임은 내가 지겠어!"

몇몇 장령들의 의견이 이처럼 엇갈리자 악종기는 더더욱 혼란스러워졌다. 사실 청나라의 군중에서도 만주족과 한족 장령들 사이의 갈등은 보통이 아니었다. 너무나도 판이한 의견 차를 보이는 것이 기본이었다. 특히 만주족들은 무능한 데 비해 너무나도 거만했다. 때문에 한족들은 속으로 불만이 가득했으나 감히 나서지는 못했다.

특뢰는 누가 뭐래도 분명 명을 받들고 북경으로 황제를 배알하러 가는 특사였다. 적군의 일원이라고 해서 악종기가 중도에서 목을 쳐 버린다면 옹정이 그 사실을 묵인할 리가 없었다. 그렇다고 특뢰의 요구를 받아들여 만나준다면 병사들의 사기가 떨어질 것은 불 보듯 뻔했다. 악종기가 진퇴양난의 상황에서 한참 고민을 거듭하는 듯하더니 갑자기 단호하게 말했다.

"일단 만나보자고. 무슨 소리를 지껄이는지 들어나 보게."

악종기가 말을 마치고는 부하들을 데리고 대장군의 처소로 들어갔다. 이어 정전 서쪽에 위치한 친병들의 방에 잠시 앉아 있자 병사들이 쉰 살 정도 되어 보이는 몽고인을 데리고 들어왔다. 악종기가 대뜸 물었다.

"자네가 바로 특뢰라는 자인가? 곧 두 집 사이에 총칼을 정조준한 싸움이 벌어질 텐데, 우리 군중에는 무슨 일로 찾아왔는가?"

악종기가 말을 마치고 통역관을 바라봤다.

"아이고, 속 터져! 그 실력으로 통역관을 하시는가?"

갑자기 특뢰가 더듬거리는 통역관의 모습에 속이 터져 못 참겠다는 듯 웃었다. 그리고는 한어로 말했다.

"나는 한어를 할 줄 아오. 어머니가 한인이오. 또 장가구張家口에서 차마茶馬 장사를 하는 아버지를 따라 다니면서 한족들과 깊은 교분을 맺고 살다 보니 저절로 익히게 됐소."

특뢰는 체격이 건장하고 대춧빛의 네모난 얼굴을 하고 있었다. 첫눈에 봐도 튼튼한 전형적인 몽고 사내였다. 살아온 세월이 그리 순탄치 않았던 듯 얼굴에는 주름이 많았다. 유창한 한어 실력만으로 보면 몽고인이라는 사실을 눈치 채기가 그리 쉽지 않았다. 그는 악종기의 군영에 들어온 이후 시종일관 얼굴에 자상하고 온화한 미소를 달고 있었다. 곧이어 잠시 숨을 돌린 다음 다시 입을 열었다.

"나는 장군에게 선전포고를 하러 온 것이 아니오. 나는 전쟁을 종식시키고 평화를 만들라는 사명을 받고 왔소."

악종기가 믿기 어렵다는 표정으로 특뢰를 쳐다보았다.

"누가 당신 말을 믿을 수 있겠는가? 그동안 자네 선배들은 사탕발림 소리나 하면서 북경을 수없이 다녀갔었어. 그러나 누구 하나 진심을 얘기한 적이 없었네. 아무리 저절로 터진 입이라고 그렇게 허튼소리만 내뱉어서야 되겠는가? 거짓으로 평화의 손짓을 보내놓고는 뒤통수를 치겠다 이거 아닌가? 나는 그저 자네가 대체 어떤 물건인가 보고 싶어서 불렀을 뿐이네."

"나는 '물건'이 아니오. 나는 사람이오. 악 장군은 어찌해서 한족이 한어도 제대로 못하오?"

특뢰가 정색을 하면서 반박했다. 악종기의 부하 장령들은 특뢰의 우스꽝스러운 말에 모두 하나같이 입을 감싸 쥔 채 웃었다. 악종기의 얼굴에도 잠깐 웃음기가 스쳐 지나갔다. 그러나 곧 표정을 바꾸면서 물었다.

"누가 자네를 보냈나? 책령 아랍포탄인가?"

특뢰는 악종기의 말에는 바로 대답을 하지 않고 가만히 한쪽 팔소매를 걷어 올렸다. 아마 방 안이 너무 더워 그런 모양이었다. 이어 그가 다시 입을 열었다.

"이것 보시오, 장군! 《손자병법》에는 '지피지기知彼知己면 백전불태百戰不殆'라는 말이 있소. 그런데 유감스럽게도 장군은 우리 갈이단의 형세를 전혀 모르는 것 같소. 책령 아랍포탄은 작년 십일월에 이미 병으로 세상을 떠났소. 지금 우리 준갈이 각 부족은 갈이단 책령 대칸大汗이 권력을 장악하고 계시오. 책령 대칸은 줄곧 중앙의 통치에 예속되기를 원했소. 중화 문명을 흠모해 왔다는 거요. 그가 객이객 몽고를 지켜온 것은 중앙을 위해 튼튼한 울타리가 돼 달라는 강희 보거다칸(황제를 의미함)의 특별 조서를 받고부터였소. 그런 책령 대칸이기 때문에 이번에 표表를 올려 화해를 요청할 수 있었던 거요. 나는 평화를 지향하는 사람으로서 그분의 진심을 전하기 위해 발 벗고 나섰을 뿐이오. 먼저 우리 사이를 가로막고 있는 오해부터 풀어야 할 것 같아서 이렇게 온 거요."

"오해라고? 옹정 이 년 봄에 우리 대군에 의해 박살이 나서 도망간 나포장단증을 당신네들이 숨겨준 것이 아니라는 말인가?"

악종기가 특뢰의 말에 껄껄 웃었다. 특뢰가 지지 않겠다는 듯 즉각 대답했다.

"장군께서 반드시 아셔야 할 것이 있소. 그 당시와 지금은 정세가 다르다는 사실이오. 그 당시 우리 쪽에서는 책령 아랍포탄이 정권을 잡고 있던 시기였소. 게다가 갈이단과 아랍포탄, 나포장단증 집안은 대대로 깊은 인연으로 맺어진 사이요. 그러니 어찌 죽어가는 나포장단증을 받아들이지 않을 수 있겠소? 한족들의 말을 빌리자면 '의리'

를 지킨 거요. 그러나 나포장단증은 독사였소. 초원의 이리라고 해도 좋겠소. 살려준 은혜도 모르고 날뛰었소. 서서히 원기를 회복하자 즉시 잔여 세력을 모아 우리 책령 아랍포탄을 음해하려고 했소. 지금의 책령 대칸이 그것을 보고 격분해 나포장단증을 잡아들였소. 마침 조정과 화해를 시도하는 지금이 기회라고 생각하고 이번에 그자를 북경으로 압송해 황제께 공품으로 올리라고 하셨소. 그런데……."

특뢰가 말을 잠깐 멈췄다. 이어 미간을 찌푸리더니 눈을 크게 뜨고 있는 악종기를 향해 말했다.

"나는 나포장단증을 압송해 오는 길에 악 장군의 부대가 서진하면서 군영을 세우는 장면을 보고 말았소. 도망가는 몽고족들의 말로는 악 장군이 곧 객이객 몽고를 들이칠 거라고 했소. 우리 주인이 주군을 향한 충성을 표하기 위해 귀한 선물을 보내는데 중도에서 자칫 잘못되기라도 하면 안 될 것 아니오? 그래서 나는 나포장단증을 잠시 이리伊犁 부근에 맡겨 놓았소. 장군, 생명이라는 것은 너 나 할 것 없이 소중한 존재요. 내가 방금 했던 말을 옹정 폐하께 상주해 올렸으면 하오. 그동안 나는 인질이 되어 악 장군의 군중에 남아 있겠소. 어떻소, 장군?"

악종기는 특뢰의 말에서 이렇다 할 흠집을 찾아내지 못하고 자리에서 일어나면서 말했다.

"그렇게 하지. 내가 지금 상주하더라도 자네는 여기 보름 정도는 있어야 할 거야. 방 하나 내주고 끼니는 때맞춰 줄 것이니 허튼짓은 꿈도 꾸지 말게. 조금이라도 우리 군영의 규칙에 어긋나는 짓을 했다가는 군법이 무정하다고 원망하지 말아야 할 것이네."

악종기는 그날로 특뢰를 접견한 사실과 관련한 자초지종을 소상하게 적어 주장을 올렸다. 주장의 끝부분에는 자신의 의견을 약간 덧붙였다.

> 책령 아랍포탄의 유래 깊은 간계에 더 이상 미련을 가져서는 안 될 것 같사옵니다. 신의라고는 눈곱만큼도 없는 자들의 미사여구를 멀리 하고 당장 특뢰를 서녕 현지에서 정법에 처하도록 허락해 주시옵소서. 이로써 병사들의 사기를 진작시킬까 하옵니다. 이에 특별히 주청을 올리는 바이옵니다.

그로부터 12일 후 옹정으로부터 긴급 주비가 날아들었다.

> 싸우지 않고 무릎 꿇게 하는 것이 진정한 승리라는 것을 알아야 하네. 책령 대칸이 과연 스스로의 말대로 신하의 길을 성실하게 따르고 궐하闕下에 무릎을 꿇는다면 짐도 굳이 피바람을 몰고 올 생각은 없네. 특뢰를 북경으로 보내 짐에게 맡기도록 하게. 그리고 우리 군은 서진西進을 잠시 늦추도록 하게. 만에 하나 특뢰가 거짓말을 했을 가능성도 배제할 수는 없으니 경계를 강화하도록 하게. 작전 배치가 끝났으면 특뢰와 함께 북경으로 와도 좋네. 이상!

악종기는 전혀 내키지 않았으나 지의가 분명한 터라 울며 겨자 먹기로 따르는 수밖에 없었다. 그날 저녁 군무 배치를 마친 악종기는 수십 명의 친병들을 데리고 특뢰와 함께 쾌마快馬로 북경으로 향했다. 특뢰가 가져온 공품은 역관에서 낙타에 실어 보내주기로 했다.

악종기 일행이 밤낮없이 달려 북경에 도착했을 때는 추석 명절이 가까워오는 무렵이었다. 다행히 그해 농사는 하남, 산동, 산서성 등을 중심으로 대풍작이었다. 백성들은 금빛 물결이 출렁이는 수확철을 맞아 희망에 젖어 있었다.

북경 역시 명절 분위기에 들떠 있었다. 추석 음식인 월병月餠을 만들거나 종이 토끼를 접으면서 재신財神을 모시느라 분주했다. 성 밖에서는 울긋불긋한 단풍이 특유의 가을 색을 자랑하고 있었다. 하늘은 높고 푸르렀다. 영정하永定河의 물 역시 가슴 시릴 정도로 맑았다. 바야흐로 북경은 가장 좋은 절기를 맞이하고 있었다.

그러나 눈이 따가울 정도로 온몸 가득 먼지를 뒤집어쓰고, 다리가 퉁퉁 부을 정도로 정신없이 달려온 악종기 일행은 풍년이 든 가을 들녘을 유유자적 감상할 여유가 없었다. 북경 근교에 도착한 그날 저녁, 그들은 다소 불편하더라도 노하 역관에 머물기로 했다.

장정옥은 언제 소식을 들었는지 위로를 한다고 모습을 드러냈다. 내일 창춘원에서 특뢰를 접견할 것이라는 지의도 전해왔다. 공부 상서 유홍도, 새로 경기京畿 도대道臺로 승진한 이한삼, 예부 소속의 외번사장外藩司長 진학해도 장정옥을 따라왔다.

사람들은 수박과 포도를 먹으면서 한담을 나눴다. 수다쟁이 진학해는 손짓발짓까지 곁들인 채 각 지역의 풍작 소식을 신바람 나게 전해줬다. 잠시라도 말을 안 하면 입이 간지러운지 그 다음에는 네덜란드, 일본, 프랑스, 러시아 등의 국가에서 사절을 파견해 북경이 '만국래조'萬國來朝의 기쁨에 빠져 있다는 얘기도 했다. 아무튼 다른 사람에게는 말할 기회도 주지 않고 혼자 정신없이 떠들어댔다. 누구도 그런 그를 제지하지 않았다. 아니 오히려 하나같이 그의 얘기가 재미있다는 듯 열심히 경청했다. 아무려나 그날은 달리 의논할 현안도 없었던 터라 먼 길을 달려온 악종기를 위로하는 만남에 그쳤다.

악종기는 다음날 이른 아침 정갈하게 관포官袍를 차려 입고 특뢰와 함께 말을 달려 창춘원으로 향했다. 쌍갑문 입구에 이르자 고무용이 미리 대기하고 있었다. 고무용은 두 사람이 말에서 내리기를 기다렸다가 지의를 낭독했다.

"특뢰는 쌍갑문에서 대기하고 악종기만 안으로 들라."

악종기는 특뢰가 공손히 무릎을 꿇는 모습을 보면서 고무용을 따라 담녕거로 향했다.

"오느라 수고가 많았네."

옹정은 가부좌를 튼 채 온돌에 앉아 있었다. 이위와 주식은 양 옆에 시립해 있었다. 남쪽 창문 아래에는 예전에 없던 책상과 의자가 따로 마련돼 있었고, 홍력이 그 자리에 앉아 있었다. 옹정이 악종기의 대례가 끝나기를 기다렸다가 입을 열었다.

"홍력, 자네가 짐을 대신해 동미東美 장군을 부축해 일으키도록 하게. 모두 짐의 친신親臣들이니 자리에 편히 앉아 얘기 나누도록 하지."

악종기는 그제야 2년 만에 만난 옹정을 유심히 바라볼 수 있었다. 일단 크게 달라진 것은 없었다. 옹정은 우선 낙타색 비단 장포에 금룡 무늬를 수놓은 솜을 넣은 마고자를 입고 있었다. 목에는 밀랍蜜蠟 조주朝珠가 길게 드리워져 있었다. 또 허리에는 노란 띠를 두르고 있었다. 그리고 백조 털로 만든 관을 쓰고 온돌 한가운데 정좌하고 있는 옹정은 2년 전보다 더 마른 듯했다. 다행히 신색身色은 훨씬 좋아 보였다. 악종기가 그런 옹정을 우러러 보면서 아뢰었다.

"용안龍顔은 신이 떠날 때보다 더 수척해 보이옵니다. 귀밑머리도 더 하얗게 센 것 같사옵니다. 폐하께서는 여전히 소식素食을 하시옵니까? 신은 석가모니 부처님에 대해서는 잘 모르오나 공불供佛할 때에도 세 가지 가축의 고기는 올려놓을 수 있다고 들었사옵니다. 그러니 폐하께서도 가끔은 육식을 하셔도 무방할 줄로 아옵니다. 신이 떠날 때 폐하께서 재계패齋戒牌를 달고 계신 것을 봤사온데, 여태 그걸 달고 계시옵니까? 그러면 폐하께서는 그 뒤로 한 번도 육식을 하지 않으셨다는 말씀이옵니까?"

"짐은 워낙 소식을 즐길 뿐 애써 혈식血食을 금하는 것은 아니라네. 그러나 오늘은 전문경의 사십구재라 짐이 재계패를 달고 있는 거네."

옹정이 크게 기침을 했다. 어린 태감이 재빨리 가래 뱉을 통을 받쳐 올렸다. 그러나 옹정은 힘겹게 기침을 했는데도 가래침은 뱉지 못했다. 그저 숨만 골랐을 뿐이었다. 옹정이 자리에 앉더니 한숨을 지었다.

"자네는 아직 모르고 있을 거네. 전문경이 먼저 저 세상으로 갔다네. 우리는 참 훌륭한 일꾼을 잃었지……. 됐네, 그쯤 알고 있으면 됐네. 자네가 데려온 특뢰 얘기나 해보세."

사실 악종기는 전문경이 죽은 사실을 알고 있었다. 북경으로 올 때 경유한 하남성의 관리들과 선비들이 전문경이 죽었다면서 춤추고 노래하면서 축제를 즐기는 광경을 목도한 것이다. 그러나 옹정에게 그런 말까지 차마 할 수는 없었기에 전문경의 죽음에 대해 처음 듣는 척할 수밖에 없었다. 그는 무릎에 두 손을 얹고 특뢰를 접견한 것과 관련한 자초지종을 소상히 아뢰었다. 이어 군대를 이끄는 장군으로서 사기士氣의 중요성을 거듭 강조했다.

"특뢰가 가져온 공품과 화해를 강조한 표를 되돌려 보내야 하옵니다. 불구대천의 원수들에게 추호의 틈도 주지 말아야 하옵니다. 조정에서 확고한 뜻을 보여주시옵소서."

옹정이 미리 결심을 내린 듯 입을 열었다.

"자네 생각에도 일리가 있는 것 같네. 짐이 일단 접견해 보고 그 허실을 판명할 것이니 그 뒤에 결정을 내리도록 하자고. 자네, 관보를 읽어 알고 있겠지만 예친왕 다이곤의 사건이 이미 최종 결정이 났다네. 다이곤의 일가는 억울한 누명을 벗고 명예를 회복했다네. 오배鰲

拜의 자손들도 세직世職을 되찾았어. 물론 짐은 무조건 선행을 베푸는 사람은 아니네. 그러나 되도록 살생을 적게 하고 덕으로 사람을 감화시킨다면 더할 나위 없이 좋을 것이 아닌가. 특뢰가 만 리 길도 마다하지 않고 찾아와 신하의 자세로 고개를 숙이는데 무조건 잡아 족칠 수는 없지 않겠는가. 요즘 들어 일본을 비롯한 수십 개 나라들이 공품을 바리바리 싸들고 예의를 깍듯이 갖춰 우리에게 삼궤구고의 대례를 올리고 있다네. 이는 상서로운 기운이야. 우리 대청의 홍복이 아닐 수 없네. 만약 책령 대칸이 순순히 항복한다면 짐이 총알을 낭비할 이유가 없지 않겠나? 상천上天은 호생지덕好生之德(마구잡이 살생을 하지 않는 덕)이 있다고 했네. 이보게, 고무용!"

"예, 폐하!"

"특뢰를 들여보내게."

"예, 폐하!"

고무용이 물러가자 옹정이 웃으면서 말했다.

"프랑스에서 도금한 조총 스무 자루를 공품으로 올려왔다네. 그중 여섯 자루를 동미 자네에게 하사하겠네. 나중에 보친왕에게서 받아가도록 하게."

홍력이 악종기가 미처 감사함을 표시하기도 전에 황급히 일어서서 대답하고는 말했다.

"악 장군, 횡재했네! 나도 두 자루밖에 하사받지 못했다고. 이위는 한 자루야. 그런데 자네는 한꺼번에 여섯 자루나 상으로 받았군. 아바마마, 일본에서 올린 왜도倭刀도 제법 괜찮아 보였사옵니다. 그것도 악 장군에게 몇 자루 상으로 내리실 의향은 없으시옵니까?"

옹정이 홍력의 제안에 호쾌하게 웃으면서 대답했다.

"주고말고! 왜도도 스무 자루 하사하지. 대장군에게는 사방에 위풍이 있어야 해. 그러니 당연히 우리 악 장군을 우선 챙겨야지! 악 장군의 친위대들도 이참에 어깨가 으쓱해지겠군."

악종기가 황급히 절을 해 감사함을 표했다.

"폐하께서 전군全軍의 장사壯士들을 격려하시는 것으로 알고 병사들의 사기 진작을 위해 잘 활용하도록 하겠사옵니다. 적들의 고위 장령을 생포하거나 목을 치는 병사들에게 조총 한 자루씩을 상으로 내릴까 하옵니다."

그러자 이위가 말을 받았다.

"악 장군, 그 방법이 기가 막히는구먼. 그렇다면 나도 얼굴에 철판 깔고 폐하께 왜도 두어 자루 더 하사받도록 해야지. 장님 도사처럼 녹봉도 받지 않고 조정을 위해 산야의 강도떼를 잡아들이는 숨은 공신에게 상으로 내리면 억지로 관직을 안겨주는 것보다 훨씬 좋아할 테니!"

이위가 너스레를 떨고 있을 때 고무용이 들어왔다. 옹정이 다그쳐 물었다.

"동작이 어찌 이리 굼뜬가?"

"특뢰가 쌍갑문에서부터 세 발자국을 옮겨 놓을 때마다 절을 한 번씩 하면서 오고 있사옵니다. 기다리다 못해 소인이 먼저 들어와 아뢰는 바이옵니다."

고무용이 일단 말을 마치고는 조심스런 표정으로 옹정의 눈치를 살폈다. 별 특이한 반응이 없자 바로 말을 이어나갔다.

"특뢰는 준갈이 부족이 수년 동안 복종과 불복을 번복해 왔기 때문에 자신이 그 죄를 참회해야 한다고 했사옵니다. 그러니 여느 사절단처럼 상례常禮로 천자를 배알할 수가 없다고 했사옵니다. 그리고 소인에게 이런 걸 주면서 폐하께 미언美言을 당부한다고 했사옵니다."

고무용이 곧 소매 속에서 호떡 크기는 충분히 되고도 남을 금덩이를 꺼내 공손히 옹정에게 받쳐 올렸다. 좌중의 사람들은 특뢰의 통 큰 소행에 적이 놀라는 눈치였다. 옹정 역시 특뢰가 그토록 큰 성의를 보이는 것에 잠깐 놀라는 표정을 짓더니 금방 얼굴에 희색이 그득했다.

"자네에게 선물한 것이니 넣어두게. 짐이 알았으니 괜찮네. 특뢰가 그런 예를 갖추는 것을 보니 얼마간의 가망은 있어 보이네. 동미, 자네와 이위는 먼저 물러가도 좋네. 오느라 피곤했을 텐데 가서 푹 쉬도록 하게. 전방에서 군사에 관한 주장이 올라오는 대로 군기처에서 자네에게 전해줄 것이네. 《대의각미록》은 이제 막 각인刻印을 마쳐 전국의 학궁學宮에 내려 보냈네. 자네도 한 부 가져가서 잘 읽어보게. 증정, 장희 같은 사람들은 조정의 교화에 적극 협조하고 따라준다면 굳이 죽일 필요가 없네. 오히려 관직을 내려 유용하게 잘 써먹을 수도 있다는 사실을 분명히 알아두게."

옹정은 책을 악종기에게 건네주면서 주식과 홍력을 힐끔 바라봤다. 증정을 죽여 없앨 것을 간곡히 간언했던 두 사람은 고개를 숙인 채 말이 없었다.

이위와 악종기가 궁전을 나왔을 때였다. 공품 목록을 손에 든 특뢰는 아직도 수십 걸음 밖에서 절을 하고 있었다. 두 사람은 그를 지나쳐서 골목길을 통해 쌍갑문을 나왔다. 악종기가 노하 역관으로 돌아가려 하자 이위가 붙잡았다.

"이제는 이렇다 할 군무가 있는 것도 아닌데 역관에 코 박고 엎드려 뭘 하시려고? 군말 말고 이리 따라 오시오. 내가 오늘 중요한 일을 처리해야 하오. 악 장군의 위력을 좀 빌려야 할 것 같소."

악종기는 원래 말이 없고 웃음에 인색한 편이었다. 그러나 언제 보나 얼굴을 원숭이처럼 찡그리면서 익살스런 행동을 하는 이위의 모습을 보고는 웃지 않을 수 없었다.

"다들 그대가 병들어 곧 죽을 거라고 수군거리던데, 오늘 보니 아직 팔팔하군! 그대 성화에 당해낼 사람이 어디 있겠소? 그래, 무슨 위력을 어떻게 빌린다는 거요?"

이위가 악종기와 함께 말에 올라타더니 웃으면서 입을 열었다.

"가사방, 아니 가 신선이 아니었다면 나도 진작에 골골대다가 죽었겠지……. 어디 한 군데 안 아픈 구석이 없어서 차라리 죽어버렸으면 했는데, 그 친구가 눈 딱 감고 몇 마디 중얼중얼 하니까 거짓말처럼 병이 다 나았다오."

두 사람은 천천히 성 동쪽을 향해 방향을 틀었다. 얼마쯤 가자 두 사람이 겨우 비집고 앉을 만한 작은 가마가 흔들거리면서 그들 쪽으로 마주 오는 것이 보였다. 네 명의 순천부 아역들이 가마를 호위하면서 따라오고 있었다. 악종기는 저런 볼품없는 가마가 어찌 금원禁苑에 버젓이 나타날 수 있을까 싶어 적이 놀랐다.

그때 이위가 말에서 훌쩍 뛰어내렸다. 이어 다가오는 가마를 세워놓더니 낄낄 웃으면서 말했다.

"이봐, 가사방! 어서 기어 나와!"

악종기가 오리무중에 빠진 표정을 짓고 있을 때 가마 안에서 가사방이 웃으면서 내려섰다. 악종기 역시 그가 옹정의 신임을 받고 있다는 걸 이미 들어서 알고 있었기에 천천히 말에서 내렸다. 이위가 악종기의 팔을 낚아채듯 끌고 가사방에게 다가가더니 그를 가리키면서 말했다.

"이 친구가 이래봬도 궁중에서 방귀깨나 뀌는 인물로 신분 상승을 했다오. 금은보화도 산더미처럼 쌓아두고 있는 알부자인데, 이렇게 청승맞게 군다니까? 이 체구에 가마가 이게 뭐요?"
"처음 뵙습니다, 악 장군!"
가사방이 이위의 비아냥거림에는 아랑곳하지 않은 채 악종기를 향해 꾸벅 절을 했다. 이어 덧붙였다.
"이 대인, 이 가마가 어떻다고 그리 구박을 하십니까? 이래봬도 말과 시합해도 결코 뒤지지 않을 겁니다. 나는 원래 노새 타는 걸 무척 좋아하는데, 장친왕께서 노새를 타고 어디 금원을 드나드느냐고 뭐라고 하시기에 가마로 바꿔 탔을 뿐입니다."
이위가 여전히 악의 없는 표정을 한 채 비아냥대기 시작했다.
"이 가마는 금원을 휘젓고 다녀도 괜찮은 줄 아는가 봐? 지금 폐하께서는 외신들을 접견하시느라 바쁘시다네. 들어가 봐도 퇴짜를 맞을 것이 분명하니 시간이 괜찮다면 우리를 따라나서지 그래. 내가 두 시골뜨기를 눈이 번쩍 뜨이는 곳으로 안내할 테니까! 그러고 보니 우리 셋은 기가 막히게 궁합이 잘 맞네그려! 한 명은 사람을 파리 잡듯 하는 대장군이고, 한 명은 아무도 감히 그 수급首級을 딸 수 없다는 도사이고. 음, 또 나는 귀신도 싫어서 도망간다는 구제불능의 거지이니 그야말로 끝내주는 조합이군!"
그러자 악종기가 퉁명스레 내뱉었다.
"나는 전쟁터에서 잔뼈가 굵었다고 해도 과언이 아니지만 아직 그 누구의 수급을 딸 수 없다는 얘기는 처음 들어봤네."
이위가 웃음을 머금은 채 가사방을 가리켰다.
"바로 눈앞에 있잖소! 지난번 장오가가 시험 삼아 칼로 연신 세 번을 내리찍었는데도 서슬 시퍼렇던 칼날만 못 쓰게 됐을 뿐 이 친구는 목에 흔적 하나 남지 않았다니까!"
악종기는 그 말을 그저 이위의 허풍쯤으로 받아들이고 웃기만 했다. 가사방 역시 미소를 머금은 채 말이 없었다.

세 사람은 말과 가마를 놔두고 아예 걸어서 성으로 들어가기로 했다. 그런 다음 우선 선무문宣武門 서쪽에 위치한 대랑묘大郎廟 근처를 한 바퀴 돌아봤다. 글씨와 그림들을 비롯해 옥기玉器, 비첩碑帖, 자기瓷器, 꽃과 나무 등등 없는 물건이 없는 곳이었다. 장사꾼들의 고함소리도 귓전을 어지럽혔다.

"이 약을 가져다 써보시구려. 육 개월 내에 쥐가 종적을 감추지 않으면 내 목을 따 가시오. 내가 여기 앉아서 기다릴 테니!"

"만능 고약이요, 만능 고약! 엎어지고, 깨지고, 찢기고, 찔린 상처에 바르면 금방 낫는다니까요!"

"맹가네 백보百寶 정력제 사시오! 한 알만 먹으면 하룻밤에 대여섯 번은 거뜬히 죽여주지!"

악종기는 피식거리면서 이위의 꽁무니를 바싹 따라 다녔다. 평소와는 달리 말도 별로 아끼지 않았다.

"역시 거지 출신이라 다르군. 어디든 모르는 곳이 없으니 말이야. 나는 북경을 수없이 들락거렸어도 아직 이런 저잣거리가 있는 줄도 몰랐소."

이위는 물 만난 고기처럼 신이 나서 동에 번쩍 서에 번쩍 하면서 잘도 빠져나갔다. 이번에는 어디로 잠깐 종적을 감추었나 싶더니 잠시 후 메뚜기 열 몇 마리가 든 조롱을 들고 나타났다. '꼬마 황자'들에게 선물할 거라고 했다. 또 언제 어디에서 사왔는지 갖가지 먹거리를 가사방과 악종기의 품에 쑤셔 넣더니 웃으면서 말했다.

"이런 시장바닥을 구경하는 일이 얼마나 재미있소. 잘난 놈, 못난 놈, 별의별 잡것들이 한데 뒤엉켜 있어서 구경거리가 많단 말이야. 나는 매일 한 번씩이라도 이런 곳을 구경할 수 있다면 정말 행복할 것 같소. 앞으로 서부 전쟁터에서 전전할 때 가끔 오늘 일을 떠올리면 악 장군도 내가 그리워질 때가 있을 거요. 내가 이런 곳을 다닌다고 한심하게들 보는데……, 저기 좀 보오, 다섯째마마도 구경나오지 않았소!"

악종기와 가사방은 북적거리는 인파에 파묻혀 정신이 없는 와중에도 입 안 가득 음식을 쑤셔 넣고 우물거리다 말고 이위의 손가락이 가리키는 방향을 봤다. 과연 새로 화친왕和親王에 봉해진 다섯째 홍주가 머리에 착 달라붙는 육각형 비단 모자를 쓰고 깔끔한 미색 비단 장포를 차려입은 채 유유자적 부채질을 하면서 걸어오고 있는 모습이 보였다.

"어서 숨자고!"

악종기가 가사방을 잡아끌었다. 그러자 이위가 웃으면서 말했다.

"늦었소. 화친왕께서 벌써 우리를 발견하신 모양이오!"

홍주가 수행하는 사람으로부터 뭔가를 전해들은 듯 고개를 끄덕이더니 빠른 걸음으로 다가왔다.

"자네들 셋이 여기는 어쩐 일인가? 이봐, 이위! 지금 나를 보고 도망가려고 했나?"

이위가 익살스럽게 웃으면서 대답했다.

"동미 장군이 이런 자리에서 알은체하기가 부담스럽다면서 숨자고 했습니다. 여기 메뚜기 좀 보세요, 얼마나 팔팔합니까? 영벽永壁 세자마마 몫도 있어요!"

홍주가 웃으면서 말을 받았다.

"이런 곳에서 인사는 무슨! 방금 나도 저쪽에서 태감들과 놀고 있는 막내 숙왕叔王을 보고 그저 눈인사 정도를 나누고 말았는걸."

홍주가 그냥 지나가려고 하자 이위가 황급히 말했다.

"다섯째마마, 이 근방에 어디 좋은 곳 없습니까? 모처럼 나왔는데 저희들 구경 좀 시켜주시면 안 될까요? 저잣거리에서 만난 것도 인연인데 말입니다. 저희는 지금 창춘원에서 나오는 길인데, 배가 고파 뱃가죽이 등에 들러붙었습니다. 그래서 이런 떡 조각이나 씹고 있지 뭡니까!"

홍주가 바로 웃음을 터트렸다.

"우는 소리 좀 작작해! 누가 거지 출신 아니랄까 봐? 사실 나는 경운당慶雲堂으로 가고 있는 중이네. 먹고, 놀고, 즐기는 데는 끝내주는 곳이지. 내가 자네들을 데려가기 싫어서 이러는 게 아니네. 이위, 자네가 그 밑구녕 같은 입을 제대로 단속하지 못해 내가 곤욕을 치를까 봐 걱정이 돼서 그러네. 그리고 가사방은 출가인인데, 그런 곳에 가서 파계破戒를 당해서야 되겠나? 사람들이 자네의 신통력을 믿어주지 않으면 어쩌려고."

가사방은 홍주가 말하는 곳이 어떤 곳인지 알 것 같았다.

"빈도가 그런 유혹도 이기지 못하면 어찌 오늘날까지 수련을 해왔겠사옵니까? 빈도에게는 성욕 자체가 없사옵니다. 그러니 그런 자리에 갈 시간이면 불경을 몇 쪽이라도 더 읽는 것이 나을 것 같사옵니다."

말을 마친 가사방은 바로 자리를 뜨려고 했다. 이위가 순간 황급히 팔꿈치를 잡아당기면서 말했다.

"그놈의 불경은 평생 읽어도 다 못 읽을 텐데 뭘 그리 극성을 떨어! 오늘은 다섯째마마께서 크게 한턱내실 거야. 이럴 때 입요기, 눈요기 실컷 해보지 않고 언제 하겠어? 그리고 자네는 유혹에 넘어가지 않는다고 큰소리 뻥뻥 치는데, 어디 한번 진짜 신선의 풍모를 보여 보시지?"

이위는 가사방에게 더 말할 틈도 주지 않고 두 사람을 무작정 끌고 홍주의 뒤를 따랐다. 두 사람은 어쩔 수 없이 이위와 홍주를 따라 서쪽으로 갔다가 다시 북쪽으로 꺾어들었다. 얼마 가지 않아 분홍색 담벼락으로 둘러싸인 하얀 이층집이 모습을 드러냈다. 바로 그 이름도 유명한 '경운당'慶雲堂이었다.

앞뜰은 시끌벅적한 주루酒樓였다. 주루 뒤편으로 돌아가자 자그마한 측문이 보였다. 측문으로 들어가니 계단이 있었다. 계단을 올라가자 이층 입구에 금과 옥이 점점이 박힌 유리 병풍(당시 유리는 매우 귀한 장식품이었음)이 보였다. 창문에는 방 안의 물체가 보일 듯 말 듯 매미날개처럼 얇은 연초록 망사천이 드리워져 있었고, 복도에는 붉은 담요가 길게 깔려 있었다. 또 벽면은 미색 벽지로 도배돼 있었다. 앙증맞은 궁등이 그곳에 주렁주렁 걸려 있었다……. 참으로 몽환적이면서도 우아하고 산뜻한 느낌을 주는 곳이었다.

홍주는 단골답게 누구의 안내도 없이 잘도 찾아가고 있었다. 이위가 웃으면서 말했다.

"다섯째마마! 경운당 뒷골목에 이런 선경仙境이 있었다니, 실로 놀랍습니다!"

"까불지 말고 따라오기나 해. 여기는 우리 같은 친왕들을 전문적으로 접대하는 곳이니 자네들이 알 리가 없지. 저기 저 기생 어멈 좀 봐."

홍주가 뒤돌아서서 이위를 보더니 손가락으로 가리켰다. 어리벙벙해진 세 사람은 홍주가 가리키는 곳으로 눈길을 돌렸다. 서른 살 가량 되어 보이는 곱상한 여자가 다가오고 있었다. 한 듯 안 한 듯 엷은 화장이 뽀얀 피부를 더욱 돋보이게 하는 여자였다. 단정한 용모와 하느작거리면서 걸어오는 모습이 마치 선녀를 방불케 했다. 쥐를 잡아

먹은 듯 빨갛게 입술을 칠하고 뽀르르 달려 나오면서 천박하게 아양을 떠는 여느 기생집 여자와는 판이한 모습이었다.

여자는 네 사람 앞으로 다가오더니 두 손을 맞잡고 고개를 살포시 숙인 채 몸을 살짝 낮췄다. 이어 우아한 목소리로 인사를 올렸다.

"다섯째마마, 오셨사옵니까? 여러 나리들, 처음 뵙겠습니다!"

"나는 오야五爺이고 자네는 오낭五娘이라 부르니, 우리는 안팎으로 찰떡궁합이군. 이 사람들은 내 친구들이야. 촌놈들이라서 아직 계집 맛을 모른다기에 구경시켜 주려고 데려왔네."

홍주가 그렇게 말하자 오낭이 얼굴을 살짝 붉혔다. 그리고는 일행을 안내했다.

"다들 저쪽 무대에서 연극 연습을 하고 있습니다. 여기는 다섯째와 여섯째밖에 없습니다. 일단 들어가셔서 노래나 듣고 계시죠. 이년이 애들을 불러오도록 하겠습니다. 그런데 어떤 걸 보여드릴까요?"

이위 등이 말귀를 못 알아듣고 어리둥절한 표정을 짓고 있자 홍주가 웃으면서 말했다.

"내가 말하지 않았는가? 이 사람들은 완전히 생초보라고 말이야. 자네 맘대로 보여주게."

네 사람은 오낭을 따라 방 안에 들어섰다. 네 면에 난간이 둘러쳐져 있고 중간이 탁 트인 둥그런 형태의 방이었다. 난간에서 내려다보면 주루에서 술 마시는 사람들이 한눈에 다 보였다. 그러나 아래층의 불빛이 훨씬 더 밝은 탓에 밑에서는 위층의 사람들을 볼 수 없었다. 홍주와 가사방은 식탁을 사이에 두고 마주 앉고, 이위와 악종기는 그 옆에 각각 자리했다.

이위 등이 현란한 불빛 아래에서 벽면 여기저기에 붙어 있는 여인네들의 육감적인 그림을 넋을 잃고 바라보고 있으려니 어느새 오낭이 쟁반에 갖가지 과일을 받쳐 들고 들어왔다. 오낭의 뒤로 여자아이 두 명이 따라 들어섰다. 포도를 비롯해 수박, 파인애플, 바나나, 사과 등 온갖 과일들이 상큼하고 먹음직스러워 보였다. 특히 그중에서도 믿기지 않을 만큼 큰 복숭아는 사람들의 이목을 사로잡았다.

이위가 연신 숨을 들이마시면서 입을 쩝쩝 다셨다. 그리고는 물었다.

"고것 참! 복숭아가 참으로 탐스럽게도 생겼네? 다섯째마마, 이런 데서 한번 놀려면 적어도 몇 십 냥은 가지고 와야겠죠?"

"몇 십 냥? 역시 초짜들이라 뭘 몰라도 한참 모르는구먼! 천오백 냥짜리가 있고 이천 냥짜리가 있어!"

홍주가 어이가 없다는 듯 푸우! 하고 웃음을 터트리면서 오낭을 향해 고개를 돌렸다. 이어 소매 속에서 은표 한 장을 꺼내 오낭에게 주면서 말했다.

"이천 냥이네. 자네가 알아서 나눠쓰도록 하게!"

오낭이 익숙한 듯 활짝 웃으면서 은표를 받아 챙겼다. 이윽고 다섯째와 여섯째로 불리는 두 아가씨가 비파와 거문고를 타고 다른 아가씨가 퉁소를 불면서 셋이 화음을 만들어내기 시작했다. 때로는 가볍게 미끄러지듯, 때로는 비단같이 부드럽게, 때로는 흐느끼는 듯 잔잔한 음악소리가 바로 물결처럼 사람들의 마음을 적셨다.

홍주가 눈을 감고 고개를 까닥이면서 박자를 맞추고 있을 때였다. 느닷없이 악종기가 가벼운 한숨을 내쉬면서 한탄을 했다.

"다들 풀 한 포기 나지 않는 모래밭에서 고생하는데, 이런 곳에서 이러고 앉아 있으려니 영 불편하구먼."

그러자 이위가 웃으면서 말했다.

"사람이 백년을 사오? 천년을 사오? 먹을 게 있으면 먹어 보고, 즐길 수 있을 때 마음껏 즐겨야지! 괜히 판 깨지 말고 가만히 입 다물고 있게나."

이위의 말이 채 끝나기도 전에 갑자기 음악이 바뀌었다. 이어 마치 광풍이 산골짜기를 훑고 지나가는 듯 격렬하게 울려 퍼지기 시작했다. 그러나 가사방은 아무런 감흥도 없는 듯 심드렁하게 앉아 있었다. 악종기가 소리를 낮춰 가사방에게 물었다.

"가 신선, 하나 여쭤보고 싶은 게 있네."

"예?"

"이번 전사戰事가 어찌 될는지 혹시 점괘를 본 적이 있나 해서……."

왠지 표정이 불안해 보이던 가사방이 대수롭지 않은 표정을 지으며 대답했다.

"반반씩이라고 보는 게 무난할 것 같습니다. 며칠 후면 판가름 나지 않을까요?"

악종기가 다시 물으려 할 때 이위가 나섰다.

"가 신선, 저 정신병자의 말은 듣지 말고 음악에나 열중하게."

가사방이 씩 웃어 보였다. 그러나 말은 없었다. 그저 다시 홍주를 바라보기만 했다. 그는 여전히 음악에 심취해 있었다.

그때 사뿐사뿐 걸어오는 발소리가 들려왔다. 네 사람이 계단 쪽을 바라보니 여섯 쌍의 남녀가 올라오고 있었다. 저마다 절세의 아름다움을 자랑하는 미남미녀들이었다. 여자아이들은 열네댓 살 정도, 많아야 열아홉 살 가량 돼 보였다. 살이 다 비치는 얇은 치마를 입어 풍만한 몸매가 적나라하게 드러나 보였다. 방금 전 이위가 탐내던 복숭아처럼 탱탱한 몸매는 톡 건드리면 과즙이 물줄기처럼 뿜어져 나올 것 같았다. 남자아이들도 대단했다. 옥을 다듬어 놓은 것처럼 얼굴이 말쑥하고 체격이 늘씬했다.

들어온 남녀들은 둘씩 짝을 지은 채 음악에 맞춰 춤을 추기 시작했다. 서로에게 추파를 보내면서 과분하다 싶을 정도로 바싹 붙어 돌아가더니 급기야 음란한 동작을 선보이기 시작했다. 어느새 옷도 한 겹씩 벗어던지기 시작했다…….

악종기는 그런 장면은 처음 보는 터라 얼굴까지 붉히면서 몸 둘 바를 몰라 쩔쩔맸다. 이제는 여자와 남자 모두 완벽한 알몸이 되어 돌아가고 있었다. 이어 걸쭉한 입맞춤이 시작되더니 약속이나 한 듯 일제히 붉은 담요 위에 드러누웠다.

그들은 주위의 시선은 전혀 의식하지 않았다. 그저 물 흐르는 듯, 구름이 흘러가는 듯한 음악소리에 맞춰 혀를 날름거리면서 서로의 은밀한 구석을 핥기 시작했다. 가끔씩 이상야릇한 신음소리도 터져 나왔다. 남자들은 부풀어 올라 터질 듯한 남성을 여자들의 그곳에 집어넣기에 급급했다.

여자들은 육감적인 엉덩이를 들썩이면서 방아를 찧어대기 시작했다. 엎드린 채 남자의 그것을 빨고 있는 여자의 뒤에서 다른 남자가 습격해 자지러지는 장면을 연출하기도 했다. 그 남자의 손은 옆의 다른 여자의 젖가슴을 움켜쥐고 있었다. 그야말로 동물의 원초적인 본능을 적나라하게 표현한 난륜亂倫의 현장이었다…….

미친 듯한 탐닉이 이어지면서 여자들의 교태와 자지러지는 신음소리도 절정에 달하고 있었다. 참다못한 홍주가 옆에 있던 오낭을 와락 끌어당겼다. 입을 맞추고는 아래로 손을 집어넣었다. 그러더니 모든 걸 잊은 듯 정신없이 빨고 비비고 만져댔다.

악종기 역시 어느새 사타구니 가운데가 불룩해져 있었다. 그럼에도 그는 행동으로 옮기지 못한 채 괴로워 어쩔 줄 몰라 하고 있었다. 이위는 그런 악종기를 힐끗 훔쳐보면서 몰래 웃었다. 그리고는 거문고를 뜯고 있던 여자아이를 끌어당겨 입을 맞추기 시작했다. 그가 곁눈질로 훔쳐보니 방금 전까지 태연자약하던 가사방도 손을 덜덜 떨고 있었다. 포도를 입 안에 집어넣는 모습이 많이 당황해하는 것 같았다.

"조금 더…… 밑으로……. 아이, 좋아라……."

"빨아줘요…… 조금 살살……."

"아……, 너무 좋아……. 아! 조금 더……."

여자들의 광란의 신음소리는 끝없이 이어졌다. 마침내 가사방은 원초적인 욕망의 한계를 느낀 듯 황급히 눈을 감고 합장을 했다. 그리고는 입을 실룩대면서 뭔가를 중얼거리기 시작했다. 그러나 가슴은 세차게 오르내리고 숨소리는 위태롭다 싶을 정도로 거칠었다. 합장한 두 손 역시 바람에 나뭇가지 흔들리듯 끊임없이 흔들렸다…….

때가 왔다고 생각한 이위는 여자를 살며시 밀치고 일어났다. 이어 악종기의 허리춤에서 순식간에 장검을 뽑아들었다.

"너도 별 수 없군!"

이위가 고함을 지르면서 눈 깜짝할 사이에 가사방의 목을 힘껏 내리쳤다. 허공에서 불이 번쩍 튀는가 싶더니 가사방의 목이 시뻘건 핏줄기를 뿜으면서 저만치 나가떨어지고 말았다. 잘린 머리에서는 섬뜩한 소리가 외마디로 흘러나왔다.

"역시 이위로군!"

그야말로 순식간에 벌어진 일이었다. 악종기는 사람들이 비명을 지르면서 우왕좌왕하는 동안 겨우 정신을 차렸다. 그리고는 한쪽에 서서 소름끼치는 미소를 짓고 있는 양강 총독 이위를 멍하니 바라봤다.

"여러 사람의 좋은 일을 그르치게 해서 미안하오."

이위가 히죽 웃으면서 창가에 드리운 망사 천으로 장검에 묻은 끈적끈적한 피를 닦아냈다. 이어 장검을 악종기에게 돌려주면서 홍주를 향해 말했다.

"황공합니다만 다섯째마마께서 남으셔서 수습을 해주십시오. 신은 폐하께 보고 올리러 가야겠습니다."

47장

깊어가는 옹정의 병세

가사방은 이위에 의해 허망하게 목숨을 잃고 말았다. 이위가 여전히 넋을 잃고 서 있는 사람들에게 웃으면서 말했다.

"내일 팔월 추석을 앞두고 내가 여러분에게 이색적인 선물을 했구먼. 그러나 여러분은 걱정할 필요가 없네. 가사방이 정 억울하면 저승에서 나 이위를 찾아와 괴롭힐 테니. 오늘 일은 처음부터 끝까지 나와 다섯째마마가 함께 꾸며낸 연극이었어. 워낙 만만찮은 상대라 어쩔 수 없이 이런 낯 뜨거운 장면을 연출하지 않으면 안 됐네. 그리 알고 경운당에서는 앞으로는 두 번 다시 이런 짓을 하지 말도록. 국법이 용서하지 않고 천리天理가 불허하는 일이니까. 오낭, 나는 다섯째마마를 모시고 창춘원에 가야 하니 말을 대놓게."

이어 홍주가 입을 열었다.

"가사방의 머리통이 저렇게 쉽게 나가떨어질 줄은 몰랐네! 동미 장군, 오낭, 놀라게 해서 미안하네!"

악종기는 그제야 이 모든 것이 홍주와 이위 두 사람이 고심에 고심을 거듭한 끝에 꾸며낸 자작극이었다는 사실을 알게 됐다. 그러나 쉽게 믿어지지 않는 듯 한참 후에야 입을 열었다.

"이런 식으로 수급을 따는 수도 있네요. 이색적이기는 한데 돈이 너무 많이 들어 부담스럽습니다."

악종기는 말을 마치자마자 이위와 홍주를 따라나섰다. 밖으로 나오자 올 때 만났던 장사꾼들이 여전히 똑같은 소리를 반복하면서 장사에 열을 올리고 있었다. 저잣거리는 여전히 붐비고 소란스러운 게 변한 것이 하나도 없었다. 그러나 악종기는 아직도 꿈속에 있는 듯 어리둥절한 표정만 짓고 있었다.

악종기는 선무문에 도착하자 역관에 지의가 전달돼 있거나 친구가 찾아와 있을지 모른다면서 황망히 떠나갔다. 이위는 그런 악종기를 굳이 붙잡지 않았다. 대신 홍주에게 함께 창춘원으로 들어갈 것을 부탁했다. 그러나 홍주는 은근하게 거절했다.

"나는 집에 돌아가 가사방에게 수륙도량水陸道場(원귀를 위로하는 불사)을 마련해줄 준비나 해야겠어. 진짜 도행道行이 있었던 사람이라 죽어서도 작심만 하면 얼마든지 우리를 괴롭힐 수 있네. 자네 혼자 가서 보고 올리면 되겠네."

이위는 어쩔 수 없이 혼자 창춘원으로 들어가 담녕거로 향했다. 비록 지의에 따라 임무를 출중히 완수했으나 기쁜 마음보다는 우울한 마음이 더 컸다. 때문에 담녕거로 향하는 길에서 몇몇 지인을 만났어도 그들과 반갑게 인사를 나눌 여유도 가지지 못했다.

이위는 담녕거 돌계단 앞에서 한참 서성거렸다. 막 이름을 아뢰려고 할 때 어린 태감 진미미陳媚媚가 주렴을 걷어 올리면서 말했다.

"폐하께서 들라고 하십니다."

이위는 황급히 마음을 진정시키고 성큼 궁전 안으로 들어갔다. 옹정은 손가감과 주식을 접견 중이었다. 그는 황급히 엎드려 머리를 조아린 채 대례를 올렸다.

"자네, 낯빛이 예사롭지 않아 보이는군. 놀란 사람 같기도 하고 말일세. 손가감 옆자리에 가서 앉게. 고무용, 짐의 인삼탕을 이위에게 내주게. 짐은 우유 한 잔이면 되네."

옹정이 관심 어린 표정으로 이위의 얼굴을 들여다보면서 말했다. 고무용이 황급히 대답하고 물러갔다.

주식이 잠시 끊어졌던 말을 다시 이었다.

"하남성은 중원에 위치해 있사옵니다. 사실 총독아문이 필요할 정도로 군무가 많은 것은 아니옵니다. 애초 하남 총독아문을 설치한 것은 전문경의 인망과 능력이 총독으로서 손색없을 정도가 됐기 때문이옵니다. 그래서 하남성의 재정 여건상 다소 버거웠어도 설치했던 것이옵니다. 그러나 이제는 전문경도 없으니 텅 빈 총독아문을 그대로 유지할 필요가 없다고 생각되옵니다. 안휘 순무 왕사준王士俊을 하남 순무로 발령 낸다고 해도 이는 승진발령인 셈이니 이참에 아예 총독아문을 없애는 것이 어떨까 하옵니다."

이위는 주식의 말이 상당히 일리가 있다고 생각했다. 그러나 옹정은 생각이 다른 것 같았다.

"왕사준도 일을 잘하는 관리이네. 그런데 발령받아 가자마자 총독아문을 없애버리면 그 사람 기분이 어떻겠나? 평생 순무에 만족하라는 뜻으로 오해하지 않겠는가. 악종기의 서부 군사軍事는 아직 끝나지 않았네. 하남성은 군량미를 공급하는 중요한 거점이니 그것도 군무의 일부라고 볼 수 있지. 그러니 잠시 총독아문에는 손대지 않는 것이 바람직하겠네."

손가감도 한마디 하지 않을 수 없다는 듯 나섰다.

"우연의 일치인지는 몰라도 왕사준도 전문경과 대동소이한 약점을 갖고 있다고 하옵니다. 부디 그가 전 중승의 약점을 버리고 그 장점만 따라 배우도록 폐하께서 주문해 주셨으면 하옵니다."

옹정이 손가감의 제안에 마치 뭔가를 씹는 듯 천천히 입을 열었다.

"전문경은 말년에 기력이 쇠잔하여 정무에 구멍이 뚫린 경우가 많았네. 공로를 세우는 데 급급해 복병을 키운 격이라고 할 수 있었지. 이는 자네들도 주지하는 바가 아닌가. 모두들 짐이 전문경을 감싸고 돈다면서 불평불만이 컸는데, 사실 짐은 사적인 자리에서 얼마나 주의를 주고 훈계를 했는지 모르네. 신하로서 그런 마음을 가지고 군주의 성의聖意에 편승한다면 그 마음이 아무리 진실할지라도 하늘이 그 뜻을 받아주지 않을 것이라고 말이네. 몇 년째 하남성에 자연재해가 끊이지 않는 것도 모두 하늘의 경종이라고 볼 수 있지. 자네들도 짐이 전에 전문경에게 내렸던 주비朱批를 보면 알게 될 거네. 그는 희소식을 전하는 데 병적으로 집착한 사람이었네. 그래서 진짜 문제가 되는 나쁜 소식은 나에게 보고하지 못하고 혼자 껴안고 있으면서 병을 키웠지. 하늘은 사람을 만들 때 완벽한 사람을 만들지 않았나 보네. 짐이 전문경의 결점을 구태여 공공연히 꼬집지 않은 것도 다 이유가 있었기 때문이네. 짐에 대한 충정이 변함없고 맡은 바 소임에 최선을 다하는 모습이 눈에 보였기 때문이지. 그리고 지쳐서 병이 골수에까지 파고들지 않았는가. 그래서 짐은 그가 선종善終하는 것을 보는 것이 정말 소원이었네."

그 사이 홍력이 들어섰다. 그러나 옹정은 그저 책상 앞에 앉으라는 고갯짓만 보내고는 다시 이위를 향해 말했다.

"조운漕運을 하던 양선糧船과 염선鹽船이 산동성과 안휘성 경내에서 수차례 강도들의 습격을 받았다고 하는데, 그 주장을 전해 받았는가?"

이위는 인삼탕을 마시고 나서야 한결 정신이 맑아진 듯 자세를 바로 하고는 조심스레 대답했다.

"호부에서 전해 받아 대충 읽어봤사옵니다. 이미 조사단을 그쪽으로 파견한 상태이옵니다. 신은 이제 가사방을 죽여 없앴사오니 며칠 사이에 북경을 떠나 남경으로 돌아가 아문 업무와 조운에 진력할 것이옵니다. 그러니 심려 놓으시옵소서, 폐하."

"벌써 가사방을 처리했다는 말인가? 그게 언제였나?"

자리에 앉아 주장을 읽어보던 홍력이 깜짝 놀라면서 물었다. 옹정도 묻지 않을 수 없었다.

"홍주는 같이 오지 않고 어디 갔나?"

이위가 들어오기 전까지 옹정에게 "가사방은 사실 요인妖人에 불과하옵니다. 반드시 황궁에서 내쫓아 금원禁苑의 기운을 맑게 해야 하옵니다"라고 간언했던 주식과 손가감 역시 적지 않게 놀란 눈치를 보였다. 가사방의 수급을 딴다는 것은 하늘의 별따기라고 믿어 의심치 않았던 옹정은 그저 웃기만 할뿐 말이 없었다. 이위가 황급히 자리에서 나와 엎드려 절을 하면서 아뢰었다.

"화친왕마마께서는 가사방에게 수륙도량을 마련해줘야겠다면서 왕부로 돌아가셨사옵니다."

이위는 조금 전 경운당에서 있었던 일을 중요한 부분만 소상히 상주해 올렸다. 이어 덧붙였다.

"신은 이 방법이 저질스럽고 취할 바가 못 된다는 사실을 알고 있사옵니다. 하오나 그자에게는 물, 불, 칼이 모두 소용이 없어서 달리 방법이 없었사옵니다. 주 대인과 손 대인은 지극히 이위다운 방법이라면서 비난할지도 모르겠사옵니다."

"독은 독으로 공격한다고 하지 않았소? 우리는 이 대인의 지혜를 높이 살 뿐 비난할 마음은 눈곱만큼도 없소."

주식의 말에 손가감도 공감한다는 듯 힘 있게 고개를 끄덕였다. 그리고는 입을 열었다.

"나도 그렇소. 목적은 그를 제거하는 것 아니겠소? 그런 수법은 이미 유국헌劉國軒이 대만에서 써먹은 거요. 그러나 당시의 재상이었던 웅사리 대인은 나라를 위해 꼼수를 썼다면서 그를 비난하지 않았소. 이위 그대도 나라를 위해 그런 일을 했으니 광명정대한 일을 한 것이라고 볼 수 있소."

사실 이위는 임무를 성공적으로 완수했으나 그 방법이 저질스러웠기 때문에 주변의 공격을 받지 않을까 내심 두려워하고 있었다. 그런데 그 어떤 꼼수도 용납하지 않는 대쪽 같은 성격의 손가감과 주식으로부터 뜻밖의 칭찬을 듣자 금세 얼굴에 희색이 돌았다. 옹정 역시 비슷한 우려를 했던지 흡족한 표정을 지었다. 곧이어 그가 시계를 꺼내보더니 밝게 웃으면서 말했다.

"짐은 근래 건강이 급격히 악화되면서 백약百藥이 무효가 아닌가 하는 느낌을 받았네. 그래서 가사방을 불러들여 몇 번 신비스러운 체험을 한 것도 사실이야. 그런데 가사방은 갈수록 겸허함을 잃었어. 감히 짐의 면전에서 유아독존식의 거만함도 보였지. 천지신명天地神明을 모두 자신의 수중에 움켜쥐고 있다면서 스스로 살신지화殺身之禍를 자초했어. 처음 들어왔을 때의 초심을 잃지 않고 하늘의 뜻을 존중하고 군주의 위엄을 두려워했더라면 어찌 이 지경에까지 이르렀겠나? 됐어, 그 얘기는 이제 그만 하세. 내일은 팔월 추석이네. 올해는 짐의 최측근인 자네 몇몇에게만 조촐한 연회를 베풀까 하네. 벌써 땅거미가 내리기 시작하는군. 홍력, 자네가 짐을 대신해 자리를 같이 하도록 하게."

"예, 아바마마!"

홍력이 황급히 대답했다. 이어 고무용에게 주안상을 마련하라고 명령하고는 책상 위의 문서를 정리하기 시작했다. 그는 그 와중에도 종이 한 장을 뽑아 옹정에게 받쳐 올리면서 조심스레 아뢰는 것을 잊지 않았다.

"올해 추결秋決(가을에 실시하는 사형 집행) 때 끌려나올 자들의 명단입니다. 막 형부에서 전해 받았사옵니다. 그 밑은 운남 순무 주강朱綱의 상주문이옵니다. 양명시가 운남에서 순진한 백성들을 선동해 총독아문을 포위하고 양명시 구명운동을 펼쳤다면서 이번 추결 명단에 반드시 포함시켜야 한다고 강력히 주장했사옵니다."

옹정이 상주문을 대충 훑어보고 나서 말했다.

"주강은 운남 총독서리에 앉더니 명실상부한 총독 자리에 앉는 것이 시급한 모양이군! 양명시는 하옥당한 지 한참 됐거늘 수감자가 어찌 '백성들을 선동해' 난동을 부릴 수 있다는 말인가? 새빨간 거짓말로 오히려 양명시의 결백을 증명하는 격이 되지 않았는가? 양명시의 목을 쳐서는 안 되겠네. 조금 더 지켜보고 재수사를 해야겠네."

주식이 물러가려고 일어서다 말고 옹정의 말에 한 발 앞으로 나서면서 아뢰었다.

"괜찮으시다면 신이 운남으로 내려가서 양명시를 재심문하도록 하겠사옵니다."

손가감도 한마디를 덧붙였다.

"신은 양명시가 공금을 횡령했다는 사실을 전혀 믿을 수가 없사옵니다."

"주안상이 마련됐다고 하니 자네들은 어서 건너가게. 이 일은 말로 설명이 안 되는 일이네. 짐이 따로 생각이 있으니 그리 알게."

옹정이 사람들을 쫓아내듯 손사래를 쳤다.

얼마 후 주식을 비롯한 사람들이 물러갔다. 그러자 담녕거는 순식간에 휑뎅그렁한 적막감에 사로잡히고 말았다. 옹정은 왠지 모를 불안감에 주위를 두리번거렸다. 그러다 가사방이 앉았던 방석에 시선이 닿았다. 순간 그는 갑자기 심장이 오그라드는 공포가 밀려와 온몸을 부르르 떨었다. 소름이 쫙 끼치고 간담이 서늘해지는 것 같았다. 옹정은 황급히 어린 태감 진미미를 불러 명령을 내렸다.

"저걸 후원에 가져가 태워버리게. 그리고 인제가 뭘 하나 보고 불러오게."

교인제는 진미미가 물러가고 얼마 안 돼 두 궁녀의 부축을 받으며 다가왔다. 현빈賢嬪에 봉해진 그녀는 머리에 진주 열일곱 개가 박힌 관을 쓰고 화려한 무늬가 돋보이는 조복朝服을 입고 있었다. 걸을 때마다 보석이 눈부시게 빛나고 있었다. 패환佩環 소리도 찰랑거렸다. 옹정이 그 모습을 지켜보더니 환하게 웃었다.

"이렇게 차려입고 머리까지 올리니 누구도 자네가 한족이라고는 짐작하지 못할 것이네. 자네가 머무를 별궁의 공사가 거의 마무리되고 있다지? 우리 같이 나가서 산책이나 하면서 자네 집 구경 좀 하고 오는 것이 어떤가? 짐은 오늘 가사방의 목을 땄다네. 마음이 편하지가 못해 바깥바람이라도 쐬어야겠네."

"예? 가사방이 죽었다고 하셨사옵니까?"

교인제는 경악을 금치 못했다. 한참 후에야 겨우 놀란 가슴을 쓸어내렸다. 그녀가 얼굴에 어두운 그림자를 띄운 채 말을 이었다.

"어쩐지 진미미가 방석을 태워버리는 것이 석연치 않다 싶었사옵니다."

"죄가 있어 죽였을 뿐인데, 그렇게 호들갑을 떨 게 뭐 있나? 추석이 지나면 짐은 수백 명의 죄수들을 처형할 것이네. 징악懲惡없이 권선勸善이라는 것은 있을 수 없어! 이는 공자의 말씀이네. 됐네, 더 이상 그 얘기는 꺼내지 말게."

옹정은 애써 화제를 다른 쪽으로 돌리려고 했다. 그러자 교인제가 합장을 하면서 말끝을 흐렸다.

"며칠 전에 만났을 때 소첩에게 곧 모녀 상봉이 있을 거라면서 축하한다고 말했사옵니다……."

하지만 교인제는 더는 말을 잇지 못하고 고개를 숙인 채 옹정을 따라 밖으로 나왔다.

해는 이미 서산으로 넘어가고 있었다. 빨갛게 달아올랐던 저녁노을 역시 끝자락만 남아 있었다. 주위는 어두워지기 시작했다. 얇은 구름은 마치 물고기 뱃가죽처럼 희끄무레한 빛깔을 띠고 있었다. 대나무 잎이 간간이 불어오는 서풍에 놀란 듯 부스럭거렸다.

옹정과 교인제는 거의 마무리 단계에 들어선 별궁을 둘러봤다. 장식을 하다 남은 풀통이나 붓과 여러 가지 물감이 여기저기에 어지러이 널려 있었다. 인부는 한 사람도 보이지 않았다. 바람이 불어올 때마다 휑뎅그렁한 전각 안에서 뭔가가 뛰쳐나올 것 같았다.

옹정은 왠지 모를 공포심에 사로잡혀 자꾸 뒤를 돌아봤다. 장오가와 덕릉태 두 믿음직한 시위가 멀지도 가깝지도 않은 거리에서 따라오고 있었다. 옹정은 그들의 모습을 확인하고 나자 비로소 다소 마음이 안정된 듯 꽃밭으로 발길을 돌렸다. 이어 교인제에게 물었다.

"자네, 고향에 누가 있다고 했던가?"

"어머니, 아버지, 그리고 남동생이 있사옵니다."

"입궐하고 나서 고향 소식은 들었나?"

"소첩 때문에 고향을 등지고 뿔뿔이 흩어졌다고 들었사옵니다. 그 뒤로는 감감무소식이옵니다. 전에 내무부 관리가 산서성을 다녀온다기에 수소문해 달라고 부탁을 한 적이 있었사옵니다. 그 관리가 돌아와서 하는 말이, 소첩의 식구들은 아직 고향에 돌아오지 않았다고 하옵니다. 가사방이 죽을죄를 지었다고는 하오나 그의 신통력은 믿고 싶사옵니다. 모녀 상봉이 정말로 이뤄진다면 소첩은 죽어도 여한이 없겠사옵니다. 어머니도 마흔을 넘겼을 것이오니, 몇 년 뒤에는 만나도 못 알아볼 것 같사옵니다."

교인제가 결국 흐느끼면서 눈물을 훔쳤다. 그러자 옹정이 갑자기 불어 닥친 찬바람에 흠칫 놀라면서도 그녀를 품안에 끌어안았다. 그리고는 돌아서서 바람을 등지고 걸으면서 나지막한 목소리로 위로의 말을 건넸다.

"정 못 찾으면 짐이 내일 산서 순무에게 밀지密旨를 보내 찾아보라고 할 테니 걱정 말게! 자네는 해마다 이천 냥의 녹봉을 받게 될 것이네. 이곳 북경에서도 은 오백 냥만 주면 좋은 거처를 마련할 수 있다네. 조정의 제도 때문에 자네는 마음대로 북경을 떠날 수는 없으나 자네 어머니는 한 달에 한 번씩이라도 다녀갈 수 있지 않은가. 아이고……, 이게 뭔가?"

"뭘 말씀이옵니까, 폐하?"

옹정의 말에 귀를 기울이던 교인제가 갑자기 뭔가에 걸려 넘어지려는 듯 기우뚱하는 옹정을 황급히 부축했다. 그리고는 그 자리에 엎드려 손으로 그 뭔가를 만져봤다.

더듬거리는 교인제의 손에 곧 차갑고 끈적끈적한 물체가 만져졌다.

짙은 어둠 속에서 애써 눈여겨보니 물통만큼 굵은 것이 꾸물거리면서 기어가는 것 같았다.

"어머나!"

순간 교인제가 자지러지는 비명을 지르면서 뒤로 벌렁 넘어졌다.

옹정 역시 바람에 나뭇가지 흔들리는 소리에도 속으로 깜짝깜짝 놀라던 터라 심장이 철렁 내려앉는 것 같았다. 그도 풀숲으로 느릿느릿 기어가고 있는 것을 봤던 것이다. 곧이어 옹정이 허둥지둥 교인제에게 달려가더니 기절한 듯 엎드려 있는 그녀를 껴안았다. 그리고는 떨리는 목소리로 물었다.

"괜찮아? 어디 다친 데는 없나?"

교인제는 그제야 옹정의 목을 와락 끌어안으면서 필사적으로 그의 품속으로 파고들었다. 그리고는 벌벌 떨었다.

"뱀이었사옵니다. 차갑고 끈적끈적한 것이……. 아휴! 징그러워……."

옹정도 가쁜 숨을 몰아쉬었다

"짐이 잠깐 만졌을 때는…… 바늘 같은 것에 콕 찔리는 느낌이었네. 손에 피도 났고!"

옹정과 교인제 두 사람은 다시 모골이 송연해졌는지 서로 껴안고 어찌할 바를 몰라 했다. 때마침 대나무 숲속에서 부엉이의 울음소리가 갑자기 들려왔다. 옹정의 귀에는 그 소리가 마치 가사방이 평소에 득의양양하게 웃던 소리처럼 들렸다. 그가 다급해진 듯 힘을 줘서 교인제를 끌어안으면서 소리쳐 불렀다.

"이봐, 장오가! 덕릉태!"

"폐하, 소인 대령했사옵니다!"

장오가와 덕릉태 두 사람은 이상한 인기척을 들은 듯 어느새 옆에

다가와 있었다. 이어 두 태감이 교인제를 부축하는 동안 옹정의 지시에 따라 횃불을 들고 숲속을 샅샅이 뒤지기 시작했다. 그러기를 얼마나 했을까, 저만치 나가 발로 툭툭 차면서 숲을 헤집던 장오가가 고함을 질렀다.

"여기 있다, 여기! 이 빌어먹을 것! 네까짓 게 도망가 봐야 내 손바닥 안이지."

덕릉태와 태감들은 장오가의 고함소리가 그치기도 전에 우르르 달려갔다. 그러나 그때는 장오가가 이미 옷을 벗어 그 물건을 덮친 뒤였다. 그가 곧 발로 짓이겨 그 뭔가를 기절하게 만들었다. 그것은 놀랍게도 호저豪猪(고슴도치와 비슷한 동물)였다.

"아니 이곳에 어떻게 호저가 있을 수 있다는 말인가? 인제가 만져 보니 차고 미끈거리더라고 했는데! 짐의 촉감에는 바늘 같았고……."

장오가가 바로 옹정의 궁금증을 풀어주겠다는 듯 아뢰었다.

"여기를 보십시오, 폐하! 폐하께서는 이놈의 가시에 찔리셨을 것이옵니다. 또 현빈마마께서는 이놈의 코를 만지셨던 것 같고요. 이곳은 방비박放飛泊과 가깝사옵니다. 게다가 근처 원명원圓明園 남쪽에는 방생원放生園이 있사옵니다. 그곳의 고슴도치, 호저, 사슴들이 먹거리를 찾아 이쪽으로 내려오는 경우가 종종 있는 것으로 알고 있사옵니다."

옹정은 그제야 안도의 한숨을 토해냈다. 그러자 갑자기 찬바람이 목덜미를 타고 파고드는 느낌이 들었다. 비로소 내의가 식은땀에 흠뻑 젖은 것을 알 수 있었다. 그가 애써 웃으면서 말했다.

"방생하게! 십 년은 감수한 것 같네!"

그때 동쪽에서 등롱이 가까워오기 시작했다. 주식, 손가감, 이위 등이 홍력과 함께 다가오고 있는 모습이 보였다. 옹정은 그들이 주안상을 받고 감사를 표하러 온다는 것을 알고 발걸음을 멈춘 채 말했다.

"홍력, 자네는 내일 할일이 많을 터이니 먼저 들어가 쉬도록 하게. 나머지는 안으로 들어오게. 방포도 불러오고. 다들 짐이 잠들 때까지 말동무 좀 해주게……."

홍력이 뭔가 할 말이 있는 듯 입술을 빨았다. 그러나 한참을 그렇게! 서 있더니 별다른 말을 하지 않고 그대로 물러갔다.

이위는 역시 눈치가 빠른 사람다웠다. 낯빛이 창백해 보이고 어딘가 불안해 보이는 옹정을 유심히 바라보더니 탐문하듯 입을 열었다.

"폐하, 폐하께서는 뭔가에 깜짝 놀라신 것 같사옵니다. 혹시 조금 전에 무슨 일이라도 있었던 것은 아니옵니까?"

"아무것도 아니네."

옹정은 사실 마땅히 할 말도 없었다. 그럼에도 주식 등을 붙잡은 것은 그저 옆에서 사람들의 말소리가 들리면 불안감이 없어질 것 같았기 때문이었다. 그가 방금 있었던 일을 말하고 나서 다시 덧붙였다.

"별것 아니야! 살다 보면 무슨 일인들 없겠느냐고. 그런데 생각할수록 이건 아무래도 석연치 않네. 짐은 가사방의 원귀冤鬼가 수작을 부리는 것이 아닌가 싶네……."

옹정의 말이 이어지고 있을 때 방포가 성큼 안으로 들어섰다. 그 뒤에는 홍주의 모습도 보였다. 밖에서 옹정의 말을 다 들은 듯 방포가 서둘러 입을 열었다.

"방금 전 폐하께서 당하신 일을 장오가에게 다 들었사옵니다. 폐하께서는 마음을 안정시키시고 명상을 해보십시오. 그러면 금세 평상심을 회복하실 수 있으리라고 생각하옵니다. 가사방 같은 요사스런 자는 백 번 죽어 마땅하옵니다. 폐하께서는 하늘의 뜻에 따랐을 뿐이옵니다. 그자가 억울한 죽음을 당한 것도 아닌데, 원귀가 돼 수작을 부릴 이유가 어디 있겠사옵니까?"

주식도 덩달아 거들었다.

"가사방은 눈속임으로 사람들의 환심을 사는 데 이골이 난 사기꾼에 불과하옵니다. 세상에는 귀신이라는 것이 애당초 존재하지 않사옵니다. 폐하께서는 불교를 믿으시기 때문에 그런 생각을 하시는 것 같사옵니다만 여태 귀신을 직접 본 사람은 없지 않사옵니까? 심지어 부처나 보살을 만난 사람도 없지 않사옵니까? 귀신의 존재를 인정하지 않는 사람은 귀신도 괴롭힐 수 없사옵니다."

홍주는 주식 같은 군자와는 달리 귀신이 아니라 그 이상도 믿는 사람이었다. 급기야 고무용에게 점술책인 《옥갑기》玉匣記와 《청낭전》青囊傳을 가져오도록 해 읽어보고는 어린 태감에게 액풀이 향을 사르도록 했다.

이위 역시 지지 않았다. 액을 막을 확실한 방법이 있는 듯 바로 옹정에게 엉뚱한 제안을 했다.

"폐하, 제가 폐하를 위해 부적을 하나 만들어 불사르겠사옵니다."

옹정이 머리를 끄덕이자 이위는 바로 태감들에게 노란 종이와 붓을 가져오도록 했다. 이어 주사를 잔뜩 묻힌 채 글씨를 써내려가기 시작했다. 그러자 홍주가 궁금한 듯 슬쩍 곁눈질을 했다. 내용은 역시 이위의 글 실력답게 가관이었다.

가사방, 너 이 빌어먹을 자식! 너를 죽인 사람은 거지 이위야. 네 머리를 친 사람도 나 이위지! 다섯째마마께서 이미 너를 위해 수륙도량을 마련하셨어. 그러니 이제 그만해! 그렇지 않으면 용호산의 진인眞人을 불러와 너의 목을 다시 베어버릴 거야. 절대로 살아나지 못하게 할 거라고! 이위가 경고하는 거야.

이위의 글은 도무지 읽기 어려울 정도로 엉망이었다. 그러나 홍시를 비롯한 좌중의 사람들은 대충 그렇게 그 글을 이해했다. 일부는 일자무식으로 알려진 이위의 글 치고는 대단하다고 생각한 듯 감탄사를 터트리기도 했다. 이위 역시 자신의 글이 마음에 드는지 고개를 끄덕이고는 바로 불로 태웠다.

옹정은 홍주와 신하들이 위로의 말을 건네는 것으로도 모자라 액풀이 의식까지 행하자 비로소 마음이 훨씬 가벼워지는 모양이었다. 길게 안도의 한숨을 내쉬더니 천천히 입을 열었다.

"짐은 이제 마음이 조금 편해지는 것 같네. 한 사람만 남고 다들 들어가 쉬게."

옹정의 말이 떨어지기 무섭게 몇몇 신하들이 서로 남으려고 아웅다웅 경쟁을 벌이기 시작했다. 그러자 홍주가 즉각 중재자를 자처하고 나섰다.

"주 사부는 연세가 있으니 댁으로 돌아가시게. 이위는 초저녁, 손가감은 자시, 그 뒤로는 내가……, 이런 순으로 불침번을 서는 것이 좋겠네."

태의원의 의정醫正이 두 명의 태의를 데리고 종종걸음으로 들어선 것은 홍주의 말이 다 끝나갈 무렵이었다. 아니나 다를까, 옹정이 손사래를 쳤다.

"짐의 병이 발작한 것도 아닌데, 웬 호들갑인가? 썩 물러가게! 그리고 자네들은 홍주의 지시에 따르게."

"나를 따라 오게."

옹정의 명령이 떨어지자마자 주식이 바로 어찌할 바를 모르는 태의들에게 손짓을 했다. 아무리 봐도 옹정의 상태가 예사롭지 않다고 판단한 듯했다. 얼마 후 그가 마침내 입을 열었다.

"여기는 이위 대인만 남아 있게. 나머지는 모두 동쪽 서재로 가서 잠깐 얘기나 나누자고."

사람들은 묵묵히 주식을 따라 동쪽 서재로 건너갔다. 서재로 들어서자 방포가 기다렸다는 듯 수염을 달싹이면서 입을 열었다.

"제가 사람을 병부로 보내 넷째마마를 모셔오게 했습니다. 그동안은 다섯째마마께서 주재하셔야겠습니다. 일단 이 일은 밖으로 소문나지 않게 하는 것이 무엇보다 중요합니다. 폐하께서 병환 중이라는 사실은 아는 사람이 적으면 적을수록 좋습니다. 내일은 추석 명절이니 종전대로 백관들에게 연회를 내리시고 강녕하신 모습을 보여주셔야 합니다. 오늘 저녁에 제발 무슨 일이 없어야겠습니다."

홍주가 방포의 말에 바로 화답했다.

"걱정하지 말게. 그렇지 않아도 가사방이 죽은 뒤에도 요술을 부려 조정의 기강을 어지럽힐 것 같아 내가 벌써 그자의 스승이라고 하는 강서성 용호산龍虎山 누사원婁師垣 진인眞人을 불렀다네. 곧 도착할 거야."

사람들은 홍주의 말에 바로 하나같이 미간을 찌푸렸다. 옹정은 그저 갑자기 나타난 호저를 보고 놀란 것일 뿐인데 홍주가 필요 이상으로 민감하게 반응한다고 생각하는 듯했다. 또 홍주가 괜히 긁어 부스럼을 만들고 있다고 생각하는 것 같았다.

마침 그때 홍력이 들어섰다. 사람들이 일제히 자리에서 일어나더니 깍듯하게 그를 맞았다. 홍력이 퍽 무거워 보이는 어조로 입을 열었다.

"악종기를 잠깐 만나고 오는 길이네. 준갈이의 이만 병졸들이 우리 북로군을 갑자기 습격해 쌍방이 교전에 들어갔다고 하네. 악종기가 황급히 대영으로 돌아가야 할 텐데, 이런 중요한 군무를 폐하께 상주해야 하나, 말아야 하나? 자네들의 의견을 듣고자 이렇게 왔네."

좌중의 사람들은 그렇지 않아도 황제의 건강에 이상 신호가 왔다면서 고민하고 있던 차였다. 그런 상황에서 홍주마저 도사道士를 불러 가사방의 요기를 꺾어버리겠다고 했으므로 머리가 더 아플 수밖에 없었다. 그런데 설상가상으로 느닷없이 서부의 교전 소식까지 들려왔다. 그들이 한층 더 곤혹스러운 표정을 지은 것은 하나 이상할 것이 없었다.

"특뢰, 이 새끼를 당장 끌어내 죽여 버려야겠어!"

홍주가 눈에 쌍심지를 켠 채 포효했다. 그러나 홍력의 생각은 다소 다른 듯했다. 초조한 모습을 보이기는 했으나 미간을 좁히면서 상당히 이성적인 어조로 말했다.

"죽이든 살리든 그건 폐하께서 성재聖裁하실 일이고……."

곧 주식이 노련한 그답게 논리적인 말로 의견을 밝혔다.

"이렇게 합시다! 넷째, 다섯째 마마께서는 지금 담녕거에 다녀오시는 것이 좋겠습니다. 폐하께서 안정을 취하고 계시면 주청을 올리십시오. 아니다 싶으시면 장정옥, 악이태와 열여섯째, 열일곱째 숙왕叔王들에게 알리십시오. 어떤 식으로든 결정을 내려야 할 것 같습니다."

좌중의 사람들은 하나같이 당장은 주식이 말한 방법이 상책일 것 같다는 표정을 지었다. 그러나 홍력은 다른 생각이 있는 듯 홍주를 손짓해 불러서 함께 서재를 나섰다. 이어 서쪽으로 걸어가면서 물었다.

"방금 내가 들어서기 전에 무슨 말을 신나게 하는 것 같던데, 내가 알아서는 안 되는 얘기인가?"

그러자 홍주가 누사원 진인을 부른 사실을 실토하고는 몇 마디를 덧붙였다.

"형님은 정통 도학파라 아시게 되면 제동을 걸까 봐 잠시 비밀에 붙일 수밖에 없었어요."

홍력이 홍주의 말에 한참 침묵을 지키더니 천천히 입을 열었다.

"자네는 역시 효심이 지극한 착한 아우야. 병이 깊어지면 아무한테나 매달리는 것이 인지상정이네. 나도 이 일을 걱정하고 있었어. 그러니 어찌 자네의 효심에 제동을 걸 수 있겠는가? 되도록 비밀에 붙여 조용히 끝내면 별 문제가 없을 거네. 어사들이 알면 골치 아프니 기밀이 누설되지 않도록 조심하게."

홍력이 말을 마친 다음 맞은편에서 다가오는 이위를 발견하고는 바로 물었다.

"폐하께서는 좀 어떠신가?"

"폐하께서는 여전히 좌불안석이십니다. 지금 또 양치질을 하고 계십니다. 아뢸 말씀이 있으시면 지금 뵙는 것이 좋을 듯합니다."

이위의 표정은 몹시 어두웠다. 그러나 애써 감정을 죽이면서 홍력과 홍주를 궁전 안으로 안내했다.

홍력과 홍주는 대례를 마치고 고개 들어 옹정을 바라보다 그만 깜짝 놀라 그 자리에 굳어버리고 말았다. 몇 시간도 안 되는 사이에 옹정이 몰라보게 초췌한 몰골을 하고 있었던 탓이었다. 무엇보다 머리가 볼썽사납게 헝클어져 있었다. 또 광대뼈가 툭 튀어나온 양 볼은 적신호를 알리는 듯 검붉게 물들어 있었다. 홍력은 그제야 옹정의 병이 알려진 것보다 훨씬 더 깊다는 사실을 절감한 듯 다급하게 말했다.

"아바마마, 태의를 돌려보내셨다고 들었사옵니다. 잘하셨사옵니다. 아들이 보기에 아바마마께서는 그저 풍한風寒에 드셨을 뿐이옵니다. 흔한 병이오니 약 몇 첩만 달여 드시면 곧 좋아질 것이옵니다."

"짐은 병이 나서 이러는 게 아니야. 가사방이 아직 가지 않고 짐을 괴롭히고 있네. 눈만 감으면 찾아와 짐을 향해 낄낄거리면서 웃고 있네……."

옹정이 베개에 반쯤 기댄 채 널 뛰듯 흔들거리는 촛불을 힘겹게 바라보면서 말했다. 두 눈은 움푹하게 푹 꺼져 있었다. 그가 퀭한 눈빛으로 끊어질 듯 말 듯 하는 희미한 어조로 간신히 말을 이었다.

"병이 있으면 당연히 태의를 불렀지. 허나 이것은 그들이 치료할 수 있는 범위를 벗어났어. 방금 가…… 가사방이 그러는데, 짐은 연갱요…… 호저로 변한 연갱요를 만났었다고 해……."

홍력과 홍주는 옹정의 말에 오싹하여 모발이 곤두서는 것 같았다. 이어 홍력이 다시 위로의 말을 하려고 할 때였다. 옹정이 갑자기 물었다.

"서부 군정軍情에 변고가 있는 것인가, 홍력?"

홍력이 황급히 머리를 조아렸다.

"예, 아바마마! 그것을 어찌……?"

"가사방이…… 방금 짐에게 알려주고 갔네."

옹정이 불안스레 움찔거리는 사이 촛불 하나가 탁! 하는 소리와 함께 저절로 꺼졌다. 흠칫 놀란 홍주가 조금씩 홍력의 옆으로 다가갔다. 그러자 옹정이 희미한 목소리로 말했다.

"괜찮네! 그 친구…… 물러가는 소리네. 이제 군무에 대해 말해보게."

홍력은 극도의 불안을 억누르면서 악종기에게 보고받은 상황을 낱낱이 상주했다. 그리고는 그에 대한 여러 신하들의 주장도 천명했다.

"짐은 이 몰골로 신하들을 접견하고 싶지 않네. 자네 형제가 짐을 대신해 악종기를 잘 배웅하도록 하게. 가능한 최대한 빨리 부대로 돌아가 군무를 처리하라고 명령을 내리게……."

옹정은 가슴이 옥죄어 오는 듯한 느낌은 덜한 것 같았다. 그러나 심장 박동은 더욱 거칠어지는 모양이었다. 이마의 혈관도 확연하게 부풀어 올랐다. 그럼에도 그는 애절한 눈빛으로 자신을 바라보는 두 아들을 향해 애써 미소를 지었다.

"긴급한 군정軍政이 있으면 더 이상 짐의 성재를 기다리지 말고 홍력, 자네가 지혜롭게 처리해주기를 바라네. 그러나 독선과 아집은 금물이야. 자네는 아직 군사에 대한 경험이 부족해. 때문에 경험이 풍부한 신하들의 의견에 귀를 기울여야 하네."

홍력이 결연한 표정을 한 채 대답했다.

"명심하겠사옵니다, 아바마마. 특뢰 그 자식은 역시 기군欺君이 목적이었사옵니다. 준갈이는 자손 대대로 조정을 기만하는 악습을 물려받아 오늘날까지 이런 졸렬한 짓을 일삼고 있사옵니다. 우리는 절대 약한 모습을 보여서는 아니 되옵니다. 그자의 목을 치는 것이 마땅하옵니다."

옹정이 홍력의 말에 깊은 한숨을 토해냈다.

"짐이 어찌 기군을 일삼은 자를 죽여야 마땅하다는 도리를 모르겠나? 허나 짐은 더 이상 칼을 잡을 기운이 없네. 더구나 스스로 그물에 걸려든 자라 죽여 버리는 것은 의미가 없네. 모두들 자기가 섬기는 주인이 있기 마련인데……, 그 사람은 자기 주인에게 충성을 다한 것일 테지!"

홍주가 즉각 나섰다.

"하오면 폐하께서 그 자식한테 하사하신 물건이라도 몰수해야 마땅하지 않겠사옵니까?"

"죄도 용서해줬는데 그까짓 물건을 돌려받아서 뭘 하겠나? 너무 옹졸하게 생각하지 말게. 짐이 말을 시켜보니 용감하고 의리 있는 사내였어. 풀어주도록 하게, 홍력."

옹정은 기력이 딸리는지 말을 하는 중간 중간 가쁜 숨을 몰아쉬었다. 그러나 의식은 여전히 또렷해 보였다. 말에도 논리가 정연했다.

"그만 물러가게. 내일이 추석인데, 짐은 이런 꼴로 신하들을 접견할 수는 없을 것 같네. 그러니 자네들이 알아서 문무대신들을 불러 연회를 베풀도록 하게. 짐의 어좌를 향해 대례를 올리면 되네. 괜히 짐의 건강을 둘러싸고 떠들지 말게. 근간에 짐의 건강이 자주 말썽을 일으켰기 때문에 사람들이 그리 놀라지는 않을 것이네."

"알겠사옵니다, 아바마마!"

홍력과 홍주는 깊이 머리를 조아리고는 천천히 담녕거에서 물러났다. 약속이나 한 듯 둘 다 표정이 어두웠다.

시계소리가 열한 번을 울렸다. 옹정은 눈꺼풀이 마구 주저앉을 것처럼 피곤했으나 도저히 눈을 감을 수가 없었다. 창밖에서는 바람소리가 마치 멀리서 그를 부르는 소리처럼 들려오고 있었다. 잠시 후에는 백양나무 잎이 흔들리는 소리도 파도소리처럼 들려왔다. 그 소리는 마치 많은 사람들이 박수를 치면서 환호성을 지르는 것 같은 착각을 불러일으켰다. 옹정은 온몸에 소름이 돋기 시작하는 기분을 분명히 느꼈다…….

갑자기 누군가 유리창에 모래를 한 줌 뿌린 것 같은 소리가 들렸다. 그러자 처마 밑에 달려 있던 철마鐵馬를 닮은 풍경風磬이 쨍그랑대면서 떨었다. 바람이 더욱 거세진 모양이었다. 다음에는 그것도 모자라 선잠에서 놀라 깬 듯한 비둘기들이 푸드덕대면서 날아가는 소리가 들려왔다. 이어 비둘기들이 구구! 하면서 우는 소리도 울려 퍼졌다. 어둠 속에서 들려오는 그 소리는 마치 괴성처럼 등골을 오싹하게 만들었다.

순간 옹정은 갑자기 어디서 그런 힘이 솟구쳤는지 자리에서 벌떡 일어나 앉았다. 그리고는 마치 눈앞에 사람이 서 있기라도 한 것처럼 두 눈을 무섭게 부라리면서 악에 받쳐 고함을 질렀다.

"그래, 짐이야! 어쩔 셈인가? 군신무옥君臣無獄(군주는 신하와 똑같은 표준으로 시비를 가리지 않는다는 뜻)이라고 했어. 나는 자네를 억울하게 죽이지 않았네. 설령 그럴지라도 그건 짐의 마음이야!"

옹정은 정신까지 혼미해지는 듯했다. 병풍 뒤에서 숨죽이고 있던 몇몇 태감들은 그 광경을 보고는 놀라서 혼절할 지경이었다. 그때 손가감이 황급히 다가가서는 씩씩한 목소리로 말했다.

"신 손가감이 폐하를 지켜드리고 있사옵니다. 심려 놓으시고 푹 쉬시옵소서, 폐하!"

"아, 자네 왔는가? 짐에게 좀더 가까이 오게. 자네가 있으면 짐은 안심할 수 있겠네……."

옹정이 낚아채듯 손가감의 손을 가까이 잡아당겼다. 손가감의 두 눈에서는 바로 두 줄기 눈물이 주르륵 흘러내렸다. 옹정이 이토록 불안해하는 모습도, 옹정의 이토록 초췌한 얼굴도 처음 보기 때문이었다. 그가 숨죽여 흐느끼면서 아뢰었다.

"신이 영원히 폐하를 지켜드리겠사옵니다. 신이 있는 한 어떤 놈도 감히 폐하의 곁을 얼쩡거리지 못할 것이옵니다. 편히 침수에 드시옵소서!"

옹정은 마치 어린아이처럼 고개를 끄덕이면서 눈을 감았다. 과연 손가감의 말대로 옹정은 훨씬 차분해진 것 같았다. 중얼거리듯 편안한 어조로 입을 열었다.

"자네가 옆에 있으니 잠이 쏟아지는구먼. 짐은 즉위 초부터 자네를 크게 부려먹으려고 작심했다네. 우리 아들들에게도 부디 큰 힘이 되어주게. 제멋대로 생겼지만 마음만은 올곧은 손가감, 청렴하고 강직한 양명시, 짐은 다 알고 있다네……."

옹정이 서서히 고른 숨소리를 내면서 깊은 잠 속으로 빠져들었다. 손가감은 그런 옹정을 깨우지 않기 위해 신발을 벗고는 조용히 궁전을 나왔다. 당연히 아무 일도 일어나지 않았다. 태감들은 그제야 비로소 한숨을 돌릴 수 있었다.

48장

비녀의 비밀

악종기가 북경을 떠난 뒤 보름 만에 과사도科舍圖 서부전선에서 800리 홍기 첩보紅旗捷報가 날아들었다. 청나라 부대가 갈이단의 몽고군과 교전해 적군 2400명을 전멸시키고 대포 두 문과 대량의 군량미와 건초를 빼앗았다는 내용이었다.

이때 옹정은 심신의 안정을 차츰 회복해가던 중이었다. 장정옥은 전선에서 날아온 승리의 전보를 받자마자 문 앞에서 접견을 기다리고 있던 수십 명의 관리들을 제쳐놓고 담녕거로 달려갔다.

"역시 악종기는 짐의 믿음을 저버리지 않았군. 참으로 장하네!"

첩보를 들여다보던 옹정의 두 눈이 빛났다. 그가 옆자리에 앉아 있는 홍력을 향해 말했다.

"당장 악종기에게 지의를 작성해 보내게. 그가 서부전선을 사수하고 있는 한 짐은 두 발 쭉 뻗고 승전의 첩보만 기다리겠노라고 말일세! 악종기의 부하 장령인 기성빈과 번정의 직급을 두 등급씩 올려주게. 완승을 거두고 개선하는 날이면 짐이 크게 공로를 치하할 것이라고 하게."

옹정은 한 번 크게 앓고 나더니 전보다 훨씬 더 수척해졌다. 그로 인해 워낙 가늘고 흰 손가락은 핏기 하나 없이 창백해졌다. 또 가끔 신경질적으로 떨리기도 했다. 홍력은 붓을 놀리다말고 부황父皇 옹정을 바라보며 조심스레 아뢰었다.

"명발明發(공개적으로 알림)하지 않는 것이 어떨까 하옵니다. 아무래도 이는 자그마한 승리에 불과하옵니다. 적의 주력을 전멸시키는 대승을 거둔 후에 천하에 승리의 소식을 알리는 것이 더 나을 듯합니다."

옹정이 온돌에서 내려와 신발을 신고 두어 걸음 떼어놓다 말고 장정옥에게 물었다.

"형신, 자네 생각은 어떤가?"

장정옥은 사실 크게 원기를 다친 옹정을 모처럼 기쁘게 해주려고 허겁지겁 달려왔을 뿐 첩보 내용에 대해서는 잘 알지 못했다. 그럼에도 상체를 깊숙이 숙이면서 옹정의 질문에 대답했다.

"그제는 악이태가 운남성 묘족들의 반란을 완전히 진압하지 못했다고 해서 폐하께서 크게 불쾌해하셨사옵니다. 어찌됐든 그 일에 비하면 이는 희소식이 아닐 수 없사옵니다. 물론 악종기는 우리 군의 사상자 수는 보고하지 않았사옵니다. 그러니 이번 '승전'에 의심스러운 부분이 없다고 단정적으로 말할 수는 없사옵니다. 그러므로 신은 넷째마마의 말씀대로 명발이 아닌 밀주密奏의 형식을 취하는 것이 바람직할 것 같사옵니다."

옹정이 한참 침묵한 후에 미소를 지었다.

"아니야. 악이태는 서남에서 묘책이 떠오르지 않아 곤궁한 처지에 빠진 것 같더군. 그러니 비록 자그마한 승전이기는 하나 온 천하에 널리 알려서 그에게 힘을 실어줘야겠어. 특뢰가 뒤통수를 치는 바람에 악종기의 병사들도 사기가 크게 떨어졌을 것이니 그들에게도 힘을 실어 주어야겠네. 짐은 이 때문에 명발을 주장하는 것이지 결코 태평을 과장하려고 그러는 것은 아니네."

홍력은 옹정이 이미 생각을 굳혔다는 것을 짐작할 수 있었다. 그래서 더 이상 자신의 의견을 고집하지 않고 부지런히 붓을 날려 성유聖諭를 작성했다. 장정옥이 황급히 다가가 성유를 직접 옹정에게 받쳐 올렸다.

장정옥은 하루 전 경기京畿 하독河督인 유홍도가 직권을 남용해 공금을 횡령했다는 내용으로 이한삼이 올린 탄핵안을 옹정에게 전해 올린 바 있었다. 때문에 그 탄핵안을 읽었는지 여부에 대해 조심스레 여쭈려고 했다.

바로 그때 고무용이 환약 한 알을 쟁반에 받쳐 들고 들어왔다. 눈치 빠른 어린 태감 진미미가 재빨리 은병에서 따뜻한 물 한 잔을 따랐다. 붉기가 주사朱砂같고 크기가 누에고치만 한 그것은 누사원이 만든 단약丹藥임에 틀림없었다. 장정옥은 자신도 모르게 한숨을 내쉬었다.

"폐하, 누사원은 귀신을 내쫓는 술수가 있다고 하오니 용체龍體가 치유되신 후에는 산속으로 돌려보내는 것이 좋겠사옵니다. 신이 알기로는 이런 약은 조증燥症을 극성케 하는 부작용이 있사오니 상복常服은 금물이옵니다. 폐하, 꺼림칙한 얘기이기는 하나 말씀 올리지 않을 수가 없사옵니다. 신은 이 약을 보자마자 명나라 때의 '홍환紅丸사건'(명나라 14대 황제인 광종光宗이 단약을 먹고 사망한 사건)이 떠오르는 것을 어찌할 수가 없사옵니다……."

장정옥은 뱉어놓고 보니 자신의 말이 조금 과했다고 생각한 듯 고개를 숙인 채 더 이상 말을 잇지 못했다. 그러자 홍력이 조심스레 나섰다.

"아바마마, 아무래도 태의원에서 조제한 소열제消熱劑가 효과는 느리오나 몸에 무해한 것 같사옵니다."

"짐은 이 단약을 매일 복용하는 게 아니네."

옹정이 물과 함께 약을 꿀꺽 삼켰다. 그리고는 덧붙였다.

"이 단약은 누사원이 조제한 것이 아니네. 백운관 도사들이 몇 백 년 전부터 먹어오던 처방에 따라 조제한 것이라네. 누사원도 짐에게 이런 약을 먹지 말라고 권유한 적이 있네. 너무 걱정하지 말게. 짐이 먹기 전에 수많은 사람들이 먼저 먹고 무사하다는 것이 검증됐으니 말이네."

장정옥이 다시 입을 열려고 했다. 순간 옹정이 먼저 말했다.

"됐네, 그만하게. 자네도 손가감처럼 짐의 약점만을 캐고 들 텐가? 짐이 다시는 이 약을 먹지 않으면 되지 않겠는가?"

옹정의 말에 홍력과 장정옥 두 사람 모두 어색하게 웃었다.

"이번에 아바마마께서 편찮으신 모습을 뵙고 아신은 기겁을 했었사옵니다. 그때 아신은 아바마마께서 쾌차하시면 올해의 추결秋決을 취소하도록 말씀드리려고 다짐했었사옵니다. 오늘 아바마마께서 심정心情이 좋아 보이시니 아신의 청을 받아주셨으면 하옵니다."

장정옥도 거들고 나섰다.

"폐하께서는 벌써 즉위 십 년을 앞두고 계시옵니다. 한 해 정도는 추결을 취소하는 것도 여러 모로 의미가 클 듯하옵니다."

"이는 자네들의 충효심의 발로라는 것을 알겠네."

옹정이 살짝 미간을 찌푸리더니 허탈한 웃음을 지었다. 이어 다시 천천히 말을 이었다.

"짐이 유난히 지엄하게 법을 집행한다는 것은 다들 아는 바이네. 그러나 우리 대청의 정세로 볼 때는 그럴 수밖에 없다는 사실을 자네들도 잘 알지 않은가. 어쨌든 올해의 추결은 취소하도록 하지. 단 두 부류의 죄수들은 예외네. 공공연하게 조정에 반기를 든 자, 유홍도처럼 조정의 하해와 같은 은혜를 입고도 겁 없이 뇌물을 수수하고 공금을 횡령한 탐관오리들이 이 두 부류네. 자네들은 어찌 생각하는가?"

장정옥이 깊이 생각을 하고는 한숨을 내쉬었다.

"진짜 유홍도가 이렇게 될 줄은 몰랐사옵니다. 그는 정말 보기 드문 인재이옵니다! 하도河道의 업무도 발 벗고 뛰어 왔사옵고……. 그러나 워낙 횡령한 금액이 천문학적이어서 감히 용서를 구할 수는 없사옵니다. 그저 유감스러울 따름이옵니다."

홍력 역시 암담한 표정으로 한숨을 내쉬며 말했다.

"그렇지 않아도 왠지 위태위태하게 느껴져 평소에도 틈만 나면 알아듣도록 지적을 했었사옵니다. 그런데 이토록 실망을 안겨줄 줄은 정말 몰랐사옵니다."

옹정 역시 애석하고 유감스런 감정을 숨기지 않았다.

"유홍도 사건을 두고 짐도 전전반측하면서 고민을 거듭했었어. 오늘날 이치吏治가 새 국면을 맞기까지는 실로 피나는 노력이 필요했지. 짐은 지난 수십 년 동안 많은 실패를 겪었고, 넘어지면 일어나기를 반복하면서 노력해왔네. 그 노력이 오늘날 비로소 결실을 맺게 된 것이지. 집안을 말아먹기는 쉬워도 일으키기는 힘들다는 말이 있네. 개미구멍 하나가 천길 제방도 무너뜨릴 수 있다堤潰蟻穴는 사실을 명심하게. 그런 뜻에서 짐은 결코 유홍도를 용서할 수 없네. 목을 치게,

주저하지 말고! 인재는 다시 천천히 찾아보면 생길 것이네. 사람 위에 사람 없고, 사람 아래 사람 없는 법이네."

옹정은 말을 마치고는 문득 윤사 일당이 건청궁에서 소란을 피울 때의 광경을 떠올렸다. 그때 당시 유홍도는 용감하게 나서서 호기롭게 윤사 일당과 대적했다. 옹정은 그 생각을 떠올리면서 가슴이 뭉클해졌으나 단호히 손사래를 치면서 지시를 내렸다.

"자네들은 더 논의할 일이 있으면 계속 하게. 짐은 서편전으로 가서 누워야겠네."

새로 지은 교인제의 별궁에서는 이미 불을 지피기 시작했다. 옹정은 늦가을의 찬바람을 맞으면서 궁전 안에 들어섰다. 순간 훈기가 온몸 가득 안겨왔다. 저절로 몸이 기분 좋게 녹아들었다.

교인제는 몇몇 궁녀들과 함께 수繡에 관한 얘기를 주고받다 옹정이 들어서자 황급히 하던 일을 멈췄다. 이어 옹정에게 다가와 찬찬히 겉옷을 벗겨주었다.

"벌써 엿새째 모습을 보이지 않으셨사옵니다. 어쩐 일이시옵니까? 내무부에서 꿩 몇 마리를 보내 왔기에 지금 은근한 불에 끓이고 있는 중이옵니다. 익으면 깨워드릴 테니 여기 누워 계시옵소서."

옹정이 교인제의 애교가 좋은지 미소를 지었다. 동시에 그녀의 뽀얀 볼을 살짝 비틀었다.

"역시 자네에게는 한족 복장이 어울리네. 갈수록 자태가 고와지는군. 요즘에는…… 황후와 이李씨, 경耿씨를 너무 홀대한 것 같아 한 번씩 위로해주느라 며칠 동안 못 와 봤네. 자네, 혹시 질투하는 것은 아니지?"

교인제가 옹정의 말에 얼굴을 살짝 붉힌 채 대답했다.

"소첩은 질투라는 것을 모르옵니다. 아무튼 모두가 그 단약 때문인 것 같사옵니다……. 전에는 지금처럼 하룻밤에 몇 번씩 소첩을 괴롭힌 일은 없었는데……."

"괴롭히다니, 뭘?"

옹정이 부드럽게 웃으면서 교인제를 품안으로 끌어당겨 안았다. 그리고는 그녀의 까맣고 반지르르한 머리를 쓸어내렸다. 그가 다시 입을 열었다.

"아들 없는 빈嬪들은 자연스럽게 냉대를 받게 돼 있다네. 짐이 하루에도 몇 번씩 자네를 괴롭히는 것이 자네를 위해서라는 것을 모르지는 않겠지? 단약이 조금 효험이 있을지도 모르나 꼭 단약 때문만은 아니네. 요 며칠 마음이 좀 편해지는 것 같네. 악종기와 악이태가 각자 군사軍事와 개토귀류 분야에서 승전고를 울린다면 짐은 더 날아갈 것 같겠지."

잠자코 옹정의 말을 들으며 교인제는 손가락으로 옷자락을 감았다 폈다 했다. 이어 나지막한 목소리로 불렀다.

"폐하……."

"왜?"

"폐하께서는 어찌 해서 소첩을 이토록 위해주시옵니까?"

"짐도 뭐라고 꼬집어 말할 수는 없네."

"사람들이 그러는데, 폐하께서는 젊은 시절에 좋아했던 그 천민 여인 때문에 특지를 내려 천적賤籍을 없앴다고 하옵니다. 그게 사실이옵니까?"

옹정이 교인제를 끌어안고 있던 팔을 풀면서 천천히 고개를 끄덕였다.

"그렇네. 하늘이 사람을 만들 때는 원래 귀천貴賤의 구별이 없었지.

때문에 그저 별로 좋지 않은 업종에 종사한다고 해서 천민으로 분류하는 것은 분명 잘못됐다고 할 수 있어. 짐은 그들에게도 똑같은 기회를 주고 싶었을 뿐이야."

옹정은 교인제의 말을 듣고 또다시 소복을 떠올렸다. 생각만 해도 소름이 끼치는 그 아픈 기억도 함께 떠올랐다. 옹정은 슬프고 암담한 표정으로 칠흑 같은 창밖을 멍하니 바라보면서 한참 동안 말을 하지 못했다…….

그제야 자신의 실수를 깨달은 교인제가 황급히 옹정의 발밑에 꿇어앉아 애교스럽게 옹정을 흔들었다.

"폐하, 희소식을 전하는 것을 깜빡했사옵니다. 산서성 포정사 이름이……."

그러자 옹정이 마치 깊은 생각에서 빠져나온 듯 부드러운 눈빛으로 교인제를 바라보았다.

"객이길선喀爾吉善 말인가?"

"예, 폐하! 산서성 포정사 객이길선이 저의 모친이 있는 곳을 알아냈다고 하옵니다. 이제 곧 북경으로 데려다 줄 거라고 했사옵니다. 소첩이 돈을 몇 푼 모으지 못했으니 폐하께서 조금 더 하사해주셨으면 하옵니다. 평생 뼈 빠지게 고생만 하신 어머니께 이 딸이 지금부터라도 복을 누리게 해드리고 싶사옵니다."

교인제가 흥분한 듯 눈물까지 흘렸다.

"고작 돈 몇 푼이 문제겠는가! 원명원 동쪽에 좋은 집 한 채가 있으니, 자네 모친에게 상으로 내릴까 하네. 모녀 상봉의 기념으로 말일세."

옹정이 웃으면서 말했다. 교인제만 보면 늘 기분이 좋아진다는 그의 말은 확실히 사실인 듯했다.

그러나 교인제의 가족을 찾는 것은 그렇게 쉬운 일이 아니었다. 객이길선이 조사해본 바에 따르면 산서성 경내에는 정양定襄이 고향인 교喬씨가 무려 열다섯 가구나 있었다. 그들은 북경 황실의 빈嬪이 가족을 찾는다는 소문을 듣자 너 나 할 것 없이 자신의 딸 이름이 교인제이고 비슷한 시기에 잃어버렸다고 하소연을 해댔다. 교인제는 그런 세태의 염량炎涼에 탄식을 금치 못하면서도 정체불명의 '친정'들을 꾸준히 도와주고는 했다. 그러나 산서성 경내가 온통 '친정'으로 변해갈 즈음까지도 그녀의 어머니는 나타나지 않았다. 급기야 교인제도 친정을 도와줄 여력을 상실하게 됐다.

그 사이 조정에서도 화불단행禍不單行(불행한 일은 항상 줄지어 발생한다는 뜻)의 나날이 이어졌다. 악종기가 보내온 첩보가 가짜였다는 사실이 우선 밝혀지면서 조정은 발칵 뒤집혔다. 진실은 악종기 대군이 준갈이 2만 대군의 습격을 받고 우왕좌왕 쫓겨 다니면서 숱한 사상자를 내고 수십만 마리의 가축을 빼앗겼다는 것이었다. 대신들의 간언을 무시하고 명조明詔를 내려 그들의 승전을 치하했던 옹정에게는 이만저만한 충격이 아니었다.

서남 방면의 개토귀류 상황도 여의치 않기는 마찬가지였다. 악이태가 피까지 토해가면서 최선을 다했으나 정부 시책에 반발하는 민란이 꼬리에 꼬리를 물고 이어졌다. 게다가 그 수위는 날이 갈수록 높아졌다. 옹정은 수개월째 침식을 전폐하다시피 했다. 결국 악이태는 백작 지위를 박탈당하고 병을 '치료'한다는 명목으로 북경으로 돌아와야 했다…….

그런 옹정을 옆에서 지켜보는 교인제의 마음도 괴롭기 그지없었다. 모친의 행방도 묘연해지고 그렇게 우울한 나날을 보내고 있던 중에 드디어 옹정 13년 6월에 그녀에게 희소식이 날아들었다. 그 사이 산서 순무로 승진한 객이길선이 끈질긴 노력 끝에 산서성의 어느 벽촌에서 교인제의 모친으로 짐작되는 흑黑씨를 찾아냈던 것이다.

흑씨의 남편 교본산喬本山은 5년 전에 이미 죽었다고 했다. 객이길선은 행여라도 지난번과 같은 실수를 되풀이할 것을 우려해 이번에는 흑씨의 초상화와 그녀가 딸에게 보내는 신물信物을 함께 고무용에게 전했다.

고무용은 신분이 범접하기 어려울 정도로 높아진 교인제의 일에 감히 태만할 수 없어 즉각 담녕거 서편전으로 달려갔다. 안으로 들어서자마자 싱글벙글하면서 아뢰었다.

"의빈宜嬪마마, 객이길선 중승으로부터 희소식이 배달됐습니다. 이번에는 마님이 틀림없는 것 같습니다!"

"그게 정말인가?"

지패紙牌를 펴놓고 점괘를 보고 있던 교인제가 급히 다가왔다. 그녀가 재빨리 객이길선이 보낸 편지를 읽고 나더니 고무용에게 물었다.

"폐하께서는 지금 어디 계신가? 이삼 일 동안 한 번도 모습을 뵐 수 없어 궁금해서 그러네."

고무용이 조심스레 대답했다.

"이빈李嬪 마마께서 편치 않다고 하시어 다녀가셨다가 어제는 담녕거에서 침수 드셨습니다. 방금 이위 대인을 접견하시고 폐하의 용안에 모처럼 희색이 만면하셨사옵니다. 이 총독이 산동성에서 백련교白蓮教 두목을 붙잡아 북경으로 압송했다고 하옵니다. 강서 쪽에서도 일명 '일지화'一枝花라는 산적들이 이 총독에 의해 뿔뿔이 흩어져 도망갔다고 하옵니다."

"일지화라……, 이름이 예쁘네!"

교인제가 대수롭지 않게 편지를 내려놓더니 돌돌 말려 있는 그림

을 펼쳤다. 이어 웃으면서 물었다

"일지화 두목이 여자인가 봐?"

"그렇습니다. 어디서 수행을 했는지 구름을 타고 날아가는 재주가 있다고 합니다. 보친왕마마께서는 생포하면 어떤 요정妖精인지 한번 보고 싶다고 했습니다……."

교인제가 시무룩하게 웃으면서 그림을 펼쳐들었다. 그리고는 머리에서부터 발끝까지 손으로 쓸어내리면서 찬찬히 훑어보기 시작하였다. 가끔 고개를 끄덕이다가 다시 고개를 젓기도 하는 것이 확실히 단정 짓기가 어렵다고 생각하는 것 같았다.

고무용이 말했다.

"미간이 의빈마마하고 좀 비슷한 것 같사옵니다. 광대뼈가 너무 튀어나온 것은 좀……."

"우리 어머니 턱 밑에는 점이 하나 있네. 지금 고개를 숙이고 있어 안 보이네."

교인제가 희비가 교차된 표정을 한 채 그림에서 눈을 뗄 줄을 몰랐다. 곧이어 그녀가 다시 입을 열었다.

"아! 이건 맞네. 어머니가 남의 집 삯빨래와 삯바느질로 우리를 키우셨거든. 겨울에 빨래를 하다가 동상을 입어 가운데손가락을 곧게 펴지 못하시거든. 그림에도 가운데손가락이 굽혀져 있네!"

교인제가 마음이 다급해진 듯 황급히 흑씨가 보냈다는 신물을 펼쳤다. 순간 그녀는 할 말을 잃고 말았다. 허물어지듯 바로 그 자리에 무너졌다. 그리고 그녀는 넋 나간 사람처럼 신물만 뚫어지게 바라보고 있었다!

그때 옹정이 주렴을 걷고 들어섰다. 소식을 들은 옹정이 서둘러 물으려고 할 때 교인제가 벌떡 일어나 옹정의 팔을 꽉 부여잡으면서 홍분에 떨었다.

"어머니……, 소첩의 모친이 틀림없사옵니다. 폐하, 소첩의 모친을 찾았사옵니다! 이것 좀 보시옵소서. 반 토막짜리 비녀이옵니다. 소첩이 떠나올 때 집에 돈이 한 푼도 없어서 모친께서 비녀를 주셨사옵니다……."

교인제의 눈에서는 눈물이 비 오듯 했다. 말하기가 힘들 정도였다. 그러나 그녀는 끈질기게 자신의 생각을 입에 올렸다.

"……소첩을 데려간다는 집에서 손재주도 가르쳐주고 밥도 먹여준다는데 이게 왜 필요하냐고 한사코 거절했었사옵니다. 나중에 소첩은 후회하기도 했사옵니다. 이러다 만에 하나 밖에서 죽거나 병이 들기라도 하면…… 모친의 체온이 느껴지는 신물이라도 곁에 있으면 훨씬 덜 서글플 것 같았사옵니다……."

교인제는 더 이상 말을 잇지 못했다.

책상 위에 놓여 있는 초상화와 편지, 그리고 신물……. 모든 상황으로 미뤄 볼 때 이번에는 십중팔구 틀림없는 것 같았다. 급기야 옹정도 덩달아 기뻐했다.

"울지 말게, 좋은 일이 아닌가! 이번에는 확실한 것 같으니 산서 순무에게 그분을 빨리 북경으로 보내라고 해야겠네. 길어야 보름이면 만날 수 있을 거네."

교인제는 옹정의 말에도 하염없이 비녀를 들여다보면서 울고 또 울었다. 눈물이 비녀 위로 뚝뚝 떨어졌다. 옹정은 문득 그 비녀에 호기심이 동했는지 나지막하게 물었다.

"그러면 이 비녀는 자네 모친이 자네에게 주시려던 신물이겠군? 예사 물건은 아닌 것 같으니 어디 좀 보세."

교인제가 비녀를 옹정에게 건네주었다.

"자세히 들여다보면 꽃과 여의如意 무늬가 있사옵니다. 아버지께서 어머니께 선물한 것이라 들었사옵니다."

옹정은 반 토막 난 비녀를 들고 유심히 살펴봤다. 끝부분이 닳아서 뾰족하고 반질반질해진 것이 마치 귀이개 같았다. 그동안의 긴 세월을 말해주듯 비녀의 원색은 이미 퇴색한 뒤였다. 그저 까맣고 반지르르한 광채만 남아 있을 뿐이었다.

옹정은 손으로 살살 비녀를 쓰다듬다 문득 그 위에 희미하게 남아 있는 용무늬를 발견했다. 돌연 그는 마치 불에 데기라도 한 듯 손을 부르르 떨며 비녀를 바닥에 떨어뜨리고 말았다!

교인제가 허리를 굽혀 그 비녀를 주우려 했다. 하지만 옹정의 손이 더 빨랐다. 웬일인지 그의 얼굴에서는 더 이상 희색을 찾아볼 수조차 없었다. 그저 놀라움과 왠지 모를 당황함만이 역력했다.

교인제가 무슨 영문인지 몰라 멍하니 바라보자 옹정이 물었다.

"이 비녀는 궁궐에서 만들어진 것 같은데……, 자네 가문에서 자손대대로 물려받은 건가?"

"그건 잘 모르겠사옵니다. 아버지께서 어머니께 선물로 주셨다는 것 외에는 아는 것이 없사옵니다."

교인제가 생각을 잠시 더듬더니 이내 고개를 저었다.

"자네 모친…… 성이 무엇인가?"

"흑씨이옵니다."

그 순간 옹정은 더욱 크게 놀라면서 쓰러질 듯 휘청거렸다. 그가 다그쳐 물었다.

"모친 고향은 산서성인가?"

교인제가 더욱 어리둥절한 얼굴을 한 채 고개를 저었다.

"그건 아니옵니다. 다른 곳에서 살다가 산서로 피난 왔다고 들었사옵니다."

"다른 곳이라니? 어디 말인가?"

"황공하오나 아는 바가 없사옵니다."

"모친께서 창가唱歌에도 능하고 가야금도 잘 뜯는 편인가?"

"창가하는 모습도, 가야금 뜯는 모습도 본 적이 없사옵니다."

교인제가 이상하다는 듯 옹정을 뚫어지게 바라봤다.

"폐하, 어찌해서 그런 것을 물으시는 것이옵니까?"

그러자 옹정이 가볍게 한숨을 내쉬었다.

"그냥 물었네. 자네가 금기서화琴棋書畵에 모두 능하기에 혹시 모친으로부터 전수를 받았나 해서 물었네."

교인제가 그제야 생긋 웃었다. 버섯죽 한 숟가락을 옹정의 입 안에 떠 넣어주면서 쾌활한 어조로 말했다.

"그러나 폐하께서는 방금 신색이 너무 심각하셨사옵니다. 소첩은 강남에서 창을 며칠 배웠사옵니다. 바둑과 가야금 같은 건……."

교인제가 그쯤에서 갑자기 말을 멈췄다. 나머지는 윤제와 함께 마란욕에 있으면서 그로부터 배웠던 것이다. 그녀가 재빨리 옹정의 눈치를 살피면서 말머리를 돌렸다.

"바둑은 혼자서 생각하고 고민한 끝에 저도 모르는 사이에 익히게 됐사옵니다. 언제라도 폐하께서 한가하실 때 소첩을 불러주시면 기꺼이 시중을 들겠사옵니다."

"음, 좋지."

옹정이 입 안의 버섯죽을 우물거리며 삼켰다. 그러나 마음은 여전히 갈팡질팡했다. 교인제가 무슨 말을 했는지도 귀에 들어오지 않았다. 옹정이 건성으로 몇 마디 더 하고는 일어서면서 말했다

"버섯죽이 맛있네. 자네도 신열이 있어 기침이 잦은 것 같던데, 많

이 먹어두게."

옹정이 그녀를 향해 웃음을 지어 보였다. 그러나 그 미소는 왠지 모르게 어색해 보였다. 그가 덧붙였다.

"자네 모친이 도착하면 짐에게도 보여줄 거지? 대체 어떤 대단한 어머니가 이토록 고운 딸을 낳았는지 궁금하거든."

말을 마친 옹정은 곧 궁전을 나섰다.

옹정이 경황없이 담녕거로 돌아와 보니 이위, 장정옥, 방포가 홍력과 뭔가 의논을 하고 있었다.

"서남쪽 묘족 부족에 또 무슨 일이 생기기라도 한 건가?"

이위를 비롯한 세 사람이 황급히 무릎을 꿇었다. 이어 홍력이 자리에서 일어서면서 아뢰었다.

"악이태 대신 투입된 장조張照로부터 주장이 도착했사옵니다. 가자마자 적들 오륙백 명을 소탕해 자그마한 승리를 거뒀다고 하옵니다. 미력하나마 폐하의 기분 전환에 도움이 될까 해서 이 소식을 전하는 것이라고 했사옵니다. 이밖에 평군왕平郡王이 군기처에 보낸 정기廷寄도 있사옵니다. 사제세가 군중에서 병이 깊어감에도 죄를 씻고자 열심히 일하고 있으니, 이제는 죄를 면하게 해 군중으로부터 철수시키는 것이 어떻겠느냐면서 아신에게 대신 주청 올려달라고 했사옵니다."

"사제세를 북경으로 소환하게. 어느 부서에 자리가 비었나 보고 먼저 원외랑員外郎의 자격을 주도록 하게."

"예, 아바마마!"

홍력이 즉시 대답했다. 이어 조심스레 덧붙였다.

"악종기가 죄를 청하는 주장과 함께 열여섯 가지 건의사항도 함께 올렸사옵니다. 신강新疆의 토로번吐魯番(투루판)쪽에서 둔전屯田을 실시하고 합밀哈密(하밀)과 토로번 사이에 초소를 설치해 지구전에 들어가는 게 어떻겠느냐고……."

옹정은 그러나 홍력이 내민 악종기의 상주문을 읽지도 않고 한쪽에 내던지듯 내려놓았다. 그리고는 분노에 찬 어조로 말했다.

"못 받아들인다고 하게! 거의 삼만 명에 달하는 정예부대를 이끌고 나가 번번이 얻어맞기만 한 주제에 뚫린 입이라고 그따위 망발을 하나? '장구직진'長驅直進(거침없이 쳐들어감)을 주장할 때는 언제고, 이제 와서 생뚱맞게 또 무슨 '지구전'인가? 얼마 되지도 않는 나부랭이들 때문에 앞으로 군량미를 얼마나 더 허비하겠다는 얘기인가? 어불성설이야!"

옹정이 말을 마치고는 장조의 주장을 집어 앞뒤를 훑어 봤다. 이어 붓을 날려 주비를 달기 시작했다.

> 짐의 기대에 부응하려는 노력이 가상하네. 운남성 묘족들의 반란은 위험 수위를 넘어서고 있네. 그러나 우리 대청에 장기적으로 대적하기에는 모든 것이 역부족일 것이네. 성급하게 서두르지 말고 여유 있게 군사력을 다지고 각 부서와 조화를 이뤄가면서 은근히 목을 조이도록 하게. 군사軍事라는 것은 대소를 떠나 모두 베고 베이는 흉흉한 대결인 만큼 항상 경각심을 늦추지 말기를 바라네. 부디 온 힘을 다해 짐의 후망厚望에 부응하는 희소식을 전해주기 바라네.

옹정이 붓을 내려놓고는 어비를 홍력에게 건네주면서 덧붙였다.

"장조는 문인 출신이라 그런지 총대 메고 싸우러 나가는 것을 달빛 아래에서 시 읊조리듯 낭만적으로 생각하는 경향이 있는 것 같네. 군무에 대해 궁금한 것이 있으면 수시로 자네 열일곱째 숙부에게 조언을 구하도록 하게."

"예, 아바마마."

홍력이 황급히 대답했다. 그러나 사실 열일곱째 윤례도 실전경험이 없기는 마찬가지였다. 때문에 홍력은 이럴 때마다 열넷째 숙부인 윤제의 부재가 안타까울 뿐이었다. 그러나 윤제는 교인제가 빈嬪으로 승격된 이후 아예 두문불출을 선언해버린 상태였다. 또 그와 옹정의 사이는 예전보다 훨씬 더 소원해져 있었다. 홍력이 옹정의 눈치를 살피면서도 감히 윤제를 만나게 해달라는 청을 올리지 못한 것은 그런 이유 때문이었다.

그때 이위가 물러가려는 듯 움찔거렸다. 그러자 옹정이 그를 부르더니 물었다.

"자네, 곧 북경을 떠날 건가?"

"날씨가 너무 더워서 웬만하면 서둘러 길을 떠나지 않으려고 했사옵니다. 그러나 윤계선이 보내온 서신에 따르면 올해 양자강의 수위가 낙관하지 못할 정도에 이르렀다 하옵니다. 양자강 하류의 몇몇 지역에 위험신호가 보여 계선이 본인은 그곳 순찰을 떠나려는 모양이옵니다. 그렇게 되면 총독아문이 비어 있게 되오니 신이 서둘러 떠날 수밖에 없사옵니다. 아직 일정이 확실히 잡히지 않아 감히 폐하께 상주하지 못했사옵니다."

이위가 황급히 웃으면서 대답했다.

옹정이 그의 말을 다 듣고는 주위를 둘러봤다. 뭔가 이위에게 따로 할 말이 있는 것 같았다. 그러나 그의 예상대로 주변에는 태감들이 많았다. 밖에는 접견을 기다리는 대신들도 있었다. 그가 곧 자리에서 일어나면서 말했다.

"짐을 따라 뒷방으로 오게. 잠깐 할 말이 있네."

"예, 폐하!"

이위가 홍력에게 예를 갖춰 인사하고는 부랴부랴 옹정을 따라 나섰다. 말로는 뒷방이라 했으나 미궁 같은 뜰과 복도를 한참 지나서야 겨우 목적지에 도착할 수 있었다. 그는 담녕거에 몇 번 와 보기는 했다. 하지만 이런 곳이 있는 줄은 전혀 알지 못했다.

뜰 밖에서는 궁녀들이 빨래를 널고 있고, 물지게를 진 태감들이 부산하게 움직이고 있었다. 이위가 궁금증을 참지 못하고 여쭈었다.

"폐하, 여기가 어디이옵니까?"

옹정이 미처 입을 열기도 전에 어린 태감 진미미가 얼음 속에 담가 뒀던 수박을 한 쟁반 들고 들어왔다. 또 다른 태감 두 명은 얼음이 담긴 대야를 두 개 가져다 옹정의 옆에 조용히 내려놓고 물러갔다. 그제야 옹정이 입을 열었다.

"의빈 교인제의 거처로 만든 곳이나 짐도 가끔 앞에서 일을 보다가 피곤할 때면 들어와 쉬어가고는 한다네."

옹정이 수박 한 조각을 베어 물었다. 그런 다음 쟁반째 이위에게 밀어주었다.

"시원하고 좋네. 한 조각 먹어 보게."

이위가 황급히 감사함을 표하고는 수박 하나를 집어 들고 한 입 베어 물었다.

"과연 당도가 뛰어난 것 같사옵니다. 젊었을 때 같았으면 뱃가죽이 수박처럼 둥그렇게 늘어날 정도로 허겁지겁 먹었을 것이오나 지금은 위가 부실해 많이 먹을 수가 없사옵니다……."

"짐이 자네를 부른 건 한 가지 의혹을 함께 풀어볼까 해서야. 짐의 이 일은 자네만 알고 있는 것이네. 짐이 옹친왕 시절부터 쭉 지켜본 바 자네는 명민하고 입이 무거운 사람이네. 짐의 말을 귀담아 듣고 같이 고민해 보세."

옹정이 쉽게 말이 떨어지지 않는 듯 무겁게 입을 열었다. 이어 깊은 탄식과 함께 교인제가 부담스러워지기 시작한 경위를 털어 놓았다. 그가 다시 몇 마디를 덧붙였다.

"세상에 어쩌면 이토록 묘한 우연이 있을 수 있는가? 궁중에서 귀이개가 달린 똑같은 비녀를 만들었을 리는 없지 않겠나? 그 모친도 하필이면 소복과 똑같이 흑씨라고 하니 말일세! 더 두려운 것은 인제의 나이를 추산해 보면 기가 막히게 들어맞는다는 사실이네. 만에 하나……."

이위는 그제야 옹정의 말뜻을 알아차렸다. 깜짝 놀랄 수밖에 없었다. 저도 모르게 숨을 크게 들이마셨다.

"하오나 폐하, 소복은 그 당시 분명히 불에 타서 죽음을 당하지 않았사옵니까?"

옹정이 근심이 가득한 표정으로 말했다.

"소복이 쌍둥이였다는 사실을 잊지는 않았지? 소록이라는 언니가 있었는데, 둘이 너무 닮아 부모도 헷갈릴 정도였지. 소록이 동생을 대신해 장작더미에 올라갔을지도 모르는 일일세!"

이위가 옹정의 말에 흠칫했다. 그 때문에 한 입 베어 문 수박을 씨까지 모두 꿀꺽 삼켜버리고 말았다. 그것은 두 사람만이 알고 있는 철저한 비밀이었다. 그렇지 않아도 20년 동안 남모르는 비밀을 안고 은근히 불안해 했던 이위는 옹정이 커다란 난제를 자신에게 밀어주자 곤혹스럽기만 했다.

교인제의 어머니가 과연 소복이라면 교인제는 바로 옹정의……. 생각만 해도 기절초풍할 일이 아닐 수 없었다. 천하의 강심장이라 자부하는 이위도 고동치는 가슴을 부여잡고 깊은 고민에 잠길 수밖에 없었다. 이마에는 어느새 식은땀이 송골송골 맺히고 있었다. 이위가 고개를 숙이고 한참 고민하더니 천천히 입을 열었다.

"만약 소복이 살아 있다면 인제는 그녀가 재가해 낳은 딸일 것이옵니다."

"만에 하나 인제가 짐의 자식이라면……."

이위가 바로 옹정의 말을 잘라버렸다.

"폐하, 그럴 리는 없사옵니다. 기억나지 않으시옵니까? 폐하와 신이 흑풍황수점에 묵었을 때 객점 주인이 '아들을 낳았다'고 전했사옵니다."

"물론 기억나지. 그러나 그자는 거짓말을 일삼는 자라 그자의 말을 곧이곧대로 믿을 수는 없어."

말문이 막힌 이위가 다시 단호한 어조로 말했다.

"폐하, 아무리 생각해봐도 방법은 한 가지뿐이옵니다. 모르는 것이 약이라고 했사옵니다. 이 일은 더 이상 들추지 마시고 그대로 덮어두시옵소서. 결과가 어떻든 궁금해하지 마시고 비녀를 발견하지 못했던 그 이전으로 돌아가시옵소서! 신은 죽을 때까지 입을 단단히 봉하고 있을 것이옵니다."

이위의 말은 이치에는 맞았다. 그러나 도의적으로는 따르기 어려운 것이었다. 옹정은 어릴 때 주식에게 받았던 가르침이 기억났다. 당시 주식은 춘추전국시대의 어떤 왕이 생모와 간통한 사실을 언급하면서 '짐승보다 못한 인간'이라고 통렬하게 비난했었다. 침까지 뱉으면서 말이다.

그런데 만약 옹정 자신이 친딸과 난륜을 저질러 왔다는 사실이 들통이라도 나는 날에는 지금껏 심혈을 기울여 이룩한 모든 것이 순식간에 물거품이 될 터였다. 더불어 천하의 몰염치한 군주로 천추의 역사에 기록될 것이었다. 여기까지 생각한 옹정은 집요하게 파고드는 불안을 무슨 수를 써서라도 떨쳐버리려는 듯 죽어라 고개를 흔들었다.

49장

역사는 기억하리라!

운명적으로 만나야 할 사람은 결국에는 만나게 되는 법이다. 교인제의 어머니 흑씨는 추석 즈음에 무사히 북경에 도착했다. 내무부에서는 즉각 옹정과 교인제에게 그 사실을 상주한 뒤 그녀를 원명원 동쪽에 있는 방으로 모셨다.

그러나 옹정은 차일피일 미루면서 교인제의 모친을 만나지 않았다. 다시 새로운 국면을 맞이한 서부전선을 친히 원격조종하느라 눈코 뜰 새 없이 바쁜 것도 있었으나 더 중요한 것은 상상하기조차 싫은 현실과 마주할 용기가 없었기 때문이었다. 그 사이 옹정은 교인제가 있는 서편전을 두어 번 찾았으나 예전 같은 친절함과 애정표현은 차마 하지 못했다.

그래도 교인제는 모녀 상봉을 적극 도와준 옹정이 그저 눈물겹도록 고마울 뿐이었다. 추석날에는 모친께 자금성을 구경시켜주고 황후를 배알한 뒤 옹정을 만나기로 나름 계획도 잡아놓았다. 황제께서 친히 모녀를 접견해 덕담을 하사하신다면 모친이 얼마나 기뻐하실까. 그녀는 그런 생각을 하면 자다가도 벌떡 일어날 만큼 기쁨을 감출 수가 없었다.

그러나 추석을 사흘 앞둔 8월 12일 내무부에서 전해온 지의는 그녀를 실망시키기에 충분했다. 추석 당일 옹정은 문무백관들을 거느리고 천단天壇으로 가서 제사를 지낼 뿐만 아니라 제사에 장중함을 더하기 위해 황후도 함께 갈 것이라는 내용이었던 것이다. 대신 친정이 북경에 있는 궁비宮妃와 궁빈宮嬪들에게는 은총이 내려졌다. 집으로 돌아가 추석 명절의 보름달을 가족과 함께 마음껏 즐기라는 지의가 내려온 것이다.

궁궐 안은 긴 목마름 끝에 단비를 맞은 듯한 궁빈들의 환호성으로 떠나갈 듯했다. 그러나 추석날 황후를 알현하기로 했던 교인제로서는 다소 실망스러울 수밖에 없었다.

교인제는 추석 전날 밤 용기를 내서 옹정에게 추석날 밤새도록 모친과 함께 있고 싶다고 청을 했다. 옹정은 처음에는 난색을 표하다가 나중에는 인제의 부탁을 들어줬다.

"진미미에게 자네를 시중들라고 할 테니 절대 비밀에 붙이도록 하게. 비빈들이 집으로 돌아가 명절을 쇠어도 날을 넘기게 한 적은 없네. 자네는 이십 년 만의 첫 모녀상봉이니 예외라 할 수 있겠으나 다른 사람들이 알면 질투할 것이니 조심하게. 짐은 요즘 무척 바쁘니 명절 지나고 이삼일 내에 자네를 보러 갈까 하네."

하지만 옹정은 16일에도, 17일에도 서편전을 찾지 않았다. 그 사이 서남전선의 장조와 서부전선의 악종기로부터 모두 참패를 당했다는 비보가 날아들었다. 옹정은 극도의 분노와 치욕을 주체할 수 없어 혼절을 거듭했다.

장정옥은 고무용으로부터 옹정이 자신을 부른다는 지의를 받고 정신없이 달려왔다. 궁전 입구에 다다랐을 때 안에서 옹정의 무겁고 쉰 목소리가 들려왔다.

"악종기를 절대 용서할 수 없어! 고은庫銀을 자그마치 이천만 냥이나 퍼 쓰고 짐에게 보내온 것은 크고 작은 패배의 소식뿐이었어. 실로 그토록 멍청하고 무능할 줄은 몰랐네. 즉각 지의를 발송하게. 스스로도 짐을 볼 체면이 없고 살아있다고 해도 산목숨이 아닐 테니, 힘들게 오느라 하지 말고 군중에서 스스로 목숨을 끊으라고 말이야. 마지막 체통이라도 지키라고 하게."

장정옥은 옹정의 말을 들으면서 전혀 다른 생각을 했다. 악종기의 잇따른 패배의 원인이 그 자신의 무능 때문만은 아니라는 것이었다.

사실 그동안 옹정은 정무에만 치중했다. 악종기를 지나치게 믿었기 때문에 군무를 소홀히 했다. 그럼에도 불구하고 가끔 패보敗報가 날아들 때마다 악종기를 궁지에 몰아넣는 힐책과 함께 현지 사정과 전혀 맞지 않는 작전을 강요하고는 했다. 따라서 서부군의 패전 원인 중에는 옹정의 '원격조종' 탓도 한 몫 했다고 봐야 옳았다.

그러나 장정옥은 속으로만 그런 생각을 했을 뿐 감히 옹정에게 진언할 생각은 하지 못했다. 가뜩이나 자기주장이 강한 옹정이 최근 들어 성격이 더 괴팍해진 탓이었다. 이런저런 생각에 잠겨 있던 그가 천천히 목청을 가다듬었다.

"신 장정옥, 대령했사옵니다!"

"들게."

장정옥이 엉거주춤한 자세로 들어가 대례를 올렸다. 그리고는 좌중을 살펴보았다. 윤례, 홍력, 방포도 자리해 있었다. 또 한쪽에는 악이태가 무릎을 꿇고 있었다. 척 봐도 서남의 개토귀류 문제를 논의하고 있었음이 분명했다. 옹정의 신색은 지난번 가사방 사건 때 크게 앓고 났던 당시를 떠올리게 했다. 희고 창백한 볼 한쪽에 검붉은 반점이 보였고, 찻잔을 들고 있는 손은 미세하게 떨고 있었다. 대로한 표정이 역력했다.

옹정이 장정옥을 힐끗 쳐다보다 말고 길게 탄식을 내뱉으면서 악이태를 향해 말했다.

"그만 일어나게. 죄는 지었으나 아직 군기처 대신의 직무를 박탈당한 것은 아니지 않은가!"

옹정이 손사래를 쳤다. 그러다 갑자기 외마디 비명을 질렀다.

"욱!"

옹정이 가슴팍을 움켜쥐면서 괴로워했다. 그러더니 픽, 하고 옆으로 쓰러지고 말았다…….

"아바마마!"

"폐하!"

궁전 안은 삽시간에 아수라장이 됐다. 어의를 불러야 한다는 주장과 도사를 불러야 한다는 주장이 엇갈리고 있었다. 그러자 홍력이 고함을 질렀다.

"우리 왕부로 가서 온씨와 두 측복진을 불러오도록 하게. 그들이 기공으로 폐하의 병을 치료할 수 있을 거네."

고무용과 몇몇 태감들은 옹정을 편히 뉘었다. 이어 인중을 눌러주고 팔다리를 주물러 주었다. 옹정이 그 사이 어렴풋이 정신이 들었는지 홍력을 만류하고 나섰다.

"이보게, 홍력! 나는 괜찮으니 요란스레 굴지 말게."

안색이 누렇게 떠 보기에도 흉측한 옹정이 다시 가쁜 숨을 몰아쉬면서 말을 이었다.

"누사원은 강서로 돌아갔으니 백운관에 있는 도사 중에 아무나 오라고 하게. 여자들을 오라 가라 하지 말고."

홍력이 울먹이면서 대답하고는 몇 마디를 덧붙였다.

"언홍과 영영도 실력이 뛰어납니다. 도사들에게 맡기느니 아무래도 제집 식구에게 맡기는 것이 나을 듯하옵니다. 그들은 선천적인 내기공內氣功을 연마해 사기邪氣가 전혀 없사옵니다. 아신이 기공을 받아봤사옵니다."

옹정은 아들의 말에는 아랑곳하지 않고 깡마르고 차가운 손을 내밀었다. 그리고는 온돌 옆에서 수심에 잠겨 있는 장정옥의 손을 꼭 잡았다. 또 눈으로는 방포와 악이태를 바라보았다.

"이기고 지는 것은 병가에서는 일상적인 일이라는 것을 잘 아네. 짐이 장조와 악종기를 용서할 수 없는 건 단순히 적들과의 싸움에서 패했기 때문만은 아니네. 짐이 참을 수 없는 건 그들이 처음부터 교전 상황을 사실대로 아뢰지 않고 거짓보고로 짐을 속여 왔다는 거네. 종이로 불을 감쌀 수 없듯이 더 이상 숨기려야 숨길 수 없을 정도가 되자 그제야 짐에게 보고했어. 그러니 어찌 짐이 속수무책의 궁지에 빠지지 않을 수 있었겠나? 이것들이……!"

장정옥이 황급히 입을 열었다.

"폐하, 지금은 조용히 수면을 취하시는 것이 무엇보다 요긴할 것 같사옵니다. 정무는 나중에 논하는 것이 어떨까 하옵니다."

옹정이 장정옥의 권유에 천천히 눈을 감았다. 그리고는 중얼거리듯 말했다.

"그래……. 악종기가 이렇게 무능할 줄은 정녕 몰랐네. 군량미도 적들의 몇 배나 더 쓰고……."

옹정은 스르르 맥을 놓아버렸다. 그러자 태의들이 몇몇 신하가 지켜보고 서 있는 가운데 들락날락하면서 그의 맥을 짚어보고 상태를 주시했다.

시간이 얼마나 흘렀을까, 온씨와 두 딸이 들어섰다. 공자와 맹자 외에는 아무도 믿지 않는 방포는 기공으로 병을 치료한다는 말에 진작부터 그리 달갑지 않은 눈치를 보이고 있었다. 그러나 온씨 모녀는 방포가 상상했던 것처럼 부적을 태우면서 난리법석을 떨지 않았다. 그저 옹정의 침상 앞에 조용히 무릎을 꿇고 앉아 열 손가락을 부채 모양으로 펴서 옹정을 향하고 있을 뿐이었다. 그 어떤 요란한 움직임도 없었다.

잠시 후 보일 듯 말 듯한 현란한 빛이 옹정의 몸을 아래위로 쓸어내리는 것이 좌중 사람들의 눈에 보였다. 또 얼핏 사향 냄새 같기도 하고 단향나무 향 같기도 한 향기가 궁전 안을 서서히 감돌기 시작했다. 사람들은 숨을 들이마실 때마다 가슴이 시원해지고 정신이 맑아지는 것 같은 기분을 느꼈다. 곧 하나같이 어안이 벙벙한 채 연신 코를 벌름거렸다.

그때 세 여자가 내밀었던 손을 거둬들였다. 그리고는 온씨가 나지막하게 입을 열었다.

"용안을 떠 보시옵소서. 폐하, 아직 머리가 어지러우실 수 있사옵니다. 그건 아직 수라를 드시지 않으셨기 때문이옵니다. 저녁에 죽을 좀 드시면 금세 좋아지실 것이옵니다."

옹정은 천천히 눈을 떴다. 머리를 좌우로 흔들기도 했다. 순간 그의 얼굴에 미소가 번졌다. 자상한 눈매로 언홍과 영영을 바라보았다. 이어 천천히 입을 열었다.

"자네들이 짐의 두 며느리인가? 좋군! 현숙하고 남다른 재주도 있으니 이 또한 홍력의 복이 아닐 수 없네. 자네들 혹시 한족인가?"

언홍과 영영은 다소 겁에 질린 표정으로 옹정을 바라봤다. 그리고는 살포시 엎드려 머리를 조아린 채 대답했다.

"그렇사옵니다, 폐하."

옹정이 기력을 많이 회복한 듯 일어나 앉더니 온씨를 향해 말했다.

"정말 감쪽같이 눈이 맑아지고 머리가 홀가분해졌네. 진짜 재주꾼일수록 겸허하다더니, 과연 그러하군! 짐이 자네에게 사품四品의 고명誥命을 하사하겠네. 고무용, 궤 위에 놓여 있는 짐의 여의를 가져다 짐의 두 며느리에게 상으로 내리게."

"예, 폐하!"

"짐이 자네들을 기적旗籍에 넣어주겠네. 큰애기는 고가高佳씨, 작은 애기는 금가金佳씨로 성을 하사하는 바이네."

옹정이 환한 미소를 지어 보였다.

"성은이 망극하옵나이다, 폐하!"

옹정이 여전히 희색이 만면한 채 덧붙였다.

"고무용, 이들을 며칠 동안 운송헌에 머물도록 하게. 수시로 짐에게 기공의 힘을 넣어줘야 하니 말일세."

옹정의 심신은 그새 많이 평화로워진 듯했다. 방포를 비롯한 신하들은 적이 안도했다.

장정옥이 틈을 놓치지 않았다.

"폐하께서는 오늘 존체가 허하시옵니다. 신들은 내일 다시 패찰을 건네고 뵙기를 청하겠사옵니다."

옹정의 허락을 받은 장정옥을 비롯한 네 명은 곧 물러났다.

"아무리 생각해봐도 폐하의 성정이 갈수록 이상해지는 것 같네. 자신의 감정을 전혀 조절하지 못하시는 것 같기도 하고……."

윤례가 쌍갑문을 나서더니 고개를 들어 납덩이같은 가을구름을 바라보면서 말했다. 악이태도 비슷한 생각을 한 모양이었다.

"존체가 불안하신 데다 전세前世의 제왕들보다 명예를 더 중요시하고 자존심이 강하시다 보니 성정이 종잡을 수 없게 변하시는 것 같습니다. 허나 부드럽고 자상한 분이심에는 틀림없습니다."

방포도 대화에 끼어들었다.

"악종기와 장조에게 거신 기대가 워낙 크셨는지라 실망과 충격도 크셨던 것 같습니다. 서부전선에서 적들의 주력부대를 소탕하고, 서남 지방에서 개토귀류를 성공적으로 마치는 것은 성조께서 남기신 미완의 숙원이었지 않습니까?"

장정옥은 잠자코 듣기만 할 뿐 윤록 등의 대화에 끼어들지 않았다. 그는 그들의 말에 모두 일리가 있다고 생각했다. 그러나 그 누구도 옹정을 제대로 평가하지 못했다는 생각도 했다. 마치 아무도 이 세상이 존재하는 이유를 알 수 없듯 옹정의 마음도 알다가도 모를 일이었다.

옹정은 간신히 하루만 쉬고 8월 18일, 19일, 20일 연 사흘 장대비가 기승을 부리는 가운데 상서방과 군기처의 관리들을 소집해 비상회의를 열었다.

회의에서는 장광사張廣泗를 운남, 귀주, 사천, 호북, 호남을 통괄하는 경략대신經略大臣으로 위촉해 장조를 대신해 서남의 개토귀류를 맡게 하는 결정을 내렸다. 장조는 북경으로 압송해 부의部議에 넘겨 죄를 묻기로 했다. 또 대장군 악종기도 정자와 화령을 박탈하고 직무에서 파면한 뒤 북경으로 압송하도록 했다.

그날 저녁 장정옥은 홍력이 옹정을 대신해 내린 유지諭旨를 받았다.

주식은 군기처에 들어온 이후 맡은 바 정무에 소홀했다. 정견이랍시고 내놓은 것도 모두 황당하기 이를 데 없었다. 마땅히 부의에 넘겨 엄벌해야 하나 선제의 유신遺臣이고 연로한 점을 감안해 군기처 대신, 상서방 대신의 직을 박탈하고 문화전 대학사로 강직시킨다.

장정옥은 한동안 충격에서 헤어나지 못했다. 곰곰이 생각해본 결과 주식이 장조를 천거한 실수를 추궁당한 것 같다는 결론은 나왔다.

'그렇다면 악종기를 서정장군西征將軍으로 적극 추천한 나도 책임을 피해갈 수 없지 않은가? 자발적으로 죄를 청하는 것이 옳지 않을까?'

장정옥의 그런 의문은 곧 옹정을 배알해야겠다는 생각으로까지 이어졌다. 그러나 그는 바로 생각을 접었다. 군국요무軍國要務가 있는 것도 아닌데 이처럼 장대비가 내리는 가운데 창춘원으로 들어가 자신의 죄를 '반성'한다는 것도 이상한 일이 아닐 수 없었던 것이다. 게다가 괜히 긁어 부스럼을 만들면 더 안 좋을지 모른다는 불안감도 그의 결정에 나름의 작용을 했다.

이튿날 아침에도 비는 그치지 않았다. 그나마 빗줄기는 그새 많이 약해져 있었다. 마치 채를 친 것처럼 일정한 굵기로 쏟아지는 가랑비는 나중에는 안개와 함께 북경을 뽀얗게 뒤덮었다. 다음 날 아침 밤새도록 뒤척인 장정옥은 밥을 먹는 둥 마는 둥 하고 담녕거로 향했다.

장정옥보다 한 발 앞서 담녕거에 도착한 홍력이 언 손을 호호 불면서 들어서는 장정옥에게 자리를 내주었다.

"폐하께서는 어젯밤 원명원 황후마마 처소에서 침수 드셨네. 어제 또 온씨에게 기공 치료를 받으시고 한결 나아지셨다네. 오늘은 손가감 등을 접견할 예정이네. 조금 있으면 바로 오실 거네."

홍력도 간밤에 잠을 설친 듯 눈언저리가 어두웠다. 그러나 워낙 깔끔한 성격이라 옷매무새는 흠잡을 데가 없었다. 홍력이 직접 장정옥에게 우유를 따라주고 있을 때였다. 옹정이 고무용의 부축을 받으면서 들어섰다. 둘은 부랴부랴 엎드려 문후를 올렸다.

옹정은 많이 초췌해 보였다. 그러나 신색은 전날보다 훨씬 좋아 보였다. 그가 온돌에 걸터앉아 따끈한 우유 한 모금을 마시고 난 뒤 담담한 어조로 입을 열었다.

"자네도 무쇠로 된 사람이 아니니 힘들 테지. 그만 일어나게, 형신! 앞으로는 이렇게 이른 시간에 나오지 않아도 되네."

"신은 이런저런 생각이 깊어 잠이 오지 않아 일찍 나왔사옵니다."

장정옥이 고마움을 표하고 일어났다. 그리고는 잠시 생각한 끝에 밤새도록 고민한 사실을 실토했다.

"신은 아무리 생각해봐도 이번 서부전선의 실리失利에 대한 책임을 회피할 수 없을 것 같사옵니다. 사람을 잘못 천거한 죗값을 청하는 것이 마땅하다고 생각하옵니다."

그러자 옹정이 담담하게 웃더니 고무용을 불렀다.

"이보게, 고무용! 방금 오는 길에 보니 손가감 등이 월동문 쪽에서 대기하고 있던데, 들라 하게."

옹정이 그제야 장정옥을 향해 부드럽게 입을 열었다.

"짐도 어제 밤새도록 생각해보았네. 서부의 군사와 서남의 개토귀류 모두 우리의 패배로 끝난 것에는 짐의 과실도 있네. 그런데 주식 사부는 장조 같은 문인 출신에게 총대를 메게 해 전쟁터로 내보냈기에 그 과실을 묻지 않을 수 없었네. 짐까지 제대로 판단하기 어려울 정도로 적극 천거했으니 그의 잘못이 크다고 할 수밖에 없지 않겠나? 밑에서 탄핵안이 빗발치기 전에 조치하는 것도 그의 체면을 위해 좋은 일이라고 봐야지."

장정옥은 옹정의 온기 넘치는 말에 코가 시큰해졌다. 급기야 목이 멘 어조로 아뢰었다.

"폐하! 폐하께서 이토록 넓은 아량으로 용서해 주시니 신은 더더욱 몸 둘 바를 모르겠사옵니다……."

장정옥이 말을 하다 말고 황급히 입을 다물었다. 손가감이 호부 시랑 한 사람을 대동해 들어서는 것을 목격한 것이다.

옹정은 두 사람이 예를 갖추고 지정해준 자리에 앉기를 기다린 다음 우울한 표정으로 물었다.

"이보게, 손가감! 자네는 처음부터 이번 준갈이 출병을 반대했지. 결과적으로 전사戰事는 알다시피 이렇게 됐네. 이제 자네들의 의견을 듣고 싶어서 불렀네."

옹정이 잠시 멈췄다가 다시 말을 이었다.

"군대를 재정비해 계속 치는 것이 좋겠나, 아니면 깨끗하게 철수하는 게 나을까?"

"이런 상황일수록 약하게 보여서는 안 된다고 생각하옵니다. 그러나 원기가 크게 손상된 지금은 계속 싸우기보다 현지에서 둔병屯兵하는 것이 좋을 듯하옵니다. 군무를 정돈해 원기를 충분히 회복한 후 재공격하는 것이 바람직할 것 같사옵니다."

손가감이 머리를 조아리면서 대답했다. 그러자 같이 온 호부 시랑이 아뢰었다.

"신도 손 대인의 주장에 공감하옵니다. 신은 서남의 개토귀류와 서부전사가 모두 작은 좌절에 부딪친 것일 뿐이라고 생각하옵니다. 실력만 봐도 아군과 적군은 비교가 되지 않사옵니다. 엊그제 관보를 보니 책령 아랍포탄이 다시 사절을 파견해 강화를 구걸했다고 하옵니다. 이는 그들도 더 이상 대군에 맞서 싸울 여력이 없다는 것을 단적으로 보여주는 것이옵니다. 아군은 이미 과포다科布多를 점령한 상태이옵니다. 신강 변경도 이미 최전선이 됐사옵니다. 이때 군사를 철수시킨다면 향후 다시 수복하기 어려울 것이옵니다. 그러니 은지恩旨를 내리시어 저들의 구애를 받아주는 쪽이 더 유리할 것 같사옵니다. 단 아군을 철수시키지 않는다는 전제하에서 말이옵니다."

옹정이 흡족한 표정을 지으면서 연신 고개를 끄덕였다. 두 신하의 말을 다 듣고 난 그가 모처럼 웃음을 머금었다.

"짐도 이쪽저쪽 저울질하면서 주저하고 있었네. 그런데 자네들의 견해를 듣고 보니 그게 바람직할 것 같네."

옹정이 다시 입을 열어 손가감을 향해 뭔가 말하려는 순간 태감 진미미가 들어섰다. 그는 옹정과 신하들의 대화에 방해가 될 세라 감히 옹정에게는 다가오지 못한 채 고무용에게 뭐라고 귀엣말을 하고는 한쪽에 물러나 시립했다.

옹정은 고무용의 표정이 심상찮게 변해가는 모습을 힐끗 쳐다보면서 뭔가 불길한 예감에 사로잡혔다.

"짐이 오늘은 벌써 피곤해지는군. 좀 쉬어야겠으니 미처 상의하지 못한 부분은 홍력 자네가 방포와 악이태를 운송헌으로 불러 마무리 짓도록 하게."

옹정이 말을 마치고는 바로 손사래를 쳤다. 이어 홍력이 사람들을 데리고 물러가기를 기다리더니 진미미와 고무용을 불렀다.

"자네들 표정이 예사롭지 않군! 무슨 사고라도 난 건가?"

"아뢰옵니다, 폐하! 흑씨가 죽었사옵니다!"

고무용이 침통한 표정으로 아뢰었다.

"뭐라고?"

이번에는 진미미가 말을 이었다.

"사실이옵니다, 폐하! 신이 어제 의빈마마 시중을 들었사옵니다. 오늘 아침 의빈마마께서 기침이 평소보다 늦으시어 세수하시는 걸 시중들고 혹씨의 방으로 건너가 보니……."

"시끄러워! 멀쩡하던 사람이 갑자기 죽다니? 무슨 병이라고 하던가?"

옹정이 그의 장황한 설명을 뚝 잘라버렸다. 그러자 진미미가 고개를 푹 떨어뜨리고는 기어 들어가는 목소리로 대답했다.

"노인네가 무슨 말 못할 사연이 그리 많은지, 목…… 목을 매 자결했사옵니다!"

"아니 뭐라고?"

옹정은 극심한 충격에 그만 털썩 의자에 주저앉고 말았다. 지탱하기 어려울 정도로 머리가 어지러워졌다. 그가 황급히 소리쳤다.

"어서 짐이 먹던 단약을 가져오게!"

고무용은 홍력으로부터 절대 폐하께 단약을 드려서는 안 된다는 지시를 받은 터였다. 황급히 거짓말을 할 수밖에 없었다.

"몇 알 남지 않은 단약이 지금 의빈마마 처소에 있사옵니다. 신이 달려가서 가져오겠사옵니다."

바로 그때 고무용의 속내를 알 리 없는 진미미가 재빨리 법랑 쟁반에 한 알 남아 있던 단약을 집어 들었다.

"여기 한 알 남아 있사옵니다, 폐하!"

진미미는 말을 마치기 무섭게 단약의 반을 쪼개 자신의 입에 먼저 넣고 나서 나머지 반을 옹정에게 받쳐 올렸다. 고무용이 보기에는 그 절반짜리 약도 평소의 용량보다 배는 많은 것 같았다. 고무용으로서는 서둘러 말리지 않을 수 없었다. 그러나 옹정은 이미 약을 꿀꺽 삼켜버리고 말았다. 그러자 고무용이 발을 동동 굴렀다.

"그 약은 약성이 지나치게 자극적입니다. 보친왕마마께서 폐하께 복용을 자제시키라고 하셨사옵니다. 게다가 양도 너무 많이 드신 것 같사옵니다."

옹정이 대수롭지 않게 말했다.

"안심하게. 무슨 일이야 있을라고. 짐은 어떤 때는 이보다 더 많이 먹은 적도 있네."

얼음처럼 차갑고 약간 짭짤한 맛이 나는 단약은 짙은 사향 향기가 나서 먹기에 좋았다. 옹정은 그런 단약을 먹은 덕분인지 초조하고 불안한 느낌이 많이 사라진 것 같았다.

'사람이 죽으면 만사가 끝난다고 했던가!'

옹정이 긴 숨을 내쉬더니 스르르 온돌에 몸을 누이면서 속으로 생각을 계속 이어갔다.

'모든 것을 다 알게 된 이상 도무지 살아 있을 수가 없었겠지. 그런데, 인제는 이 비밀을 알고 있는 걸까……?'

옹정은 몸을 뒤척였다. 조금 전과는 달리 몸이 납덩이처럼 무거웠다. 맥을 놓은 채 누워 있을 수밖에 없었다. 그러자 마음이 약간 편해지는 것 같았다. 서서히 수마睡魔도 몰려오고 있었다. 그가 다시 중얼거리듯 말했다.

"짐은 이제 쉬어야겠네. 방해하지 말게. 짐에게 《금강경》金剛經 한 단락을 읽어주게……."

고무용은 향을 피운 다음 옹정의 머리맡에 무릎을 꿇었다. 이어 목소리를 한껏 낮춰 경을 읽기 시작했다.

이와 같이 내가 들었다. 한때 부처님께서 사위국舍衛國 기수급고독원祇樹給

孤獨園에 계시사 대비구중大比丘衆 천이백오십 명과 함께 하셨다. 그때는 세존께서 공양하실 때라 큰 옷 입으시고 발우 가지시어 사위대성舍衛大城에 들어가시사 밥을 비시는데 그 성중城中에서 차례로 비시옵고…….

옹정은 고무용이 《금강경》을 읽기 시작한 지 채 1분도 안 돼 고른 숨소리를 내면서 깊은 잠에 곯아떨어졌다.

코까지 골며 깊이 잠들었던 옹정은 술시戌時가 끝나갈 무렵에야 깨어났다. 8시간 동안 숙면을 취했으나 우울한 기분은 전혀 나아지지 않았다. 마음은 마치 햇볕에 바싹 마른 장작처럼 불꽃만 닿으면 그대로 활활 타올라 재가 되어버릴 것 같았다.

옹정은 비까지 내려 으스스한 한기가 느껴지는 날씨임에도 냉수를 두 대접이나 연이어 들이켰다. 머리가 지끈거리고 가슴이 세차게 뛰었다. 생각해보니 8시간 동안 잠을 잔 것이 아니라 끔찍한 악몽에 시달렸던 것이다. 그가 멍하니 한 곳을 응시하더니 곧 깊은 탄식과 함께 입을 열었다.

"짐이 의빈에게 다녀올 것이네. 고무용, 진미미, 짐을 따라 나서게."

"폐하……!"

교인제는 등불 밑에서 허리까지 내려오는 머리를 빗어 내리고 있었다. 그러다 예고 없이 들어선 옹정을 보더니 황공하고 불안한 기색을 보이면서 일어섰다. 목소리도 가늘게 떨렸다.

"앉아 계시옵소서. 소첩이 차를 가져오겠사옵니다."

교인제의 안색은 이상하리만치 창백했다. 걸음걸이도 몸을 가누기 힘든 듯 위태로워 보였다. 그녀는 뚜껑도 덮지 않은 채 차를 가져올 정도로 경황이 없어 보였다. 옹정 역시 제정신이 아니기는 마찬가지였다.

얼마 후 교인제가 옹정을 힐끗 바라보면서 말없이 옆자리에 엉덩이를 붙이고 앉았다. 한참 후 옹정이 어색한 표정을 지으면서 입을 열었다.

"군기처에 황급히 처리해야 할 일도 많고, 연이은 패배 소식에 괴로워서 그동안 자네를 보러오지 못했네……."

그러자 교인제가 놀라는 표정으로 물었다.

"패했다고 하셨사옵니까? 소첩은 그저…… 전사戰事가 그리 순조롭지 못하다고만 들었사옵니다."

옹정이 고개를 끄덕였다.

"건장한 사내와 코흘리개 꼬마가 싸워서 둘이 비겼다면 사내 쪽에서는 패했다고밖에 볼 수 없지 않은가? 그래서 짐은 악종기와 장조의 죄를 묻기로 했네."

"무슨 죄를 어떻게 물으실 것이옵니까, 폐하?"

"살아 남기를 기대하기는 힘들 것이네."

"조금 너그럽게 봐줄 수는 없겠사옵니까?"

옹정이 교인제의 말에 차갑게 웃었다. 그런 다음 단호한 어조로 말했다.

"무엇 때문에 짐이 그들에게 너그러워야 하는가? 짐은 거덜 난 국고를 채우기 위해 이십 년 동안 목숨 걸고 노력해왔네. 국고에 은 육천만 냥을 확보하기까지 짐이 얼마나 노심초사했는지 아는가? 짐이 온갖 악명을 뒤집어쓰면서 어떻게 이 몸을 혹사해 왔는지 자네는 아는가? 그리고 그 속에 얼마나 많은 백성들의 피와 땀이 배어 있는지 아는가? 어떻게 채워 넣은 국고인데!"

옹정은 그야말로 펄펄 뛰었다.

"그자들은 짐의 믿음을 철저히 배신했어. 몇 년도 안 되는 사이에 국고를 반 이상 거덜 냈어. 대신 짐에게는 무능하고 한심한 황제라는 악명을 덮어씌우고 말이야!"

옹정은 자신의 감정을 제어하는 데 또 한 번 실패하고 말았다. 이어 벌떡 일어나더니 분노로 일그러진 얼굴로 방 안을 배회하기까지 했다. 갈기를 곧추 세운 사자가 따로 없었다.

얼마 후 옹정이 부산스레 방 안을 거닐더니 갑자기 멈춰 섰다. 얼굴에는 푸르스름한 빛이 감돌고 있었다. 그가 다시 입을 열었다.

"생각해보니 짐이 너무 거창한 꿈을 꾸었던 것 같네. 성조의 위업을 이어 받아 천고에 길이 칭송받는 일대 군주로 남고 싶었는데, 운명이란 것은 어찌해서 짐을 이런 곤경에 몰아넣는다는 말인가? 어찌해서 짐을 멍청한 군주로 만들어 후세에 손가락질을 당하게 만든다는 말인가!"

교인제는 옹정의 소름끼치는 눈빛을 애써 피했다.

"폐하, 그렇게 생각하는 사람은 없사옵니다……."

"아니, 아니야!"

옹정이 광기 어린 반응을 보이면서 강하게 교인제의 말을 부정했다. 그러다 문득 자신의 흐트러진 모습을 자각한 듯 그녀에게서 시선을 거둬들였다.

그 순간 궤 위에 놓여 있는 단약이 옹정의 눈에 들어왔다. 그는 서슴없이 다가가 낚아채듯 한 알을 꺼내 물과 함께 꿀꺽 삼켰다. 그리고는 거친 숨을 몰아쉬면서 말을 이어나갔다.

"성조 말년의 퇴풍頹風을 바로잡기 위해 짐은 그야말로 수많은 사람을 내칠 수밖에 없었어. 큰형님, 둘째 형님, 셋째 형님, 여덟째 아우, 아홉째 아우, 열째 아우, 그리고…… 열넷째. 그뿐인가? 연갱요, 낙민, 양명시, 악종기, 장조…… 그밖에 이름도 모르는 수많은 선비와 기득권자들을 없애버렸지. 그렇게 할 수밖에 없었어……. 지금은 그래도 짐을 철완鐵腕이라고 평가하는 사람이 있겠지만 역사는 아마도 폭군暴君과 독부獨夫로 기록하겠지? 이 얼마나 통탄스러운 일인가! 백성들이, 천민들이 짐을 훌륭한 군주라고 칭송을 하면 뭘 하나? 그들에게는 역사를 옳게 쓸 만한 힘이 없어. 붓을 놀릴 만한 사람이 없는 걸!"

옹정은 당초 단약을 먹고 나면 좀 진정될 줄 알았다. 그러나 약성이 강해서인지, 아니면 너무 많이 먹은 탓인지 오장육부만 뜨겁게 타오를 뿐 마음은 좀처럼 진정되지 않았다. 이제는 눈동자마저 빨갛게 충혈되어 마치 아사餓死 직전의 늑대를 방불케 했다.

옹정이 비틀거리면서 교인제에게 다가갔다. 이어 두 손으로 자신의 머리카락을 마구 잡아 뜯었다. 동시에 불똥이 뚝뚝 떨어지는 두 눈으로 교인제를 뚫어지게 노려보더니 포효하듯 말했다.

"세상 모든 사람들이 짐을 속였어. 인제 자네마저……."

"폐하!"

"입 닥쳐!"

옹정이 크게 놀라 어찌할 바를 모르는 진미미와 고무용 두 태감을 향해 고함을 질렀다.

"나가! 밖에 나가 서 있어. 아무도 들어오지 말라고!"

옹정이 교인제를 향해 돌아서면서 그녀의 두 눈동자를 뚫어지게 쳐다봤다.

"자네가 짐을 기만하지 않았다고? 왜 자네 모친의 신상에 대해 짐에게 상세히 말해주지 않았어?"

"……"

교인제의 얼굴에 순간 처연한 빛이 떠올랐다. 그러나 그 표정은 섬뜩할 만큼 담담했다.

“폐하께서 그런 말씀을 하지 않으셔도 저는 이미 죽은 목숨이나 다름없사옵니다. 이 세상에 살아 남아 숨 쉬는 것도 힘들어졌으니까요. 신이시여……, 보잘것없는 이 생명이 도대체 무슨 죄를 지었기에 이토록 큰 벌을 내리시옵니까? 강남에 팔려갔다가 얼떨결에 북경으로 굴러들어와 친삼촌과 살을 섞고……, 그것도 모자라서 다시…….”

교인제는 마치 떠도는 유혼幽魂처럼 눈물 한 방울도 보이지 않았다. 광기 한 번 부리지도 않았다. 그저 휑뎅그렁한 방 안을 천천히 배회했다. 곧이어 뭔가를 찾으려는 듯, 누군가의 부름을 받기라도 한 듯 흐리멍덩한 시선으로 여기저기를 살피더니 혼잣말로 중얼거렸다.

“이건 사실이 아닐 거라고……, 사실일 리가 없다고 한 번만 확인하려고 했는데……, 이제는 다 필요 없어…….”

교인제는 곧 자수를 놓을 때 사용하던 가위를 발견했다. 이어 낚아채듯 그것을 집어 들었다. 그리고는 날카로운 날을 내려다보면서 껄껄 웃더니 옹정이 미처 말리기도 전에 자신의 가슴을 힘껏 찔렀다…….

옹정 역시 그 모습을 보고는 완전히 이성을 잃고 말았다. 엎어질 듯 허둥지둥 달려가 피 묻은 가위를 뽑아 든 다음 추호도 주저하지 않고 자신의 명치를 겨냥하더니 주저하지 않고 깊숙하게 박았다!

그러나 정곡을 찌르지 못한 듯 쉽게 숨이 멎지를 않았다. 옹정은 땅바닥에 웅크리고 있는 교인제를 바라봤다. 아직 숨이 붙어 있는 것 같았다. 그는 힘겹게 기어가 교인제의 몸을 흔들었다.

“좋았어……. 이제야 끝나가는구나……. 여기 짐의 가슴에도 한 번만 더 찔러……, 찔러다오…….”

그러나 교인제의 몸은 옹정의 마지막 청을 들어줄 수 없게 이미 굳어지기 시작했다. 옹정은 혼신의 힘을 다해 피가 질펀한 교인제의 몸을 꽉 껴안았다. 그리고는 피 묻은 손가락으로 청옥青玉 탁자 위에 몇 글자를 남겼다.

절대 교인제를 욕되게 하지 말라!

옹정은 깊은 잠에 빠진 듯한 교인제의 얼굴을 가만히 들여다봤다. 그런 다음 마지막 안간힘을 다해 다시 한 번 가위를 높이 치켜들었다. 그리고는 울분, 고통, 비애와 슬픔으로 가득한 자신의 가슴을 향해 있는 힘껏 찔렀다…….

밤은 소리 없이 깊어갔다.

창밖에서는 대나무 잎들이 늦가을의 광풍에 몸서리치며 우수수 떨어졌다. 문틈으로 한 줄기 세찬 바람이 스며들었다. 촛불들은 약속이나 한 듯 일제히 휘청거렸다.

〈옹정황제 끝〉

※'제왕삼부곡' 제3작 《건륭황제》로 이어집니다.